摸金传人

MO JIN CHUAN REN

7 孤岛惊魂

GU DAO JING HUN

罗晓 著

SPM 南方传媒 | 广东人民出版社

·广州·

图书在版编目（CIP）数据

摸金传人．7 / 罗晓著．— 广州：广东人民出版社，2022.4

ISBN 978-7-218-15468-8

Ⅰ．①摸… Ⅱ．①罗… Ⅲ．①长篇小说一中国一当代 Ⅳ．①I247.5

中国版本图书馆 CIP 数据核字（2021）第 251512 号

MO JIN CHUAN REN . 7

摸金传人．7

罗晓 著

出 版 人：肖风华

责任编辑：李力夫
责任技编：吴彦斌 周星奎
策划编辑：祁 鑫 吴 冰
装帧设计：天下书装

出版发行：广东人民出版社
地　　址：广州市海珠区新港西路 204 号 2 号楼（邮政编码：510300）
电　　话：（020）85716809（总编室）
传　　真：（020）85716872
网　　址：http://www.gdpph.com
印　　刷：三河市万龙印装有限公司
开　　本：710mm×1000mm 1/16
印　　张：18 **字　　数**：250 千
版　　次：2022 年 4 月第 1 版
印　　次：2022 年 4 月第 1 次印刷
定　　价：40.00 元

如发现印装质量问题，影响阅读，请与出版社（020-85716849）联系调换。
售书热线：（020）87716172

目　录
Contents

第一章
走　蛟

为了躲避怀特的视线，朱笑东把队伍分成三组散布全国，自己则与杨薇一路向南来到了黄山，更是好奇于“石林”的传说。他们在当地护林员黄志元的带领下走进了一条僻静小路，谁知一晚过后，不仅怪象连连，连这个向导也不见了，只留下一地奇怪的痕迹。众人望着这神秘的痕迹，陷入了沉思。

高大壮拿着金叶子一样的东西，思索片刻，突然说道：“小朱老板，你有没有听说过‘走蛟’？”

“走蛟？”朱笑东莫名其妙地看着高大壮，“很多地方都有类似的说法，譬如川鄂一带就有好多老人讲过，一般在大山的河流边，在夏天涨大水的时候，有些在地下的蛟龙会借着洪水沿河而走，有的会一路拖垮很多的桥梁房屋或者农田。只要是走蛟经过的地方，河流里面长的青苔和泥土都干干净净，洪水退后，一眼就可以看出蛟是从哪里开始出来走的，当然，这些都是传言。”

“再就是长江一带，自古以来就有‘长江十里地，九曲八连环’之称，加上河床上淤积的泥沙过多，每当汛期来临，就极易酿成泛滥成灾的水患。咆哮的洪水翻天覆地，有时便会带出很多不可思议的诡异事物来，其中最神秘、最引人遐想的莫过于金沙大王、铁棺龙王以及各种巨鼋、鼍龙、走蛟之类的水中怪兽邪乎事儿了。当然，这些很离奇、很难解释的事情现在也可以用泥石流、汛期等天灾做解释。”

朱笑东说着，笑问高大壮：“你也会在乎这个？”

高大壮尴尬地笑了笑，说：“这事我还真不好跟你说，我老家就是长江边儿上的，这类事情，我的确从小听到大，要说亲身经历，我还真没有过。不过，昨天晚上这事儿奇怪，我记得在我们老家有种说法，即将要走蛟化龙的，大多会出来讨封，也就是讨彩头。”

很多传说里，都有走蛟出来向人讨封的，看到的人，大多会说一些吉祥的话，比如上天成仙、下海变龙之类的；但也有不大识相的，一顿乱骂，说什么雷劈刀砍之类的。当然，说好的人，以后会运气亨通，说不好的，立时就会遭到报复。

朱笑东略微理解了一下高大壮话里的意思，忍不住说道：“这么说，你是怀疑这里有蛟要走，而且，当时正在向黄老伯讨封？但是黄老伯一通乱说，引来了蛟的报复？”

“要不然这个怎么解释？”高大壮扬了扬手里一直把玩的那片金叶子一样的东西。

从某种程度上说，几乎用不着拿去做什么化验，凭肉眼和直觉就能知道，这就是一种生物身上的东西，而且不是鱼鳞、蛇甲这一类的可以在日常生活中见到的。

这巴掌大小的东西，姑且叫作鳞片吧，这鳞片不但会变色，连面积都会缩小。普通的鱼鳞、蛇甲不会出现这种情况，到目前为止，四个人之中没人解释得通这点。

最为神奇的是，这条宽阔的“道”是怎么来的？当然，这只是高大壮、高原两人不明白的地方，因为，他们昨天晚上没看到那幅奇景，但朱笑东亲眼见到了。

可是朱笑东心里的疑问也小不到哪里去，就算是自己一直都在猜想的蛟龙也说不准。传说里，此类异物出现，必定会电闪雷鸣、风雨交加，但是直到现在，也没有半点儿要起风雨的样子。

难道黄志元那老头子真的被前来讨封的“蛟”抓走了？

朱笑东心存疑问，最大的疑问就是黄志元是何时离开那个洞里的？很明显，高大壮方便的时候就见过黄志元，回来之后又看到过黄志元，说黄志元也还在睡觉，自己醒来之后，就没人出过洞。那么，黄志元到底是什么时候被“蛟”抓走的？

“或者说……”高原沉思了片刻，提出一个假设，黄志元有极高的功夫，真的有“草上飞”的能力，在高大壮回去之前，便“飞”进了洞里，装作熟睡，然后趁高大壮惊慌失措地来叫醒自己之时，又“飞”了出来。或许，这就能解释为什么会出现两个黄志元，而后黄志元又莫名其妙失踪了的问题。

“动机呢？”朱笑东觉得高原的假设从某种程度上确实可以解释黄志元失踪的问题，但是当时外面的景象很是恐怖，换作是谁，都不会想着要出来。黄志元为什么会出来，而且，是偷偷摸摸地出来！

说到动机，高原分析说：“会不会是因为昨天你说了那几句诗，让黄志元突然之间顿悟了宝藏的秘密，白天离开大伙儿不方便，所以要趁夜溜走，一个人去探宝？”

这个说法虽然能勉强解释黄志元为什么失踪，但是依旧没办法解释朱笑东看到的那东西以及见到的两块鳞片与黄志元之间的关系。

朱笑东坚信，黄志元跟所谓的“蛟”之间，肯定有关系。

吃过东西，高原跟众人打了个招呼，便独自到前面探路去了。

作为大城市长大的人，杨薇对这类乡村野话很感兴趣，当下问朱笑东和高大壮两人："你们说了半天，一会儿说是龙，一会儿又说不是，这蛟到底是什么东西？"

朱笑东摇了摇头："确切地说，什么东西都有可能，有可能是蛇，有可能是蟒，最神秘的一个传说里，说蛟是修行得道的蚯蚓……"

"在我们老家的农村就有种说法，说某年，一户穷人家有蛟托梦，要这家主人在第二天某个时候把自己家里的鸡犬禽畜关好，还要在堂屋中间挖一条通到门前小河里的浅沟，浅沟里还要倒上水……"

"这家主人虽然疑惑，但还是照着做了。到了中午，他突然发现他家的水缸下面爬出来一条一尺来长的蚯蚓，这条蚯蚓爬到堂屋中间的那条小水沟里，突然变成三四尺长。这时候，外面突然乌云滚滚，电闪雷鸣……"

"尤其吓人的是，小沟里的水莫名其妙地暴涨起来，片刻之间，就淹过了堂屋的门槛。那条三四尺长的蚯蚓趁势游过门槛，顺着浑黄的大水游进小河……"

"这时这家主人才明白过来，真的是要走蛟了。这蚯蚓游进河里，却不肯就此离去，依旧埋着头在河里打转。这家主人明白，这蛟是还没讨到'封'，不能化龙入海，于是就大叫：'去吧，成龙上天吧……'"

"这话说完，河里冒出来一条无比巨大、满身金光的龙，在狂风暴雨里腾空而起。从此以后，这家人家运大顺，没过几年，就成了村里的首户……"

"这么说，其实走蛟倒是一件吉祥的事了！"杨薇笑着说。

朱笑东一笑，说："那倒未必，也有这么个传说，说有人到一条伏流的出口去钓鱼，那天他的运气特别好，不到几小时，就钓到几十斤鱼，后来，河水突然猛涨，这人只得收竿。这个时候，从伏流里的洞口漂出来一段黑漆漆像是棺材盖一样的东西……”

“这钓鱼的人平日里嘴巴也不大干净，一见到这个，就说：‘死乌龟王八蛋，把我吓了一大跳，我还以为什么呢，原来是块棺材板……’”

“估计是这头蛟没讨到好封，突然凶性大发，一摆尾巴，激起几丈高的水浪，把这钓鱼的给卷进了河里。然后这蛟顺流而下……然而，天上巨雷轰响，电光灼灼，不住地打在这头蛟的身边……”

“这头凶性大发的蛟，一路上不时地昂起头对着天空怒吼。它每一次昂头，前面便山崩石裂，泥石成流，所有阻拦在它面前的瞬间溃塌。天上雷电虽剧，却也奈何它不得……”

“如此，这蛟行至一道桥下。这桥桥身甚高，这蛟带来的洪水始终没办法淹过桥面，眼看这蛟就要走不出去……”

杨薇好奇地插嘴说道：“这就怪了，你不是说它一抬头就会山崩地裂、泥石成流吗？怎么会连一道桥都过不去？”

朱笑东解释说：“这个，大约要这么说吧，在古代，石、木、瓦这三个行业敬奉的祖师是鲁班，在造桥的时候，鲁班给他的徒子徒孙留了一些秘法，让蛟不能随意破坏。比如说，很多石桥垫缝的时候，都会有些薄铁片，其实，那就是秘法里用来斩杀孽龙的宝剑……还有个说法，就是有女人长年累月地从上面走过，蛟要化龙，自然不能从那下面游过去……”

“原来是这样！”杨薇说道，“那这条蛟后来怎么样了？”

朱笑东笑了笑，说：“这蛟正要鼓动洪水，想淹过桥面或者冲垮桥基。这时一个倒骑毛驴的老头子在风雨里走上桥面，指着那头凶性大发的蛟喝道：‘妖孽，还不快快受死。’说着，伸手往那水里的恶蛟一指，不过片刻，便风息雷停，水消浪止。隔天，有人在河滩上发现一条没了脑袋的大蛇，恶臭熏天。”

高大壮在一旁笑着说道：“会不会有张果老斩妖龙我不知道，但是洪水过后，在河滩上发现死去的大蛇的事还真有，我就亲眼见过两次。至于是不是传说中的‘蛟’，我就不敢确定了，呵呵……”

“你亲眼见过？”杨薇好奇地问道。

高大壮笑了笑，说：“一次是在我十二三岁的时候，洪水过后，村子里好些人都见到过，好几米长，黑漆漆的身子，脑袋上还有一节看起来像是角的东西。一次是在七八年前吧，就在离我们家不远的一座小山脚下的河边。当时那座小山垮塌了将近一半，上面解释说是泥石流，但是河边上也有一条死蛇，不大，也就两三米长，不过奇怪的是，那条蛇的脑袋不见了，说是被石头砸没的，但是好多人都不相信。嘿嘿，当然也包括我，因为那蛇的七寸处很明显是被刀砍的，只是没有其他更合理的解释，也就只好相信是碰巧被石头砸没的这个说法了。”

杨薇好奇不已，问高大壮：“难道就没有一个能让人信服的、有科学依据的解释？”

朱笑东插话说：“这世界上有很多事情并不能用我们已知的科学去解释。所谓走蛟，只是众多解释不了的事情里的一件极为平常的小事。”

高大壮笑了笑，默然。

这时，高原回来了，说：“再往正东方向走，没多远就是一道大山梁，估计一时半会儿也走不完，那黄志元所说的石林，更是没有影儿。现在是继续往东去寻找那个石林，还是回头，或者再找其他的出路？”

杨薇抢着问道：“高大哥，有没有看到那蛟走过的路？”

想来，杨薇是对“走蛟”有了极大的兴趣，想要看看这“蛟”

到底是什么样儿。

高原摇了摇头，说：“方圆半里之内没有任何奇异的痕迹，现在多半要往回走了。”

朱笑东想了想，说：“现在往回走，最少要一天时间才能回到宾馆，不如我们另外找路出去，就当是旅游了。”

高原想了想，提议沿着小溪往下游走。这样走有个好处，有小溪就会有水，就会有人家，这里是人口比较稠密的中部，应该要不了多久就会找到有人烟的地方。只要有人烟，要回到宾馆取车，就容易得多了。

朱笑东等人自然赞同这个提议，于是大家收拾好背包，沿着小溪往下游进发。

走了一段，朱笑东才发现高原这个提议有点儿问题。首先，沿着这条小溪走了近三小时，并没有出现预想当中的小河，更没有出现沿河而居的人家，四个人反而莫名地走进了深山老林。

其次，俗话说“上山容易下山难”，沿着山里的小溪走，更难，比下山都还要难上好几倍。到处都是光秃秃的巨石、高坎，让人不得不蹿高伏低、上纵下跳，体力耗费十分巨大。

而且，越往前走，两边越是险峻。几小时后，四个人就置身在一道两边都是刀砍斧削过一般的绝壁谷底了，最让人意想不到的是，小溪钻进了右边一个不大的洞穴中，成了一条去向不明的伏流。

而这一道一线天般的峡谷竟然悄悄涌进来一团云雾，灰蒙蒙的，人在谷底时便有种暗无天日、已经深入地底的感觉。

要是这溪水钻进的洞穴大一点儿，顺着溪水进洞去找出路也是一个不错的办法，偏偏这溪水消失的地方被几块巨大的山石堵住，窄窄的缝隙根本就容不下一个人进出，让本来要循着溪水找出路的想法全盘落了空。

看着这个情景，高原苦笑着说："兄弟们，这次我可算是把你们给害惨了。"

朱笑东和杨薇笑了笑，这事哪里能怪高原，只是看样子，这个地方应该是两条山涧最低的交汇处，再往前走一段，应该就是另一条下来的山涧。也就是说，到现在为止，要么继续往前走，从前面的那条山涧往上爬，要么回头，走先前走过的路。

高原垂头丧气。往回走，恐怕到天黑也到不了先前休息的那个地方，然后还得再花一天时间才能回到宾馆，人都得累个半死。

朱笑东笑了笑，说："要不然我们就顺着另一条山涧往上走，就算累个半死也新鲜了许多。"

高大壮和杨薇两人回想这一路的艰辛，倒是立刻同意了朱笑东的说法，死就死了，即使死在前进的路上，也绝不回头当逃兵！

于是，稍事休整之后，四个人又顺着另一条山涧往上走。

这边这条山涧是一条没有水的干涧，情况比先前那条山涧还要险恶得多，两边依旧如刀削似的，不足十米宽，而且都是看不到顶的峭壁，走不了几步，就是好几米高的岩石崖壁，几乎连落脚之处都没有。要不是高原和高大壮两人身手了得，到这一处石壁就得回头。

一块四五米高的巨石挡住去路，巨石光秃秃的，连青苔都没有。高原和高大壮两人好不容易才爬到上面，放下来一根不到三米长的带子，接应下面的朱笑东、杨薇。好不容易爬上这块巨石，后面又是一堵石壁，要是再往上走，就只能沿着一侧的峭壁往上爬。

朱笑东嘿嘿地苦笑着说："要早知道是这样的情况，就干脆直接回头，顺着原来那条有水的山涧往回走，少说现在起码有三分之一了吧。"说着回头往下看看，走这边这么久了，估计爬了五十米远吧。

高大壮一边往石壁上爬，一边笑着说：“这得怪我，先前把牛吹大了，说不回头当逃兵，早知道这样，当一回逃兵也无所谓了。”

说笑归说笑，高大壮却没有回头当逃兵的意思，别的不说，好不容易上到这里，再往下走也是浪费体力和时间。

好在这堵峭壁上有几处勉强能落脚的岩石裂缝，几个人虽然爬得辛苦，倒也不是绝对无路可走。

几乎花了半小时，才爬上这一堵峭壁，还好，后面有一段十来米长平缓地段。

说是平缓，也就是相对下面的峭壁来说，这十来米长的地段，坡度依旧能达到六七十度。在上面走着，比直接攀岩要轻松一些。

上了这堆碎石堆，后面有一处小小的凹陷，凹陷后面是另外一块巨石，这块巨石左边有一条可以容纳两个人并行的缝隙。

穿过缝隙，几个人有些呆了，缝隙后面依旧是一条看不到头的峡谷，地势平坦，两边的峭壁隐隐有些分开的意思。按高大壮的说法，这应该是找到出路了。

地上再也不是巨石遍布，大部分地方都是茵茵青草或苍翠树木。

美中不足的是，几个人在这样的地段走了好几个小时，既没见到真正的出口，也没见到什么珍禽异兽，倒是偶尔会在草丛里发现几株奇花异草。除了杨薇一边走，一边采集了一大把不知名的花朵之外，其余的人也懒得去研究那到底是些什么花草。

不过两边的峭壁倒是越来越开，最宽处已经有好几十米了，四个人从山体裂隙里走到了真正的山谷之中。这山谷两边刀削似的绝壁高入云端，而且弯弯曲曲的，一刻也没断绝过。

以朱笑东等人手上现有的工具，想要直接攀上绝壁那是绝无可能。

如此一来，几个人也就只好继续在这弯弯曲曲的绝地里勇往直前了。

道路好走，几个人的情绪自然就高涨起来，一路上笑声不断，时间也在不知不觉中飞逝。

记不清走了多远，也搞不清现在到底在哪个位置，前面突然出现了一堵断崖，高达好几十米。原本兴致盎然的高原、高大壮等人，忍不住叫起苦来。

手上没有可以利用的攀山工具，还出现这样一堵断崖，这是要活活地把人困死！

朱笑东盯着断崖看了一会儿，忍不住讶然失声："原来黄老伯所说的石林就是这里！"

"石林？"高原等人看着百十来米开外，俨然一堵断崖的地方，惊异地问道，"那是一片石林？"

朱笑东笑了笑："过去看看不就知道了。"

本来距离就有百十来米，又加上头顶笼罩着一层云雾，视线不好，错把石林看成是石壁，这也无可厚非。

几个人连蹦带跳，几分钟就到了石林边缘。

这石林生得很是怪异，是高达几米甚至十几米的石笋，一根根直径几米，最小的也有半米，密密麻麻地插在原本平整的谷底，很密集，以至于远远地看，就连成了一堵石壁。

终于见到了黄志元所说的石林。朱笑东等人首先是松了口气，但随即又有些郁闷起来，先前还说，一切谜团，只要到达了这石林，就会迎刃而解。但是现在看来，那些谜团疙瘩不但解不开，反而又增加了好几个让人不解的地方。

石林边缘有一条宽达十米的红褐色土壤带，草木不生。

这一片石林，宽达几十米，一直延伸到两边的峭壁边上，而这片土壤，也是直直延伸到峭壁脚下，有草和没草的边界十分分明。

有草的这一边，绿草茵茵、野花烂漫，而且整整齐齐，仿佛是修剪过一般，绝不多延伸过去一寸。没草的这边，地形倒是平平整整，红褐色的土地上却莫名狰狞，连一点儿绿意也看不到，就更别说长草了。就像是一边是草地，一边是水泥地板一般，泾渭分明。这一点，就已经让人感到奇怪了。

走近死亡地带边缘，朱笑东更是吃了一惊，就在一刹那，朱笑东没来由地觉得一颗心突然间剧烈地跳了起来，如临大敌。

朱笑东莫名其妙地感到害怕，杨薇更是突然间脸色都变得煞白起来，仿佛在灵魂深处有一个恶魔在胁迫着她。杨薇不由自主地抓住了朱笑东的手。

高原和高大壮两人也好不到哪里去，这两个自称到乱坟岗里去睡觉还要掏几根死人骨头出来玩的人都涨红了脸，面面相觑，显然也是吃惊不小。

过了半晌，高原喃喃说道："这是一种杀气！杀孽太重的人，都有一股这样的气势，又叫煞气。"

这里的煞气极重，往这里一站，感觉像有一座大山当头压下来一般。

朱笑东摇摇头，说："以前，我下过万人坑，那里也有一种气息，跟这个差不多，想想都叫人害怕。但是那气息，远远没有这个地方的浓烈，这个地方的煞气，真的是叫人透不过气来。"

是什么东西有这么厉害的煞气？

这石林不用说朱笑东了，就算是高原、高大壮这样的外行也能一眼看出来，这不是出自大自然巧夺天工的塑造，而是人工制造的！

无论这些石笋直径多长、高度多少，每一根石笋，虽然经过无数岁月的侵蚀，但是看的出来，都是经过雕琢的。每根石笋既直且圆，与其说是石笋，还不如说是石头柱子。但绝对不是建造房屋的那种，建造房屋的石柱，除了大小有规格外，在排列位置上也是很讲究的。但是这里的石柱不是，规格大小不一，排列位置也看不出个所以然来，似乎很有规律，但好像又是随意乱放的。

但是朱笑东却隐隐觉得，这些大小不一又密密麻麻的石头柱子，绝对不会是随意摆放的。

那么问题就来了，是谁制造了这些石头柱子？看样子，这一片被黄志元称为石林的地方，往少里说也该有好几百根这样的柱子，这是怎么做到的？

弄这么些石头柱子，让人一接近就有种阴森森、恐怖的感觉，就算是做一间房子或者庙宇，恐怕也没人敢在这儿住。何况这荒山野岭的，大白天站在这儿都有些瑟瑟发抖。

说到底，一句话，这是干什么用的？

神秘，恐怖，一时之间萦绕在几个人心头。

朱笑东硬着头皮，喘着粗气，问道：“怎么办？是往回走，还是强行穿过去？!”

高原抹了一把汗水，努力平复心情，好一会儿，才不自然地笑了笑，说：“都到这里了，我们还有回头路可走吗？”

高大壮也是喘着粗气，想要英雄一点儿，但说话的声音都有些变了：“我们……只能勇往直前，誓……誓死，不回头当逃兵……”

杨薇默默地向朱笑东点了点头，自然也是要闯过去的意思了。

于是，朱笑东拉起杨薇的手，一步步向这些石头柱子靠近。

本来朱笑东等人还慎重行事，一步三顾地往里面走，没想到才走了两步，身后就传来一阵叫嚷声。

有的大叫：“那家伙就在那里，快，快追……”

有的大喊：“姓朱的，你站住……”

还有的大嚷着：“兄弟们，快上，抓住那姓朱的，一人一百万元……”

“……”

正是那天身上带着匕首、砍刀的那六个跟踪者！

高原和高大壮回过身来，想要火拼一场，借些血气来壮壮胆，以便好硬闯这神秘、恐怖的石林。

没想到朱笑东回头，大声喝道：“高大哥，快走……”

见高原跟高大壮两人还有迟疑，朱笑东急声说道：“快，快跟上我，不然就来不及了。”

朱笑东可没说假话，就在他转头之间，他发现在那几个人身后，原本如毡的绿草丛中，没来由地出现两条深沟，极为快速地往这边冲了过来。

看到这两条U形的深沟，朱笑东脑子里一下就浮现出昨天晚上看到的东西，随后又想到了自己手上拿着的鳞片。

很明显，有极大的、未知的东西在快速地向这边靠近。

高原想跟他们火拼，但随即也看到了那两条怪异而且快速接近草沟的东西，不知道究竟是怎么回事，所以也就略微停顿了一下。

反而是那几个扬着砍刀、匕首的人只顾着向朱笑东等人猛扑，丝毫没注意到身后出现的状况。

停顿了一下，这一帮子人以为朱笑东等人是准备迎战，或者，根本就是给吓傻了。

一时间，这一帮人的神色几近疯狂，要知道，抓到这个姓朱的，不论死活都能值不少的钱。

现在见朱笑东等人傻傻呆呆地站在原地，手上连物器都没拿，这一帮人自然是心中狂喜。

然而，朱笑东只是略一迟疑，随即又大叫：“快走……”

高原等人哪里不明白现在的危险，不仅要面对几个来追杀他们的人，还要面对未知的东西。

所以，高原发出一声喊叫，扭头跟着朱笑东迅速扑向石林。至于心里那种没来由的恐惧，也只能先抛到一边。

这一段时间，说来很长，其实也就短短的几秒钟。

那一帮子挥舞着刀子的人见朱笑东等人只呆了片刻便转身就跑，个个眼里都喷出火来。那个头儿模样、拿着一把砍刀的中年人大喊一声，眨眼之间就追到了那道褐色土壤带上。

只是一脚刚刚踏在那条泾渭分明的死亡地带上，他便禁不住一呆。

那股神秘的、让人恐惧的压力瞬间把他吓了一跳，使他禁不住立在原地，有些张皇无措。

后面接踵而来的几个人急切间收势不住，居然接二连三地撞上了那个领头的。

领头的还好，只是被撞得踉踉跄跄地往前蹿了两步，就稳住了身形，但是后面撞上来的就没那么幸运了。第二个被第三个撞了个大马趴，直接就趴到地上，还啃了一嘴泥，第四个又把第三个撞了一下，两个人一齐摔倒在地上。

后面的两个人从两边扑上来，眼看着朱笑东等人的身影马上就要消失在石林处，也顾不得倒在地上爬不起来的三个人，直接跨过那条死亡地带。一瞬间这两个人也呆立在了当场。

那个头儿脸色怪异至极地回过头来，本来想看看后面跟进来的几个手下，只是他这一回头，突然明白了朱笑东等人那一刹那呆立后没命狂奔的原因。

两张巨大的、满是獠牙的、比普通簸箕还大的血盆大嘴从半空中急砸下来。

那个头儿也没看清到底是什么东西，但是在危急之间，那个头儿就地打了个滚，居然在生死瞬发之间惊险地避开了那张大嘴的急袭，随后一刀斩出。

能在出其不意之下避开毫无征兆的致命偷袭，还反攻一刀，这身手，实在是出类拔萃。怪不得明知道高原等人不好对付，还敢追过来强攻。

只是他砍出来的这一刀却落了个空。那张巨嘴略略往上一抬，便避开了刀锋，随后大嘴一竖，咬了过来。

那头儿手里砍刀落空，根本就没看清，也没空去看清这到底是什么东西，怎么会有一张比簸箕还大的嘴巴。只是感觉这张嘴巴追着自己咬，当下使出“就地十八滚”，顷刻间翻出好几米远。

但是那张大嘴盯着他追咬不休，以致那头儿不但看不清这到底是什么东西，还得拼命地躲闪。

另外一个拿着匕首的人就没这么幸运了。原本狂奔着追逐朱笑东他们，莫名其妙地眼前一黑，紧接着闻到一股腥臭，他的意识也就到此为止了。

而扑倒在地上的那三个人还没爬起来，也根本不知道发生了什么事情，只是偶尔间看见一道黑影，闪电一般划过，然后就不见了。而他们的头儿还躺在地上，拼命地打着滚。

另外一个人突然间感觉到莫名其妙的恐惧，一转头又发现身边的同伴不见了，忍不住惊恐地叫了起来。

这是朱笑东等人闪身进到石林里回过头来看到的一幕，整个过程也就仅仅几秒钟。不过，在这几秒钟的时间里，朱笑东等人算是看到了个大概，那是两条巨大到无法形容的、蛇一样的东西。

那显现出来的，而且超过那条死亡地带的是一张嘴巴，使人毫不犹豫地联想到一个已经消失的物种——恐龙！

但是朱笑东等人知道，那绝对不是真正的恐龙，与其说是恐龙，还不如说是一条龙。只是隔了十多米远，又有雾气笼罩，看得不是很真切。那东西闪电一般划过之后又回身藏进草丛，可能除了准备第二次发动攻击之外，死亡地带发出来的莫名其妙的恐怖感，对这东西也有很大的影响。

在这一刹那间，朱笑东等人才觉得背上飕飕地冒着一股凉气。除了那没看清楚的东西带来的恐惧之外，朱笑东等人又发现，这石林居然散发着一种极为强烈的杀伐之气。

置身石林，竟然如同置身正在杀伐的千军万马中！

只有被屠戮，无情屠杀的份儿！

朱笑东差点儿就没蹲下去。

高原、高大壮和杨薇三个人早已是面色苍白，身子软软地往石柱子上靠去。除了那不知名的东西带来的惊慌，更多的是受不了这石林里的杀伐之气，以致有些站立不稳了。

第二章
石林中的杀机

这时，死亡地带上的那些追踪者，除了那个惊慌失措的人还在大叫，其余的人都已经爬了起来。

三个人不知道发生了什么事，那个侥幸逃生的头儿却是脸色惨白，连掉在地上的刀也不要了，喝了一声，强忍着恐惧，以极快的速度拉起其中一个人，没命地向朱笑东等人的藏身之处追来。

后面那不知名的东西回身藏进草丛是在准备发动第二轮攻击，见那几个人要跑，突然间发出一阵怒吼。这一阵怒吼震得朱笑东等人耳朵发痛，脑袋里也像是钻进去了千百只蜜蜂，嗡嗡响作一团。

吼声未毕，一道黑黄相间的条状影子腾空而起，凌空直扑快要接近石林的那五个追踪者。

这一次，朱笑东算是真正看清楚了那东西的模样。他只能用“龙”或者“巨蟒”来形容看到的这个东西。

说它是龙，是因为它头上有角，虽然只有一根，但看得出来，那是真的角。一颗磨盘大小的脑袋，微微一张嘴，就大过一只普通的簸箕，绝对能毫不费力地将一个普通身材的人给吞进去。蟒蛇一样的身子，足足有十几米长，七寸下面最细的部分都比大号的水桶还要大上一圈。

这样的玩意儿，不要说去跟它搏斗，就算是看看样子，就能把人吓个半死！而且最让人心惊胆战的是，有两条这样巨大的东西。

杨薇问这东西到底是什么玩意儿，朱笑东苦笑着说："姑且称之为'蛟'吧，因为实在没办法找到任何证据证明这是一种人们已知的生物。"

因为在这块大地上，还没有人发现过任何同类的动物，这么巨大，这么凶残。

两条硕大无比的巨蛟从草丛里弹起，巨箭一般射向那五个追踪者。无论是速度，还是力度，都恐怖至极。

一眨眼间，巨蛟轰然砸落，激起一层厚厚的泥土。两个落在后面的人就被巨蛟吞了进去。

还好，这巨蛟对这死亡地带以及石林也有着一种特殊的惧怕，巨蛟落地，一条尾巴扫过，把其余的三个人全部扫回到死亡地带中央。三人跌得七荤八素，一时爬不起来。

然后，两条巨蛟双双跃起，又弹回那半人深浅的草丛之中，隐身不见。

当然，连朱笑东都看得出来，这绝对不是巨蛟有意放过余下的三个人，而是因为惧怕死亡地带以及那石林柱子散发出来的巍巍煞气，一击得手之后，要潜回草丛里稍做调整，以便再次发动攻击。

这时，追踪者那一伙人还能爬起来的，就剩下那个头儿模样的人了。

只是现在他一爬起来就再也顾不上还躺在地上的其他两个手下，而是颤颤巍巍地拼命想要逃进石林。

整个死亡地带，一共也就只有十来米宽，离石林边缘也就五米不到，要在平时，也就是三四个跨步的事，但是，现在不要说五米，就算是只有一步，也跟天际一般遥远。

这是那个头儿这时候的感觉！

因为，他已经听到了第二次怒吼，这预示着它已经再一次发动了攻击。

反抗，是不起任何作用的，唯一的办法就是逃命，逃进石林。

偏偏这时候那个头儿一双脚沉重得像是绑了两百斤的沙袋，每挪动一步都如此的吃力，原本两秒钟不到的路程，他五秒多钟都没能走完。

这时，那可怕的巨蛟再一次在四下飞溅的泥土中砸落下来。

一个刚刚从地上爬起来的人被一条巨蛟砸了个正着，估计要是没死也绝对是出的气儿多进的气儿少了。

先前没能吞噬到那个头儿的那条巨蛟这一次刚刚落在那头儿的身后，几乎没有半点儿犹豫，直立起两三米高的一张血盆大嘴，当头咬下。

那头儿模样的人似乎知道自己死期将至，任何反抗都是徒劳，一刹那间，那头儿也就放弃了任何的挣扎，站在离石林最近的一根石头柱子仅仅不到两米的地方，一动不动，静静地等死。

后面那个被这头儿抛弃的手下，在片刻间，让另一条巨蛟饱餐了一顿。

吞掉那个人之后，巨蛟的尾巴一扫，然后跃回草丛，不知道是去休息还是有什么其他的目的。

只是这个头儿这边，只等这条巨蛟一嘴咬下，本以为就此了事，没想到突然从石林里窜出来一道人影，在电光石火之间，将那个头儿撞倒在地。

这个人影力道大得有点儿吓人，不但一下子把那头儿撞倒，还抱着那头儿在地上打了两个滚，堪堪避开巨蛟的巨嘴。

那人影除了冲击力巨大，身手也还算敏捷，两个人一起倒在地上。那人影的动作毫不停歇，紧接着抱着那个头儿模样的人一阵翻滚，直往石林滚去。

那巨蛟的嘴巴再次落空，似乎激起了它那凶残的本性，发出一声龙吟般的怒号，身子凭空弹起，不过，它倒不是想要回到草丛里去休息片刻，而是借着弹起的那仅仅半秒不到的工夫在空中喘了一口气，以躲避石林散发出来的煞气。

随即巨蛟落地，马上又张开巨嘴，咬向已经滚到石头柱子边缘的两个人。

但是这道人影抱着那个头儿一眨眼就滚进了石林，藏身在一根巨大的石头柱子旁边。

直到这时，杨薇、高原等人才失声叫出来。

“笑东……”

“朱老板……”

“小朱老板……”

在那一刻，朱笑东突然间没来由地生出一股悲悯。几条鲜活的人命一眨眼便尸骨无存，那种惨然，那种震撼，让朱笑东顿时忘记了石林里散发出来的逼人煞气以及那几个人是来追杀他的事情。

看着他们面对强大的威胁无力反抗、束手无策，只能坐以待毙，朱笑东有种说不出来的愤怒和怜惜，他们也是人，也是鲜活的生命！所以，朱笑东不由自主地扑了出去，在千钧一发之际，救下了那个原本来追杀自己的人。

一连两次都让猎物从嘴边溜走，这条巨蛟也是愤怒至极。暴吼声中，身子猛力一弹，尾巴扫过朱笑东和那头儿藏身的石头柱子，把那根直径好几米的石头柱子扫得直摇晃。

在巨蛟的尾巴扫中石头柱子的那一刻，巨蛟的怒吼突然变成一声哀鸣。随后，巨蛟腾空而起，再次飞回草丛中。

直到这时，朱笑东才去细看被他救下来的那个人的模样。那人也就四十岁左右，一身腱子肉，筋骨遒劲，脸上一道斜斜的、长达数寸的刀疤，从左脸眼角划过鼻梁直至右边的嘴角，怎么看都觉得面目阴狠狰狞。

不过这个时候，他那狰狞的面目被一股极度的恐惧覆盖。眼睛、鼻子、嘴巴，都扭曲到了夸张的程度。或许，这也是朱笑东觉得这人面目可憎的缘故之一。

朱笑东刚刚喘过一口气来，杨薇、高原、高大壮等人便扑到了他身边，连声询问。

朱笑东艰难地笑了笑："没事……"

这时，草丛里的两头巨蛟又发出一阵怒吼声来，看样子，马上又要发动一次进攻。

朱笑东一把拉起还在愣愣失神的刀疤脸，低声说道："这里不能久留，快走……"

估计这巨蛟对死亡地带以及这些石头柱子很是忌惮，不敢直接冲进石林中攻击人，但是几个人留在石头柱子的边沿地带，遭到攻击的可能性绝对大大存在。

几人手里没有任何抵抗的武器，何况，就这几个人这点儿能力，说要抵抗巨蛟也是笑话，所以唯一的办法，就是先撤进石林深处。

虽说这石林里有种让人抗拒不了的煞气，但那始终只是心理上形成的威慑，神经稍微大条一点儿，如同朱笑东这样的人，还是勉强能克服这种无形的威慑力的，这远比直接面对巨蛟的攻击要来得轻松许多。

朱笑东说完，又低头问刀疤脸："还能走吗？"

刀疤脸机械地点点头，喉咙里咕哝了一声，算是回答了朱笑东的问话。这短短的几分钟，留给刀疤脸的震撼和刺激实在是太过深刻，到这时候，他几乎都只是发自本能，是无意识的举动。

高原和高大壮两人却似有不满，但还是上前拉起刀疤脸，勉强跟在朱笑东身后。

朱笑东则是拉了杨薇的手，不紧不慢地带头往石林深处钻。

越往石林深处走，那种逼人的煞气越是浓烈。稍微有点儿微风拂过，石林里便发出一阵低沉的呜咽，像是有无数冤魂厉鬼低呼惨号着要扑将出来，配合着外面两头巨蛟的怒吼，实在让人心惊胆战、毛骨悚然。

朱笑东一边强撑着往前走，一边解释道："这有可能是一种声学原理，利用风力加上石头柱子，巧妙地布置，就能达到发出怪声的效果。当然这还只是表面，最厉害的估计是这石林石柱的布置，能发出一种次声波，引发人体一些部位的共振，这就使人没来由地心悸、心慌、心跳加速。轻者癫狂，重者当场死亡。"

其实，高原、高大壮等人都明白这个道理，但是在无形的压力之下，高原等人实在没办法开口。朱笑东担心在这么巨大的威胁面前，要是都默然无声，把全部的注意力都放在对抗煞气上，会造成压力过重，导致高原等人精神失常，所以才不停地开口说话，分散一下杨薇、高原等人的注意力。

这个时候，外面那巨蛟的吼声大急，估计是有些忍耐不住，想要直接扑过来追袭。

整个石林的面积不大，但是朱笑东等人在里面穿行了半个多小时还没穿到对面。

严格来说，他们走了近二十分钟，还停留在边缘不到十米的地方。当然，这一点，朱笑东等人完全不知。

周围都是几米或者上十米高的石头柱子，除了大小高矮，颜色都一模一样，几乎就是一个石头柱子组成的迷宫。

朱笑东等人被强大的恐惧感压住心头，紧接着又目睹了巨蛟的凶残，急于逃命，根本就没来得及分辨，也没有发现这石林竟然是具有迷宫一般的奇特布置。所以，老是发自本能地见缝就钻，没路了就又回头。

走了一阵，高原和高大壮因为扶着刀疤脸走得慢，不知不觉间，居然跟丢了朱笑东和杨薇两人。

等朱笑东发现这个情况时，已经不知道高原和高大壮跟丢了多久。

恰恰前面的去路又被一根巨大的石柱挡住，朱笑东只得一边回头找路，一边大叫高原、高大壮两人的名字。

幸好，人虽然散开了，但是可以确定没散开多远。朱笑东这边一叫，高原他们那边立刻就回声过来。根据声音判断，高原他们应该就在左边不远的地方。

于是，朱笑东拉着杨薇，循着声音急切地往左边钻了过去。

不到两分钟，朱笑东眼前一亮，想来是出了石林，仔细一瞧，却顿时吓了一大跳。

原来不知不觉间，他又回到了先前巨蛟扑杀刀疤脸那一帮人的死亡地带。

而现在，他们就站在石林边上离最近的石头柱子两三米远的地方。

他和杨薇刚刚站定，两条巨蛟一左一右从天而降，簸箕一般的巨嘴直接咬向朱笑东和杨薇两人。

朱笑东“哇”的一声大叫，拉着杨薇的手反身就跑，闪身就进了石林。

这巨蛟进不了石林，而石林却又恰恰是他们逃命的最佳场所。朱笑东屏住一口气，在巨蛟的牙齿划破杨薇的衣服那一刹那，终于蛟口逃生，藏身在石柱之后。

没想到一连两三次都吃了个落空，那条巨蛟极其暴怒，身子一弹，一颗巨大的脑袋轰然撞向朱笑东和杨薇两人藏身的石柱。

这一撞之力何止万钧，只听轰隆一声巨响，六七米高、直径一米多的石头柱子竟然被从中折断。

朱笑东在石头柱子倒塌落地前一秒钟，拉着杨薇再往里钻去。

不承想，这些石头柱子看起来粗大，但是经过了风雨的侵蚀早已风化严重，被巨蛟一头撞折，另一根石柱也发出“咔嚓”一声，从中折断。接着，这两根折断了半截的石柱又撞击到其他的柱子，碰断的柱子又不住地去碰撞其他的石头柱子，连锁效应一般，石林里顿时不断传来一阵“轰隆……”“咔嚓……”的巨响。

朱笑东没想到自己一个疏忽竟然惹来这么大麻烦，顿时有些呆了。

不要说朱笑东，听着这震天巨响，高原、高大壮两人也是吓了一大跳。

那两头巨蛟弹回草丛，居然也探出头来，看着这场景。

石头柱子像多米诺骨牌一般倒塌，几分钟，整个石林便坍塌了一大半。高原、高大壮等人藏身之处受到的影响较小。这时候他们站在几根残存的柱子旁边，其中一根倒塌的石柱子挡在了他们三个人藏身之处的前面。

如此一来，朱笑东突然觉得那股无形的威慑力一下子就消失了，整个人突然间就像是从百丈深的海底一下子浮出了水面，身上的压力一松，顿时不由自主地张嘴呼吸了一口新鲜空气。

杨薇显然也有这种感觉，虽然是躲在一根断掉的石头柱子下面的一点儿狭小的空间里，杨薇还是忍不住深深地吸了一口气。

朱笑东却是佝偻着身子，在一段石头柱子搭成的一个不到五十厘米高、不足一米宽窄的空间里大叫："杨薇……高大哥……快跑……"

先前，石头柱子没倒，石林没被破坏，巨蛟也就忌惮着那股无形的恐怖力量，现在，石林已经被毁坏得一塌糊涂，能感觉到那股力量已经消失，比人更灵敏的动物肯定会更快、更先感觉到。

这样，两条巨蛟肯定会不顾一切地过来吞噬猎物。

朱笑东一边往洞外爬，一边大叫："石柱子倒了，已经挡不住那些怪物了，快跑！"

高原等人如何不明白，何况，还有朱笑东大声示警，可是，这个时候，高原和高大壮却没办法放弃朱笑东独自逃命。

这里的石柱虽多，所占面积也不小，但是这个时候被毁坏了一大半，先前那种遮天蔽日的、迷宫一样的景象自然也就消失了。

所以，高原几乎毫不费力地就发现朱笑东他们两人其实离他们并不远。十米左右，几根倒塌的石头柱子搭成的一个极小的空间里，朱笑东正在往外爬，应该没有被伤害到。

杨薇却是满面惊恐地在往外拉朱笑东，又问朱笑东受了伤没有。

朱笑东喘着粗气儿道："还好，没受伤，可是眼下还有比受了伤还要危险的事。"

石林外边的巨蛟探头探脑，一点点往这边接近。

朱笑东强行爬了出来，见高原等人要往这边跑，赶紧大声阻止。这个时候，千万不能有剧烈的动作，否则，立刻就会引起巨蛟的注意！一旦引起巨蛟的注意，几个人立刻就会万劫不复。

高原迟疑了一下，随后明白了朱笑东的意思，只得拉了刀疤脸，一步步穿过残存的石头柱子，小心翼翼地向朱笑东靠近。

这个时候，外面那两头巨蛟又开始怒吼起来。

朱笑东也看见了高原等人，带着杨薇，时而在几根倒塌的柱子下面钻，时而在几根柱子上面爬，好不容易跟高原他们三个人在倒塌下来的石头柱子围成的一个小洞里会合。

几人正要商量下一步该怎么走，没想到巨蛟突然发起了攻击。

不过，畜类就是畜类。巨蛟这次发动攻击，却不是对准朱笑东他们几个人，而是对着那些残存下来的石头柱子。

而且，这一次不仅仅是一头巨蛟，而是两头巨蛟一起弹进石林，又是脑袋撞，又是尾扫，不到半分钟，又毁坏了不少石柱。

突如其来的变故让朱笑东等人苦不堪言，逃命的道路好不好走现在就不说了，几人被困在那些倒塌下来的柱子下面，没办法去躲避那些四处横飞的碎屑石块，只能抱着脑袋，眼睁睁地看着那些碎石块像雨点一般呼呼地往自己身上砸。

不到片刻，刀疤脸右边脸上又被一块呼啸而至的小石块划了一道三四寸长的口子。高原的右手也被一块十多斤重的石头砸中，估计小臂上的骨头都给砸断了，无力地垂着。

杨薇被朱笑东死死地护在身下，石块砸得朱笑东哼出声来，但杨薇却毫发无损。

几个人好不容易过了这比十年还长的半分钟。

见再也没有石块落下来，朱笑东抹了一把嘴上的鲜血，问道："怎么样？还撑得住吗？"

高原皱着眉头，脸色苍白，左手托着右手，苦笑着回答："还好，死不了……"

高大壮勉强低头去看，右腿上的裤子被划了一道一尺来长的口子，伤口足足七八寸长，隐隐看得见白生生的骨头。

朱笑东支起身子，勉强让杨薇站了起来。杨薇在底下就看到高大壮腿上的伤了，所以，一直起身子，马上把身上的衣襟撕了一块下来，递给高大壮，又勉强放下背包，从里面找了条带子，帮高大壮包扎伤口。

朱笑东看到高原手上受了伤，估计也很是严重，当下从背包里找了件换洗的衬衣，把两个袖子打了个结，做成一个吊带挂在高原的脖子上，又慢慢地把高原的手放进吊带里，才叹息着说：“估计骨折了，可惜这里没有树枝之类的，不能固定折了的骨头。”

包扎完高原、高大壮两个人的伤口，杨薇倒也没忘记刀疤脸，依旧是撕了衣服衣襟，递给刀疤脸，去包扎脸上的伤痕。

刀疤脸激动不已，他这条命是朱笑东从巨蛟嘴里掏出来的，为了救他，朱笑东耽误了他们四个人最关键的逃命时间，以致于现在落到如此境地。按说，要是其他人，现在第一时间要做的就是问他到底受什么人的指使，以后还会有什么针对自己的行动计划之类的，但是朱笑东等人到现在为止，半句这方面的话也没问过。他受了伤，他们反而倾尽全力地来救助。

只要还是个人，就绝对不会对这些无动于衷。

刀疤脸当然是人，当然不可能会无动于衷，但是作为杀手，刀疤脸却又不得不把这种感情放开！

与刀疤脸有完全不同想法的是高原和高大壮两人。一直以来，两个人接触到的任务很多，但是从来没有一个身价过亿的老板会这样子对待他们。

虽然和朱笑东这个老板相处的时间不长，但是像朱笑东这样跟保镖兄弟打成一片，同甘共苦、出生入死的，高原他们两个还真是第一次遇到。连受伤了，都还亲自帮着包扎，这样的老板……高原苦笑着，怎么说呢！

朱笑东猛地咳了一声，从嘴里吐出来一口鲜血。好多不小的石块都砸在他的背上，虽然有背包遮挡了一下，但是那撞击的力道实在太大了，朱笑东受的内伤恐怕也不轻。

朱笑东擦了一把嘴上的鲜血，苦笑着说道："高大哥，这回玩儿大了，你腿脚利索，帮我把杨薇带出去……"

高大壮一股热血上涌，忍痛说道："小朱兄弟，不用说了，保护你的安全是我们的责任，还是我们留下，你跟杨小姐先走吧。"

杨薇搂着朱笑东，泪水哗的一下流了出来，却是很低沉地说道："高大哥，你们先走吧，我跟笑东……"

杨薇性子刚烈，没有朱笑东，她是绝对不会走的，这一点，朱笑东明白，但是眼下这个情况，恐怕也由不得她自己做主了。

巨蛟随时都会发动攻击，偏偏自己这一帮人完全没有抵抗的余地。现在唯一的办法就是留下一个人来，想办法拖延时间，让能走的人尽可能地冲过石林，或许能有一线生机。但是，留下来的人……

这个就不用说了，朱笑东自然是不想让高原、高大壮甚至是刀疤脸来做这种事情。

高原张了张嘴，刚要说话，但是这时刚刚沉默了几分钟的两头巨蛟又是一阵怒吼，把高原的声音都给淹没了。

怒吼声中，巨蛟又进攻了。这一次，巨蛟的阵势不小，估计是第二次试探这石林残存的威力，所以，选择的目标是两边峭壁脚下那几根还算完好的石柱。

巨蛟威力无比，用头撞，用尾巴扫，有两根石头柱子直接被撞折，凭空飞出去好几米远才"轰隆"一声撞在其他柱子上，砸得碎石纷飞，四散激射。如此折腾了足足一分钟，巨蛟才游开。估计这样的一次撞击也要耗费巨蛟不少的力气，而且，巨蛟也还不敢肯定这石头柱子的威胁是否全部消失了。

这一次，朱笑东等人躲在那个小小的洞坑里，更是遭了大殃。刀疤脸知道巨蛟开始攻击，第一个缩到他认为还安全的角落里；高大壮根本就没站起来过；杨薇、高原两人被朱笑东老母鸡护小鸡崽一般全部拥在身下，替他们遮挡了绝大部分的石块。

杨薇在朱笑东的羽翼之下，亲眼看着朱笑东不住地咯出血来，几乎是每被砸上一块巨石，朱笑东都吐出来一口鲜血。一辈子一样长的那一分钟过去，高原、杨薇身上都是朱笑东吐出来的血。

那一刻好不容易过去，朱笑东勉强撑着身子，对高原和杨薇等人艰难地说道："快走……"说着，眼睛都有些发黑。

高原也知道，再在这里待下去不被巨蛟吞掉也会落个葬身落石的下场。再说，巨蛟为了聚集力气，每次攻袭都有三四分钟的间隔，这三四分钟里，应该说还是比较安全的。

所以，现在是一秒钟也耽误不得的。

高原没有废话，而是要杨薇扶好朱笑东，自己却拉了高大壮，至于刀疤脸，除了脸上那一点轻伤，根本就不需要让人照顾。

几个人艰难地翻上倒塌的石头柱子，让刀疤脸走了前面，朱笑东和杨薇两人垫后，这才往石林中心走。

先前在石林里穿行，视线受阻，以致走了近半个小时还在原处打转。现在的情况却大大不同，石林已经被毁坏得一塌糊涂，视线再也无阻不说，倒在地上的石头柱子还成了绝好的路标，虽然时不时还得爬上爬下，但却是离巨蛟越来越远。

高原扶着高大壮，心里计算着时间，还随时随地地注意着沿途哪里有好的躲避处。

沿途过来，也就两个比较好的地方，第一个自然就不去考虑了。现在离巨蛟发动下一次攻击的时间还早，足足有两分钟时间。虽说这两分钟时间并不能让几个伤势不轻的人走多远，但是现在离那可怕的巨蛟远上一步，说不定就是生死的关键，自然也就没人愿意去浪费那宝贵的两分钟了。

第二个地方比第一个要差上一些，但是比最先前那个地方要好了一半不止。两根断掉的柱子搭在下面的一根柱子上，下面足足有一米来高、一米多深，如同屋檐一般，可以遮挡从天而降的石块。

所以，高原决定先在这里避上一避。事实上，这一刻，按高原的计算，最多也就只有半分钟不到，巨蛟就会再次发动惊天动地的攻击了。

果然，几个人才爬到那屋檐底下，巨蛟的怒吼就开始了。这一次，巨蛟似乎被朱笑东等人留下的血腥味刺激到了，轰轰隆隆地又是扫又是撞，足足折腾了三分钟之久。不过，经过了数次折腾，能倒塌的石头柱子已经极为稀少了。所以，巨蛟虽是折腾得厉害，但朱笑东等人这次却是一点儿也没被伤到。

高原计算好时间，正要探头出来看看情况，没想到巨蛟这次却没按常理出牌，居然并没再弹回草丛里去休息，而是伏在石林边上，一条巨蛟探头探脑地去嗅那朱笑东等人留下的血迹。

而另一条则干干脆脆地爬上了坍塌的石头柱子，循着血迹，试图追踪过来。

这一下高原彻底傻了眼："这是要逼死人的节奏，信不信老子跟你们拼了！"

话是这么说，可是现在拿什么去跟两头巨蛟拼，不但手里没有武器，连右手都骨折了，去拼，还当真赤着胳膊上去跟它斗啊。

朱笑东半躺在屋檐下，有气无力地说道："高大哥，别冲动……我们再想想办法……"

想办法！这个时候到哪里去想办法，还有什么办法可想？

朱笑东喘了几口气，说道："大家知道蛇的习性吧……"

对蛇的习性，高原等人自然是不陌生。蛇的双眼生于头部两侧，视觉也不敏感，视野重叠的范围极小，只有范围很小的双眼视觉；蛇没有外耳和中耳，只有耳柱骨，没有鼓膜、鼓室和耳咽管，所以蛇不能接收空气传导来的声波，但是对于从地面传来的震动却很敏感。所以人在荒凉的草地上劳动或行走时，用棍棒敲打地面或故意加重脚步行走就能把蛇吓走，这就是“打草能惊蛇”的道理。也就是说，现在只要这一帮人不动，这巨蛟就有可能发现不了他们的藏身之地。

再就是蛇在行动时折转困难，蛇没有脚，主要靠附着在脊柱上一系列肌肉的交替收缩产生的力量向前爬行。由于脊柱的两侧各有一组肌肉，一侧收缩而另一侧舒张，这样会使蛇体弯曲起来，这种一张一弛的波浪式运动，能从头至尾在身体两侧以相反的位置传递过去。如果这种波浪运动在传递过程中没有遇到阻碍物，这些肌肉活动所形成的弯曲就会毫无阻力地通过全身；但是如果地面凹凸不平或坎坷狭窄，弯曲运动会受到干扰，并在每一个接触点上产生压力，这种压力只有大于蛇的滑动摩擦时，才能使蛇向前运动。也就是说，要是几个人能拼足力气，不间断地在这些石头柱子的缝隙间穿行，两头巨蛟有可能追不上。

再就是蛇的嗅觉很是敏锐，它的分叉舌头可以收集空气里的各种化学物质，并黏附或溶解于湿润的舌面上，再把它运送到鼻器中，然后再产生出嗅觉来。一般地说，蛇是喜腥味而恶芳香气味的，所以身上带有芳香气味浓郁的药物，蛇一般都不愿意趋近。

还有最主要的一点，蛇的颊部有一对“颊窝”，称为“热测位器”，对红外线特别敏感，只要有温度变化，蛇就能察觉出来，还会很快确定位置。也就是这一点，让朱笑东等人不敢轻举妄动。一旦稍有动作，巨蛟肯定会在第一时间知道几个人的位置。

高原点了点头，这么说来，其实这巨蛟还是有办法对付的。

杨薇带有香水，野外常有不知名的虫子飞蚊，这香水带着，夜晚休息时在帐篷里喷上一下，可以睡个安稳觉。

现在拿出来一顿乱喷，至少可以扰乱巨蛟嗅觉上的探测。

杨薇自然是毫不客气地打开背包，直接把那瓶香水给取了出来，一大瓶，几乎没用过。杨薇一顿乱喷，方圆好几米顿时笼罩在一股沁人心脾的玫瑰花香里，身边的石头柱子都在往下滴香水珠了，估计一时半会儿还不会干，杨薇这才住手。

果然，不到片刻，两条巨蛟突然间有些发怔了，尤其是那条循着血迹慢慢探过来的巨蛟，突然间甩了甩脑袋，好像一个有着洁癖的人突然间看见有人挑着一担大粪一般，几乎转头就要离去。

杨薇慢慢伸出头来，偷偷地看了一眼，见巨蛟这样，禁不住大喜。

但是就她这一伸头，那巨蛟好像又明白过来一般，虽然不大愿意靠近，但也没有离去的意思。

杨薇把这个情况跟朱笑东、高原等人一说，朱笑东有气无力地说道："看来，我们还得再加上一把火……"

"怎么加?"高原问道。

"就是再加一把火……"朱笑东继续说道，"有什么比较容易燃烧的东西，找点儿出来，做个大火球，点燃，然后再把它抛向另一边……"

朱笑东还没说完，高大壮倒是动起了手来。背包里，他准备着十好几根做信号用的烟火，这玩意儿没有爆炸力，但是要想引开巨蛟的注意力应该还是可行的。

第三章

狙杀恶蛟

刀疤脸二话没说，从高大壮手里拿过一根，拉燃，然后猛地站起来，直接把烟火往巨蛟身后的那一片死亡地带投去。

刀疤脸能将一颗手榴弹扔出去七八十米远，就更别说一根烟火了。刀疤脸这一扔，这烟火直直从巨蛟眼前飞了过去，后面那头巨蛟张大了嘴，准备半空拦截这个怪怪的、有着巨大热量的东西。

但是刀疤脸用的力度很大，烟火一闪而过，随后在那片空旷的死亡地带上蹦了几下，然后发出巨大的烟雾火光。

两头巨蛟顿时怒吼一声，同时一摆身子，腾空而起，扑向那团烟火。

高原大喜，原来这就能轻易地搞定！怎么早没想到这个办法！

不过，话说回来，在这一段时间里，几乎每隔几分钟就要遭受两条巨蛟的攻击，一群人一直都在不住地奔命、躲避，根本就没人去想对付它们的办法。

见高原兴高采烈的，朱笑东苦笑道：“我们现在还不能高兴得太早。据我估计，这东西上了当，多半会被激怒，所以，我们还得赶紧想其他的办法……”

刀疤脸二话不说，一连扔了几根烟火过去，累得两条巨蛟不住地去追逐那烟火，其中一条甚至把两根接连飞来的烟火直接吞进了肚子。不多时，这吞了烟火的巨蛟便发起狂来了，嘴里吞云吐雾，乱蹦乱弹，声势恐怖至极。

一根普通的信号烟火少说也能持续燃烧好几分钟，释放出来的气体得有多少。这家伙一连吞了两根，会到什么程度，那就不用说了。

那条巨蛟吞噬了烟火，从嘴里排出来的少，留在它肚子里的几乎就是全部。它的肚皮暴涨，不到两分钟，几乎就大了一倍，由不得刀疤脸、高原等人不兴高采烈、手舞足蹈。

刀疤脸这一段时间都没出过声，这时忍不住也兴奋地沙哑着嗓子说：“让你厉害……”

几个人虽是高兴，但是看那条吞噬了烟火的巨蛟疯狂地挣扎，也忍不住有些心惊。

这个时候，那条吞噬了烟火的巨蛟不住地翻腾弹跳，石林边上原本低矮的那些石头柱子几乎被它撞击了个遍，当真是达到了山崩地裂、巨石横飞的地步。

另一条巨蛟则是不住地怒吼着，不但猛烈地将地上的烟火压得粉碎，还不住地去缠绕那条乱蹦乱跳、乱飞乱撞的巨蛟，好像在安抚它正在受苦受难的情人一般。

大约在巨蛟肚子里的两根烟火燃尽的时候，巨蛟的肚皮终于撑不住巨量的气体膨胀，发出“嘭”的一声闷响。这头巨蛟的肚皮被巨量的气体撑裂了一道口子，红色的烟雾顿时倾泻而出，只是那巨蛟一张巨大的嘴巴还不住地一开一合。

另一头巨蛟似乎悲愤不已，围着已经死去的巨蛟不住地游走，仰着一颗硕大无比的脑袋，向天怒吼连连。

朱笑东等人哪敢再停留下去，一个个相扶相携，爬上倒塌的柱子，狼狈不堪地往石林深处奔去。越往后面走这石林受到的损毁越小，几个人走着虽然费力，但是比先前爬上爬下还是要轻松一些。

杨薇一边扶着朱笑东，一边不住地往走过的地方喷上一些杀虫灭蚊的香水。留下的血腥味是巨蛟追来的线索，这香水的味道多少能遮盖住一些。

朱笑东等人发现，这石林的中间处有个巨大的石头台子，依旧是石头柱子一般的造型，却巨大至极，一般的石头柱子没有超过两米的，但是这个台子的直径少说也有五米。

朱笑东等人之所以会注意到这个地方，是因为这个台子周围空出来一道三四米宽的空地，也是死亡地带上那种红褐色的土地，将这个巨大的石头台子围在正中间。

这石头台子的平面极为平整，高大壮很怀疑是不是连这平面都是经过精心校准过的。平面上的平整程度如抛过光一般，看不出一丝儿差异。

朱笑东好奇的却不是那些，道：“要雕琢出来一块这样高质量的石头台子，把平面修正到绝对水平，其实一点儿也不难。”

“还不难？”杨薇说，“这简直就是世界奇迹，这里面包含了多少前人的智慧和神秘的科技啊！你却说一点儿都不难。”

朱笑东摇摇头，说：“真的不难。其实，要把石头雕琢到像抛了光一般的程度，除了石匠会用凿子之类的工具，还有一种大部分人都没见过的工具，跟木匠用的刨子差不多。用那种刨子清理之后再打磨几遍，石头表面就像是抛过光似的了。”

高原的老家里，有些给别人做碑的石头作坊，所以，高原自然知道朱笑东说的这个不是假的，高原甚至见到过那种刨子的模样，石匠师傅就是用那种刨子来整理碑面的平整度。不过，那是许多年前的事情了，现在整理碑面都用砂轮机或者解石头的机器。

不过，要把这样的东西校准水平，高原就不知道怎么做了，但是想来，朱笑东会给出一个合理的解释。

果然，朱笑东说：“清理石面，校准水平，其实更简单，只要在雕琢清理的时候不断地往石面上浇水就可以。不过，这要有点儿经验的师傅才能拿捏准。”

“原来如此，我还以为这东西真是外星人留下来的呢！”高大壮忍痛笑道。

“不过小朱兄弟你是怎么看出来的？”高大壮笑完，又问。

朱笑东淡淡一笑，回答：“严格说来，我应该也算是一个石匠。”

高原一怔，随即明白过来，朱笑东精于雕刻，只不过，据说他雕刻的大多是玉石，要说是石匠，也算是沾了边的。如果说平整石面、校准水平是石匠手艺的细活儿，那朱笑东的雕刻技艺，自然就是登峰造极的精活儿！

“原来如此！”高大壮又是一笑。

朱笑东见几个人恍然大悟，忍不住轻轻地咳嗽了一声，只是这一咳，又咳出一些血来。

杨薇赶紧去擦拭、询问。

朱笑东喘了口气，说道：“现在，我倒是想起这个石林以及这些石头柱子是干什么用的了。”

杨薇等人本来就好奇，这种绝险的地方，怎么会有人来做这些柱子，现在听朱笑东这么一说，顿时也顾不得身后那头巨蛟，连要逃命的心都淡了很多。

“轩辕黄帝到这里来采药炼丹的传说，你们该是听过吧。”朱笑东一边轻咳，一边说道，“野史里又说，轩辕黄帝看见这个地方清秀幽深，山里却常有妖龙出没，便设了一座斩龙台。想来，这里便是传说中的斩龙台了。”

高原和高大壮两人面面相觑，这是真的假的啊！妖龙到底是什么玩意儿？

“这个，我这么说吧，巨蛟，你们是亲眼所见的吧？估计在黄帝那个年代，所谓的巨蛟应该还要巨大一些，说是妖龙的确不为过。至于斩杀蛟龙这事，应该是真的，比如《晋书·周处传》中就记载了周处杀蛟龙的事情，姑且不论真假，但是蛟龙的事情历朝历代都有记载。

“应该说，古人把这一类的东西看得比较神秘，再说这里地势险要，也算得上终年不见人烟，所以出几头大蛇巨蛟之类的东西自然也难免。倘若真是黄帝一群人在这里采药炼丹，有我们今天一样的经历，在这里兴建一座石台，也就不足为怪了。”

高原和高大壮等人默然。朱笑东这么一说，又加上今天的经历，可以说是事实俱在、证据确凿，但就现在这事，跟旁人说起来，恐怕别人也不大会相信。

几个人休息了一会儿，石林外面的那条巨蛟也不再嚎叫，但是轰轰隆隆的石头柱子的撞击声却是越来越猛烈，估计是巨蛟跟过来了。只是这石林里到处堆满残缺不堪的石头柱子，巨蛟前进的速度也有些慢了。

朱笑东等人不敢耽搁太久，只得马上出发。依旧是杨薇和朱笑东断后，走过的地方全部喷上香水，扰乱巨蛟的嗅觉，至于走路时的震动，也就只能不管了。

出了石林，后面是一片渐行渐高的斜坡。不在石林里找路乱窜，朱笑东等人的速度也提高了许多。

上到斜坡高处，高原等人回头去看，隐隐还能看到那条巨蛟在石林里乱钻乱爬，估计一时半会儿也追不过来了。

斜坡上完，便是一堵明晃晃的断崖，整个峡谷也就到此为止了。

朱笑东等人找了片刻，便发现峭壁之中有一条裂隙，直达峭壁顶端，裂隙不宽，最宽的地方也就一米多点儿，窄的地方仅仅数十厘米，里面时而有些小草树枝什么的，抓住这些东西，勉强就能往上爬。

本来这绝对不是一个很好的去路，但是除了这里，也就再没有其他的去路了，要找其他的去路，能不能找到不说，关键是时间不允许，屁股后面还有头巨蛟跟着，一旦巨蛟挣脱石林的桎梏来找几个人的麻烦，也就分分钟的事，现在谁还敢继续待在这里？

只是这一班人之中，没怎么受伤的也就杨薇一个人，但她终究是一个女孩子，攀岩爬高并不是她的特长。高原右手骨折，往上攀爬几乎可以说极其吃力。朱笑东手脚无碍，但是内伤不轻，也使不出多大的力气。高大壮大腿上有一道半尺来长的口子，每上升一米，几乎都是用尽全力，稍微要好一点儿的就只有刀疤脸一个人。

这个时候，刀疤脸腰里系了一条绳子，走在最前面，绳子下面系在高原的腰上，高原下面则是杨薇。杨薇不时把高原往上推，或者用绳子拉下面的朱笑东，朱笑东后面跟着高大壮，几个人现在都成了一条绳子上的蚂蚱。

整个绝壁其实也不算很高，一百多米，但从下往上看，还是有一种直插天霄的感觉。

几乎花了三小时，几个人才爬了一半，可见其艰难程度之大。不过，愈往上爬缝隙越窄，相应的也就省力了许多，再说，这缝隙也并不是笔直地直插天际，而是略略带有一点儿斜度。到后来，几个人也就差不多是趴在缝隙里，手脚并用往上爬，自然就省力了许多。

唯一让人沮丧的是，那头巨蛟还是摆脱了石林的桎梏，一路追杀了过来。

不过岩石缝隙陡峭，巨蛟虽然厉害，同样也是追得艰难至极，一时半会儿还接近不了朱笑东等人。

如此一来，一头巨蛟在几个人脚下蠕动，朱笑东等人只能尽力地远离蛟口，不但要拼命地往上爬，还得更加小心，要是一个失手，五个人就会直接掉进巨蛟的嘴里。

脚下有巨蛟追击，几个人上升的速度也快了许多，原本计划在天黑之前到达顶部的，在巨蛟的追击下，几个人居然只用了半个多小时就爬完了后面的路程。

一上到峭壁顶上，刀疤脸连腰上的绳子也没解开，直接找了块二十来斤重的石块丢进缝隙。

离峭壁顶端还有二十多米距离的巨蛟一阵怒号，也是拼了全力往上挪动，二十来斤重的石块砸在它的脑袋上，估计它也不怎么好过。

朱笑东等人听着吼声，不敢怠慢，这家伙要是追上来了，绝对是几个人的死路，现在唯一的办法就是把它给砸下去，砸回去！

一时之间，大大小小的石块像山崩一般直接往绝壁缝隙里落下。可惜，这段缝隙虽然陡峭，但偏偏有了斜度，所以，石头虽多，但是真正能砸中巨蛟脑袋的还是很少，再说，就算是砸中了，以巨蛟皮糙肉厚的程度，伤害也并不大。那巨蛟仗着皮糙、肉厚、脑袋硬，不住地往上蹿来，看得朱笑东等人心惊肉跳。

尤其是刀疤脸，看见巨蛟离缝隙出口仅仅只有七八米距离了，“哇”地叫了一声，转头就跑，眨眼间就不见了踪影。

朱笑东、高原等人却是不敢就此离去，这条巨蛟一旦出了缝隙，这几个人依旧是它的晚餐。

朱笑东奋力抱起一块三四十斤重的石块丢进缝隙，正好砸在巨蛟的嘴巴上，它满嘴的獠牙顿时被砸断了无数。巨蛟虽然怒火冲天，但是疼痛难忍，惊惶之下，本来想要退下去，但是这巨蛟跟蛇一样，好多地方都只能前进不能后退，加上这一端缝隙较窄，除了前进，根本就退不回去。

巨蛟痛得张着巨嘴，发出一阵惊天动地的怒号，还不住地摇晃着脑袋，向朱笑东等人示威。

没想到就在这一刻，高大壮抓了一把烟火，一齐拉燃，全部丢了下去。

也不知道巨蛟到底吞了几颗烟火，才片刻，巨蛟就硬生生地被石缝卡住了身子，连往上前进都做不到了。

再过不到一分钟，在巨蛟的怒吼声里，夹杂着“噗……”的一声闷响，一股烟雾带着鲜红的液体喷射出了岩壁，应该就是巨蛟的血液吧。紧接着，朱笑东看见一些花花绿绿的东西挂到了巨蛟的身体外面，估计是气体撑破了这巨蛟的肚皮，把内脏什么的都带了出来。

巨蛟挣扎着、怒吼着，在最后一刻，终于从缝隙里冒出了巨大的脑袋来，但也就是把一颗脑袋露出在缝隙外面而已。

朱笑东等人早被露出来的巨蛟脑袋吓得全部瘫倒在地，过了许久，见巨蛟终于不动了，这才慢慢地回过神来。

一天后，朱笑东等人回到市区，找了家医院，帮高原把裂开的臂骨接好，又重新给高大壮消毒、包扎。对高大壮来说，他腿上的伤势虽然严重，但终究只是皮肉伤，包扎过后就跟杨薇一起处理这边的一些事务。

这时，倒是朱笑东的内伤最为严重了。最后半天的路程，几乎是高原等人咬牙把朱笑东拖回来的，现在朱笑东还昏迷不醒。

见朱笑东一直昏迷不醒，高原、高大壮提议转到京城去，杨薇考虑再三，当下跟高大壮一起，到宾馆里处理了那些该处理的事情，然后乘车陪着朱笑东转回京城。

……

和朱笑东等人分手之后，胖子和王晓娟倒是快乐得一塌糊涂。王长江打过来几次电话，说铺子里的事情，但是警方已经介入调查，另外最近有一些不明不白的人常在店铺周围转悠，但是从他们处事的方式来看，应该是帮着自己这边的。

胖子稍微一转脑袋，就明白这些人肯定是朱笑东请来暗中保护王长江的，但这事现在还不能跟王长江明说，所以胖子也就支支吾吾地敷衍了几句了事。

王长江告诉胖子，铺子已经重新营业了，保险公司这边帮着赔了不少钱，经济损失是有些，但是不大，还叫胖子放心，好好地照顾王晓娟，最后又问朱笑东他们怎么样了。

胖子不敢实话实说，生平第一次在王晓娟的支持下撒起了谎来，说朱笑东很好，虎子小两口也很好。总之，连哄带骗，让王长江踏踏实实地放了心。

这天，胖子、王晓娟、大树、石头四人一路游玩到十三朝古都，少不得要去见识见识举世闻名的“中国金字塔”以及千古闻名的秦始皇兵马俑。

“……所谓十三朝古都，就是西周、秦、西汉、新莽、东汉、西晋、前赵、前秦、后秦、西魏、北周、隋、唐都将这里做过都城首府，因而可以说这个地方是古代的政治文化中心，不过，根据我的分析……”路才走一半，石头又开始替胖子做起免费向导来。

胖子脑袋都有些大了，以前胖子最爱胡说八道，这回遇上话痨的石头，胖子连感叹“岁月是把杀猪刀……”的机会都没有了。

尤其是王晓娟，耳朵里干脆塞了一副耳塞，本来不想去听，偏偏手机又没电了，一副耳塞也就挂在耳朵上装装样子，不去理睬石头的话。可惜的是，石头的声音还是不住地往耳朵里钻。

真是要命!

王晓娟悄悄跟胖子说：“这可得想个办法，要不然，咱这儿子还没出世，就被这话痨烦着，将来咋办?”

胖子嬉皮笑脸地劝道：“老婆，算了吧，别计较，人家也是拿了钱帮咱办事，至于说儿子，嘿嘿……我倒是希望他也能有这份口才。”

王晓娟死命地掐了胖子一把，怒道：“死胖子，你要死啊！什么好的不让我儿子去学，让我的儿子去学话痨?”

胖子赶紧举手投降，在王晓娟面前，胖子不投降都不成。

这当儿，石头和大树兄弟俩自然又是买水的买水、买烟的买烟，只要胖子和王晓娟两口子一斗嘴，这两兄弟就有很多东西需要买，这是规律。

正说话间，胖子突然盯着前面一对满头白发的老夫妻发起呆来。

这一对老夫妻背对着胖子等人，男的身材高大，背有些微驼，步履也有些蹒跚，女的一路上都扶着这个男的。

这一带是游客聚集的地方，本来也有不少老夫老妻的，有这么一对老夫妻本来并不出奇，偏偏胖子就盯着这一对老夫妻发怔。

王晓娟见胖子呆呆地出神，忍不住在胖子身上又掐了一把狠的，嗔道：“看什么，有什么好看的？”

那对老夫妻走到前面的大树下，在条椅上坐了下来，要休息片刻。

胖子不回答王晓娟，而是赶紧跟了上去，也在那条椅上坐下，这才有意无意地去打量这对老夫妻的面容。

这老头子一脸蜡黄，皱纹很深，刀刻一般，显得很是沧桑。奇怪的是，那一双眼里却包含着很多东西，这让胖子想起一个很是熟悉的人的眼睛。这女的满头银发，也是一脸皱纹，皱皱巴巴的像一张鸡皮，但那双眼睛同样清澈透明，给胖子一种很是熟悉的感觉。但是胖子可以对天发誓，他绝对不认识这两个老人家。

这就怪了！明明是很熟悉的人，怎么会不认得？

胖子搜肠刮肚，把最近这段时间接触过的人都回想了一遍，但是就没能想起这两个老人是谁。

王晓娟也有同样的感觉，而且觉得那老太婆尤为亲近，但偏偏就想不起来在哪里见过这样一对老夫妻。

胖子百思不得其解，张了张嘴，想要同这对老夫妻交谈，没想到那白发苍苍的老太婆觉得胖子这样一个陌生人死死地盯着自己是不怀好意，一声不响地扶起那老头子，起身走了。

胖子却是继续发怔，直到那老两口走得不见了身影，外加王晓娟在他腰上的肥肉上掐了一把才回过神来，禁不住嘟囔了一句：“怎么可能啊……”

王晓娟没好气地问道：“什么不可能？”

“你没觉得，这对老夫妻，我们……”胖子还在神思恍惚，好一会儿才完整地表达出来他想要说的话，“这对老夫妻很奇怪，很像我们两个，但又有很多地方不一样，有一种明明很熟悉，但偏偏对面不相识的感觉，让人有些抓狂。晓娟，你有没有觉得？”

王晓娟也觉得很奇怪，但是她却不怎么在意，她现在在意的是，要怎么样才能不让肚子里的孩子也染上话痨这毛病。

所以王晓娟淡淡地回道：“那有什么，说不定这老两口就是我们的未来，哎，不过，我可不喜欢胖子你也那么病殃殃的，再说，我们要真到了这一天，每天都让儿子陪着逛街，怎么可能像这样孤零零的。胖子，你说是不是？”

胖子两只眼睛一直望着那对老夫妻消失的方向，神不守舍地答了句：“也许这一切都是上天注定，冥冥之中牵引着我俩……”

王晓娟还想要说点儿什么，见大树、石头两人过来，顿时把嘴里的话给吞了回去。

只是从这会儿过后，胖子一直都是失魂落魄的样子，半天游览下来，都不知道看了些什么。

本来王晓娟还要再去看看举世闻名的兵马俑，但是见胖子无精打采、心不在焉的，也就算了。

回到宾馆，一进到房间，王晓娟就迫不及待地抱着臂膀，很是担心地问道：“胖子，你这是怎么了，不要紧吧？”

胖子摇摇头，说道：“我想不通。”

“你还在惦记着那对老夫妻？”王晓娟问。

胖子心不在焉地说道：“我越想越觉得奇怪，怎么会出现那种感觉。”正说着，胖子突然发现一早刚刚收拾好的茶几上多了一样东西，那是一张纸。对折着的，就放在茶几上，用杯子压着。

胖子拿起那张纸片，展开一看，除了奇怪还有些气恼，不知道是谁，用圆珠笔在一张白纸上画了一头母猪、一头公猪，公猪追在母猪屁股后面，再后面是一群小猪崽儿。画得很是随意，寥寥几笔，把一群猪画得很是生动。

上面没有其他的文字，也没有落款，胖子摸不着头脑，问王晓娟是不是她闲得无聊画的。

王晓娟一看这张画，忍不住“咯咯”笑了起来：“胖子，你看这张画，岂不正是你的名字，猪一群，咯咯……”

胖子摸着脑袋，很是少有地皱着眉头说道：“不会是别人开玩笑吧？”

胖子盯着这张纸片看了半天，实在不知道是怎么回事，本来想去找住在隔壁的大树、石头一起过来研究研究，但是一想到王晓娟很害怕石头的话痨，也就只能忍了。

可是，今天不到半天，一连遇见两件怪事，胖子的心情顿时复杂了起来。

王晓娟上午走得有些累了，加上有了身孕不想动，半躺在沙发里，看着时事新闻。

胖子沉默了一阵，对王晓娟说想出去买点儿零食回来。王晓娟毫不在意，让胖子快去快回。

胖子出了宾馆，见对面就有一家超市，略一思索，便准备穿过车流，到对面的超市里去买些零食。可能是心不在焉吧，没走上两步，一声急刹车，一辆丰田差点儿就撞到了胖子。

开车的司机摇下玻璃，探出头来，对胖子喝道：“走路都不带眼睛，你找死啊……”

胖子抬头，这才发现自己刚刚闯了红灯，差点儿酿成大祸，于是一边跟那个丰田司机道歉，一边回到路边安全的地方等待人行道上的绿灯。

好不容易过了马路，进了超市，超市里没有多少客人，胖子也没去注意，选了几斤苹果，又到货架上去拿王晓娟一向比较喜欢的零食。

就在拿零食的那一刹那，胖子居然又看到了那一对满头白发的老夫妻。也就在这一刻，那老头子向胖子招了招手，然后，转过头去，出了超市。

胖子稍微怔了怔，立刻去收银台付账，但是眼看着那对老夫妻又要消失，胖子也顾不得许多，掏了一把钱扔在收银台上，那些零食却一样也没拿，然后飞快地去追那对老夫妻。

拐过几条街，那对老夫妻进了一条小巷子。巷子里很狭窄、阴暗，那对老夫妻也消失不见了。

胖子在巷子口犹豫了片刻，这地方人生地不熟的，要不要继续追下去？谁知道那对老夫妻有什么目的，也许在超市里跟自己招手，根本就是无心之举，或者只是自己眼花了！

但是转念一想，胖子又咧嘴一笑，两个七老八十的老人家，能对自己有什么目的，总不会把自己骗过去给他们当女婿吧。再说，自己身上除了一点儿零钱，就剩下一身肥肉，还真不怕有人想对自己怎么样，说那老头子跟自己招手是自己眼花，那是在小看自己的眼力，胖子自认自己还没到老眼昏花的地步。于是胖子大踏步跟着进了这道窄窄的阴暗小巷子。

胖子在这窄窄的、阴暗的小巷子里走了好几分钟，突然间就迷失了方向。这小巷子里岔道纵横，这一带还全都是清一色的红砖老房子，样式也差不多，几乎让胖子有种“乱花渐欲迷人眼”的感觉。

又走了十分钟，眼前依旧是无穷无尽的岔道、无穷无尽的巷子，胖子不禁额头冒汗，暗道：我的妈呀，是不是这个就叫迷路了啊！

本来想着要给王晓娟打个电话，把这边的情况说一说，但是一摸口袋才想起手机根本就没带在身上，再说就算有手机，也还得知道自己到底在哪儿啊。当着王晓娟的面，他也不好意思大大咧咧去说：“老婆，我迷路了，赶紧叫人来找……”

胖子再喜欢胡说八道，这话他也不好意思说出口，因为这回是真的迷路了，丢人丢到家了！

胖子一边找出路，一边胡思乱想。正走着，背后一条岔道里传出来一个低低的声音，把他吓了一跳。

“胖子，你这是把我往哪里带啊……”

胖子一惊，回过头来，不由自主地叫了声：“东哥……”

胖子身后站着那个满头白发的老头子，这时，这老头子正弯着腰，还在喘着粗气，看来，是身体不怎么好，好像跑了很远的路给累到了一般。

胖子怔怔地看着老头，刚刚那声音，明明就是自己“朝思暮想”的朱笑东的声音，但是看这老头，哪有半点儿朱笑东的影子。

过了半晌，胖子才不好意思地说道：“对不起，老伯……”

没想到那老头一怔，随后笑道：“几天不见，没想到你有礼貌了，有进步，还会害羞了……”

再也明显不过了，的的确确是朱笑东的声音！

胖子一激动，指着老头子，讶然说道：“你……你……是东哥……怎么会……这样？”

朱笑东微微一笑：“要是能在这里跟你说个明白，我也就用不着弄成这样了。怎么样，要不要跟我去谈谈？”

胖子那个激动，忍不住上前给了朱笑东一个熊抱。

没想到朱笑东一声痛叫：“胖子，你放手，哎哟，我的腰……”

朱笑东和杨薇是昨天到这里的，专门来找胖子。胖子的行踪自然是高原他们打听到的，不过，高原没把朱笑东他们这边的事说出来，这是朱笑东吩咐的，免得胖子没见到人就一惊一乍的。

在朱笑东和杨薇租下的房子里，朱笑东正在跟胖子解释。

胖子可不管那些，直接问朱笑东这几天怎么样。

朱笑东把这几天的经历一一跟胖子说了。

朱笑东的内伤的确很严重，高原和杨薇等人商议，决定转院回京城去治疗。

不过，跟高原他们回京城去治疗的是朱笑东临时请来的另外一男一女。他和杨薇两人来了个金蝉脱壳，一个扮了医师，一个扮了护士，亲自把人送上了车子，然后消失在人群里。随后，在那里耽误了一天时间，就过来找胖子了。

胖子听着朱笑东和杨薇两个人这几天的经历，满眼都是羡慕。这几天，自己就陪着王晓娟，除了逛，就是吃喝拉撒睡，一点儿新意也没有，哪里像朱笑东这样过得精彩滋润。

不过，胖子很是好奇，那个黄志元到底是怎么出那个石洞的，到底是生是死。

杨薇扑哧一笑，说：“我们当时也是百思不得其解，后来专门去查问过。说来好笑，其实那个黄志元身上确实是有些功夫，只不过他根本不是什么‘草上飞’。我们问他的家人，他儿子解释说，黄志元有种怪病——梦游，不过他在梦游的时候可是干出了不少古怪离奇的事情，好些时候都超出常人的理解。据他儿子说，好几次都发现黄志元的房间门窗都好好的上着锁，黄志元在里面睡觉，却莫名其妙地到了外面，连黄志元的老婆都说不清楚到底是怎么回事！”

胖子微微点了点头，梦游的人的确会做出很多让人意想不到的事情，现在在科学上，可以解释成是神经学上的一种睡眠障碍，说是发症者一般是在半醒状态下，离开居所或做出一些危险的举动，如翻窗、开车甚至一些奇异行为等。

除此之外，不是给出一些牵强附会的解释，就是干脆直接说成是不解之谜，就好像自己那次在湘南遇到的那些事一样，到现在也还有好些东西没办法去解释。

既然这样，胖子也就不再追问下去了，自己不是搞这类科学的，非要追根究底，也不会有个明白的答案。

除了黄志元奇异的梦游，还有两件事胖子也很关心，一件就是黄志元嘴里的那批宝藏的事，另一件就是朱笑东手里那两块鳞片一样的东西的事。这两件事，胖子是真的打破砂锅问到底了。

朱笑东把两块收缩得只有指头大的鳞片递给胖子。胖子拿着两块金叶子一样的鳞片细细地看了好一阵，却是一点儿特别的地方也没看出来。

第四章
朱笑东应聘

朱笑东笑了笑。杨薇见胖子一脸迷茫，端来一杯凉开水放到胖子面前，然后又从胖子手里拿过鳞片，轻轻地在那杯水里蘸了蘸。

刹那间，那一杯凉开水突然变得混浊起来，严格说是变了颜色，原本装在玻璃杯子里无色透明的凉开水在一刹那间变得一片金黄，就像是变成了一杯溶化了的黄金溶液。

这还不是最奇怪的地方，最奇怪的是，变成黄金溶液一般的凉开水突然散发出一股奇异的香味。这香味很是奇特，胖子以前都没闻过，也说不出这到底是种什么样的味道。

看着胖子发怔，朱笑东笑了笑，说："我所受的内伤，可是多亏了这玩意儿才治好。"

还没说完，胖子惊诧地问："你喝过这水？你确定没有毒？"

朱笑东和杨薇两人均是笑而不答。

见朱笑东和杨薇两人那副表情，胖子毫不犹豫地端起那杯水，一仰脑袋，把水喝了个精光。这水进嘴，有股淡淡的中药般的苦味，但是远远没那么浓烈，也就微微能感觉到一丝儿苦味，苦味之后，却是一种莫名其妙的说不出来的甘甜醇香，身上也是暖洋洋的，极为舒服。先前被王晓娟掐得狠了的地方，在这一刻微微一痒，随后再也感觉不到半点儿痛楚。

胖子呆呆地看着朱笑东，怔了片刻，突然掏出一个纸包扔到朱笑东怀里，说道："东哥，你这玩意儿不错，这夜明珠子我还你，把这玩意儿留着玩几天!"

朱笑东忍不住哑然失笑，胖子就是这德行，见了什么好东西都要拿着玩上几天，但是有了新的就不在乎旧的了，现在有了"龙鳞"，先前那夜明珠子在他手里又像块破石头似的，整个儿一个喜新厌旧的主儿!

不过，朱笑东倒是很谨慎地叮嘱："这东西可是带有药物性质的东西，你可不能当成一片茶叶，随随便便拿来泡水当茶解渴。"

胖子爱不释手地把玩着，连连点头，好玩儿是一回事，轻重还是得分清楚的。

把玩了一会儿，胖子突然想起那个宝藏的传说，说不定朱笑东还有什么好东西没拿出来，便让朱笑东赶紧老实交代，再让他严格审查审查!

杨薇笑着说："还真有样东西，就算你不说，也要你拿去看看。"

那天，朱笑东和杨薇两人送走高原之后去拜访了黄志元的家人，不但得知黄志元是个梦游者，还见到了黄志元本人。不过，黄志元忘记了好多事情，连朱笑东和杨薇两人也记不起来了。

朱笑东和杨薇两人见黄志元安然无恙，依旧做他的护林员，也就放下心来，随后，又到了那伏牛石古松的地方。经过好一阵子的寻找，朱笑东终于在一棵古松树下找到一样东西。

杨薇说着，拿出来一个长条形的布包。

布包很小，也就四五寸长短。胖子拿过布包，打开一看，忍不住大叫了起来："发簪！"

发簪是银质的，粗粗一看，并没有什么出奇的地方，但是胖子一看这发簪的造型，顿时叫了起来。

这发簪是一龙一凤的造型，龙身作为发簪的身尾，龙头和一只凤做成簪头，做工不怎么精细，看着也不怎么贵重，但是胖子一眼就看出这东西跟他以前倒卖给李嵘的那对戒指、从雪山带回来的手镯、从湘南找回来的玉牌、刘元平手上得到的玉如意、姚观心送给朱笑东的沉香酒壶是一个造型。

也就是说，现在除了被他卖掉的那只戒指，梁奇宝的几件玩意儿，差不多全部都到了朱笑东的手里！

胖子顿时一脸欲哭无泪的表情，他一直都视那次买戒指的行动是这一辈子里最出彩的一次行动，现在看来，那次出彩，不但不是出彩，反而是这一辈子里最大的一次失误，是在作践！作践自己，还有东哥！

朱笑东明白胖子此刻的心情，不过在当时，他也没预料到事情会走到这一步，要不然别说李嵘给的那点儿钱，就算再多给十倍，朱笑东也断然不会答应下来，几百万上千万，算什么！

不过现在就算是撞破脑袋也没用，这世上没有后悔药。

胖子懊丧了许久，一转脸，突然又嘿嘿笑道："这梁奇宝的几件玩意儿找到了又有什么出奇的，就算全部拿在手里，最多也就只是说物件儿齐全了，原来能卖一百万元的，现在可以翻个跟斗往上涨价，嘿嘿……那又怎么样？不就是多值了些钱吗？东哥你会在乎能值多少钱？"

胖子确实在笑，但是笑得一点儿都不自然，钱当然不算什么，但是卖给李嵘的那对戒指里面的帛书怎么解释？那张帛书到底在指示着什么？胖子会不动心？

现在那张帛书被李嵘交给了博物馆，要拿来研究研究，这难度……

想到这个，胖子没来由地咳嗽起来。

朱笑东似笑非笑，盯着胖子："我这次过来找你，其实也是要交给你一个任务……"

"你是说，要我去找李嵘，把那戒指和帛书要回来！"胖子爱胡说八道，但是他并不笨。

"我答应过李嵘，有机会把这个秘密跟他解释清楚！"朱笑东淡淡地说道，"可是，目前除了这一堆东西，我也不知道还有没有其他的线索，你现在的任务就是去找到这个谜底。"

胖子有些踟蹰，这事情除非不去跟李嵘说，一说，李嵘会不会答应自己的要求还两说，就算答应自己的要求，以他的性格，好处肯定是一点儿也不会让自己捞着。

朱笑东又好气又好笑，指着胖子说道："你这家伙，怎么满脑子都是要好处。实话跟你说吧，目前的情形，你去找李嵘接触，从表面上看是你去为李嵘解谜，但是你有没有想过我的用意？"

李嵘在陶都也算是一个幕后人物，关键是还有官方背景，胖子去和他接触，起码在陶都会有意想不到的好处。

"可是，这秘密，我拿什么去跟他说啊！"胖子一脸无辜，"我根本不知道有什么秘密，难道你要我随便编个故事去骗那老头子？"

朱笑东莞尔，张嘴要说，胖子却觍着脸说道："东哥，我就不明白。你是从哪里知道这些东西的，要不，把你知道的跟我说说。就算是去骗那李老爷子，我也不能全部瞎编乱造，怎么说最低也得弄个九假一真什么的，要不然，这个故事我真的编不下去。"

朱笑东又好气又好笑，那次，他已经把大部分的情节都说过了，估计胖子当时醉心于出彩的荣誉之中，根本就没细听，现在倒好，还要问他要故事情节。

只是朱笑东也确实不知道该怎么跟胖子解释，自己知道的东西真的就只有那些，要真想找点儿端倪出来，唯一的办法就是把那些东西集中在一起，看能不能有些发现。但是目前自己哪有那个精力，怀特的事还正闹心呢！

先前那个金蝉脱壳之计虽能瞒得了他一时，但绝对瞒不了更长的时间。怀特一旦醒悟过来，很可能再一次穷追猛打，这事不得不防。除此之外，跟他“赛宝”这事，自己还一筹莫展，暗地里想了好几个方案，总觉得不尽如人意，所以自己现在恨不得一天当成两天用，哪有时间静下心来去研究那些东西里的奥秘。

朱笑东想了片刻，才说道：“陶都这一趟，你是去也得去，不去也得去。你要实在没法子，就一股脑儿跟李老爷子实话实说，去争取他的支持，大家一起来解开这个迷雾疙瘩。”

“可是……”

“别可是了，胖子，我知道你那点儿小心思。”朱笑东顿了顿，又说，“你可以大张旗鼓地去探宝，不管成与不成，怀特就不能不分心注意你的动向，但是你有李嵘这个后盾，相信怀特还不敢明目张胆地对你们怎么样。这样一来，我们的好处又岂止你心里那点儿利益。”

胖子点点头，半晌，才问道：“东哥，我去办这事，那你们呢？是不是还要躲藏下去？”

朱笑东叹了口气：“我现在不光要躲躲藏藏，还得彻彻底底从人间蒸发，绝对不能让怀特知道半点儿去向。”

“你这么怕那狗东西？”

朱笑东摇了摇头：“我个人来说，倒也没什么，但是……”说着，朱笑东把目光转向杨薇，眼里都是忧虑。

其实，朱笑东担心的不仅仅是杨薇，还有王晓娟、王长江、虎子、烟锅叔以及杨华……这些人要是有一个落到了怀特手里，朱笑东就只有束手就擒的份儿。所以，朱笑东实在不敢大意。

胖子长长地吐了口气，恨恨道："要是抓住这小子，我非要剥了他的皮……"

"行了行了，你要能抓到他，你把他烧烤了都成，但是眼前你还得按我说的去做。"

胖子本来还想问问朱笑东这以后该怎么办，但是朱笑东都说这会儿得彻底在人间蒸发，再问下去也没什么意义。

临走，朱笑东和杨薇两人把胖子送到小巷子口，又千叮万嘱：手上那块"龙鳞"千万不能随意地去泡水来喝，自己的安全、王晓娟的安全也是重中之重。

胖子依依不舍，含着眼泪，说这就立马动身，过去找李嵘。

别了胖子，回到临时的出租屋，杨薇见朱笑东一声不响地收拾东西，忍不住问道："我们这就要走了？"

朱笑东苦笑了一下，这地方待着肯定不是长久之计，打一枪换一个地方才是正确的战略战术。

杨薇点点头，又说道："京城那边来信息，说怀特已经开始对我们天然集团动手了，而且火力很猛。"

朱笑东淡淡地摇了摇头："他对天然集团动手我倒不担心，自然有人会收拾他，我担心的反而是他有可能拿天然集团做幌子，逼我们出面，不知道你和你爸能不能沉住气。"

杨薇点点头，说道："笑东，我相信你，你做的任何决定，我都会支持！"

"谢谢，谢谢你的理解。"朱笑东笑了笑，"杨薇，你会不会晕船？"

杨薇“噗”地一笑：“你问这个干吗?”随即又说道，“虽然坐得少，但也坐过。”

“那就好。”朱笑东收拾完本来就很简单的行李，捧着杨薇的脑袋，在杨薇的嘴巴上深深一吻，笑着说道，“杨薇，我们走!”

杨薇还是忍不住问出了口：“到底要往哪儿去啊!”

“南下。”朱笑东拉着杨薇，头也不回地答道。

两天后，南方都市的街头出现了一男一女两个很是普通的农民工模样的中年人，正是南下的朱笑东和杨薇。此时，杨薇正意趣盎然地问朱笑东，说她扮了几天的老太婆，现在又扮中年人，感觉还是扮老太婆好。

朱笑东一边走，一边笑着说：“其实，你扮老婆婆确实挺入神的，不过我们可不能一条道走到黑。你想想，怀特那小子就算不是火眼金睛，但是看着这么有风韵的老婆婆，时间稍长，难免也要生出疑惑。

“中国这么大地方，人口流动量又这么大，我们打一枪换一个地方不说，还三天两头换装，就算他有挨个儿查户口的本事，也要让他忙个晕头转向。”

“可是……”杨薇有点儿迟疑，“我们现在是农民工，既然是这个身份，大酒店、宾馆我们就不能去了，该到哪里去落脚啊?”

南方的八九月份还是炎炎夏季，所以，朱笑东笑着说道：“这个还不容易，天黑了就找个天桥或者公交站，不就可以露宿一夜，嘿嘿……”

说起在天桥底下露宿，朱笑东就想起那次腾冲之行，他喂了一个晚上的蚊子。一想到那个恐怖的场景，嘴上说着要露宿，却打心里没有要露宿街头的意思。

何况那一次，是因为苏忆把他身上的钱财什么的都骗了个干净，现在怎么说也不会沦落到那个地步。

杨薇倒是笑着追问：“那个苏忆长什么模样？后来又怎么样了？不会是最后你把她怎么样了吧？”

朱笑东忙不迭地解释，将详细经过一一说了出来。最后还竖起手掌，对天发誓说：“我真没对那两姐妹动什么心思，要不然就天打五雷轰……”

杨薇赶紧用手堵住朱笑东的嘴巴，笑模笑样地说：“算了算了，看把你紧张的。哼哼，不管你动没动心思，都没得逞，反正现在你是我的人了，就算她们姐妹一起来抢，也休想抢过去。”

朱笑东嬉皮笑脸地说道：“要是苏忆或者肖薇单独一个，我肯定不会动心了，真要是她们两姐妹一起上，嘿嘿……那可不一定……”

杨薇知道朱笑东是在开玩笑，但还是一脚踹在朱笑东的屁股上，怒道：“你敢！不要说就她们两姐妹，就是再加上一个佟格格，她们三个人一起上，也不准你动心，除非……”

朱笑东摸了摸被杨薇踢中的地方，笑着问道：“还有除非啊，除非怎么样？说来听听。”

见朱笑东嬉笑不已，杨薇抿着嘴笑道：“除非我答应下来，否则，想都别去想。”

“这么说，只要把你哄得开心了，我还是有机会的。”朱笑东故作色眯眯地笑道。

两人边闹边走，不多会儿，就看到前面不远处一堆人正围着一个摊子。朱笑东和杨薇走近一看，原来是工厂招工的。十好几个跟朱笑东他们差不多打扮的人正在跟那招工小姐问这问那，场面很是热闹。

杨薇看了一遍广告，乐呵呵道：“笑东，我可告诉你，哪天要是我瞧你不顺眼，就把你扔工厂里。”

“扔工厂里也不错啊！”朱笑东笑着说道，“你看，一个月保底三千块，还管吃管住。有这条件，没准一个月下来，我就能长上好几斤肉。”

没想到杨薇乐了一阵，又摇着头痴痴地笑：“不行，把你放工厂里我可不放心，工厂里的女工太多了，哼哼……”

正在两人嬉笑之际，一辆东风标致停在两人面前，从车窗里伸出一颗圆圆的脑袋，冲着两个人一笑，然后问道：“大哥、大嫂，还没工作？”

朱笑东微微一怔，不认识这个人，估计是这两年工资涨了，出来招工人的吧。

本来朱笑东打算不去理睬，自己和杨薇只不过是路过而已，何况，自己的事情都忙不完，哪有心思去打工。

杨薇却是一乐，赶紧回答说：“老板，我们刚到这里，你能给我们找工作？”

这人一听杨薇这话，把车子熄了火，推开车门，钻了出来。这家伙二十七八岁的样子，一张脸还算长得有棱有角，不过棱角突出的地方是下巴，跟朱笑东差不多高的个儿吧。这么热的天还穿着一身黑西装，还真是有些难为他了。

这家伙还挺热情的，二话没说拉开车门，示意杨薇上车再说。

朱笑东愣愣地问道：“老板，你是要我们去做工？”

那家伙咧嘴一笑：“你们不是来找工作的？不是让你们去做工，还请你们去吃饭？”

杨薇回头对朱笑东笑了笑：“老公你看人家老板亲自来接，这是多有面子的事啊！”

“不是。”朱笑东知道杨薇多半是童心大发，表现得跟真的一样，不过朱笑东可不愿意糊里糊涂地就上人家车子。

“我是想问问这位老板让我们去做什么，给多少工资。”

那家伙一拍满是油汗的脑袋，大咧咧地笑道：“问得好，呵呵……你看我这人，就是性子急。哎，这么跟你们说吧，我姓侯，开了家建筑材料公司，目前还差几个人，看这大哥身强体壮的，做我们建筑行业的工作肯定没问题。嫂子嘛，就可以到工地上去给工人们煮煮饭，说实话，那可是个肥差！工资我这边给一千五百块，工人每个月交炊事费，这个价钱你自己定，一般每个人得交二十块到三十块，一个月下来可得赚好几百块，还有……”

这家伙抬头四处望了望，这才故作神秘地说道：“那些都是小的，你们知道，现在生活费猛涨，你去买菜什么的还有得赚，一个月赚到的肯定都不止这个数……”说着，这家伙伸出两根指头，在杨薇面前晃了晃。

杨薇做出心动不已的表情，问道：“两百块？”

“不，一千块！”

姓侯的这么一说，朱笑东心里顿时反感起来，不管做什么行业，赚钱都赚到这个份上了，当老板的还会是什么好东西！

朱笑东看着这家伙那两根指头，淡淡地说道：“侯老板，我怎么就没看懂你这到底是多少，这么说，你一根指头表示五百块了？”

侯老板脸上一僵，看了看自己伸出来的两根手指，半晌，才说道：“我的意思是说，你们要是给我做的话，一个月少说能赚三千块。”

“这么说，侯老板的一根指头就表示一千五百块了？奇了怪了，你们这地儿的人一根手指头表示数目还能带零头。”朱笑东笑眯眯地说道，“你数学是体育老师教的吧！”

“笑东……”杨薇不满意地掐了朱笑东一把，也不知他葫芦里卖的什么药。

侯老板脸色一冷，随即又淡淡一笑：“大哥你真幽默，呵呵……这么说吧，你们跟我干一个月，我保证你们能赚到……六千块……”

“六千块！”朱笑东依旧淡淡地说道，“我还以为是六十万呢！”

“一个月六十万我倒是可以考虑一下，六千块！哼哼，免谈。”朱笑东干脆地说道。

“你……”侯老板终于被激怒了，鼻子里一哼，“六十万，你以为你是什么东西。不要说六十万，你一个月要是能挣上一万块还会出来打工?!”

朱笑东却笑了起来，跟这种眼里只有钱的人他还真不想继续说下去，说到钱，一个月六十万，那算什么！说不定，一个月自己玩了二十九天半，最后半天都不只赚这六十万！

笑了片刻，朱笑东拉着杨薇远远地离开了侯老板的车子，让那个侯老板一个人在那边气得直咬牙。

杨薇嘟起小嘴，满脸不高兴，本来想要体验一下生活，但是朱笑东却死活不肯，这多少有点扫兴。

朱笑东笑了笑对杨薇说道：“杨大小姐，好老婆，算我不对，我给你赔不是了。不过，这家伙赚钱都赚到这个程度了，可见那心之黑，要不是我有事在身，还真想教训教训他这种人。”

杨薇转开脑袋，赌气不去理他。

朱笑东转到杨薇面前，笑了笑：“真要想去体验一下，我也不阻拦你。不过，怎么说也得找个好老板，要不然一个不注意，把你给拐跑了，我岂不是亏大了！”

杨薇终于忍不住“噗”的一声笑了出来：“原来你是怕他把我给拐跑了，你就这么大点儿心思。”

“是啊！”朱笑东一本正经，“知不知道我费了多大力气才把你追到手！叫人就这么拐跑了，我这下半辈子还怎么活啊?”

“肉麻死了！”杨薇没好气地说了一句，不过心里却像是喝了一罐子蜂蜜似的，甜丝丝的，好半晌才说道，“要不，我们就到那个工厂去玩几天。”

朱笑东还在犹豫，那些招聘的人又要身份证又要相片，还要填七七八八的合同表格，麻烦不说，关键是这样一来极有可能露了行踪，这恰恰是朱笑东担忧的。

胖子也问过朱笑东干吗现在不直接站出来，主动出击，面对面跟那个怀特交锋。但是这有可能吗？

不要说现在怀特没现身，就算现身了，还能赤着胳膊跟他打上一架不成？说好听点儿，现在是人家在用智慧，说直白一点儿就是在玩儿阴的，对这种人，你还嫌自己死得不够快，真刀真枪地去跟他明着干？所以，不留下什么线索是最好的。

犹豫了一阵，估计那个招聘的小姐觉得今天的事情差不多了，准备收摊走人了。

杨薇上前一问，果然，那小姐都说需要的人员已经满额了，不过，要是确实需要这份工作，倒可以帮忙想想办法。说得跟施舍似的，这又让杨薇心里不大痛快起来。自己又不是真的非要去厂里做工才能活下去，摆这一副施舍的面孔干什么？

本来杨薇心里就不痛快，偏偏那小姐却有意无意地说道：“大姐，看样子你也是第一次来这里打工吧，实话跟你说吧，我们厂里还差一个有能力做车间组长的，不过……呵呵……哎！饿了，你看这一天忙得……”

朱笑东望着那位小姐，低低地笑道：“小姐，这做车间组长的油水不少吧，要不，这顿饭我们请客！”

那位小姐露出一个“你还算识相”的表情，接着笑了笑：“做组长可得有真才实学，工资比普通工当然要高些，关键是有前途，要是在厂里能干上几年，就有可能当上主任，那就是厂里的正式工人了，工资、福利都不是一个档次。你请我吃顿饭是小，关键你还得有那个能力才行。”

朱笑东笑了笑，问道：“这里最好的酒店是哪家？要不，我们请你去吃上一顿？”

那位小姐怔了怔，脸上顿时有些难看。在她看来，凡是来应聘求职的，请她吃上一顿，最多也就花费个百十来块钱，随便找个饭馆应付一下罢了。最好的酒店，自己倒是想，但是你去得起吗?!

过了片刻，那位小姐似笑非笑地回答：“最好的是东方国际大酒店，去那里吃上一顿，也不贵，也就二三十万，不过我可没那个福气。”

朱笑东一本正经地说道：“嗯，确实不怎么贵，不过说到福气，小姐你怎么会没有？不过去不去那也随你。”说完，一转头对杨薇说道：“你二叔的三表姑的大姨妈的侄子的大哥不是在那里做事吗，既然要请这位小姐吃饭，去找他不就得了。”

杨薇“噗”的一声笑了出来，没想到朱笑东也胡说八道起来。去大酒店吃顿饭，就算花二三十万块钱也是小事，没必要七大姑八大姨地胡说八道。

那小姐脑袋倒是转得挺快，稍微一默念那句“你二叔的三表姑的大姨妈的侄子的大哥”这句话，就明白那个人跟眼前这个人根本就是八竿子打不着的关系，也就是说，眼前这个人根本就没有心思请她吃饭，而且是在耍她。她当下脸色一寒，低声骂了句：“烂仔!”

朱笑东虽然听在耳里，却也不去计较，只是拦了一辆出租车，吆喝道：“师傅……东方国际大酒店……”

随后朱笑东望着那位小姐，眨了眨眼，问道：“去不去?”

那位小姐哪里肯相信朱笑东真的会去那么高级的场所吃饭，看也不看朱笑东一眼，暗骂了句：“骗子……”

见那位小姐不肯，朱笑东笑了笑，掏出几张百元大钞票，递给那司机，说道：“算我包你这车一趟，够不够？”

那司机满面笑容，他就喜欢这样的客人，十块钱的车费，硬要塞过来几百块，这样的人不讨人喜欢那就怪了。

“够了够了……就一趟，足够了……”

“小姐，去不去？”朱笑东微笑着，回头再一次问道。

偏偏那小姐就认定朱笑东他们是在合伙骗她，无论如何也不上这个当。

见那位小姐实在不肯，朱笑东无奈地笑了笑：“小姐，这不是你没福气，是你把握不住机会，嘿嘿……”笑了两声，跟杨薇两人钻进出租车里，扬长而去。

车子里，杨薇对朱笑东说道：“还是换换衣服吧，人靠衣装，佛靠金装，别去吃一顿饭又给自个儿找点儿什么不痛快。”

这事朱笑东深有感触，是不是真的特有钱并不重要，重要的是眼前的形象，搞不好形象，那些高级场所，连门都不会让你进的。

可是车子里地方狭窄，不怎么好换啊！

那司机却是只顾开他的车，反正几百块钱到手了，就算他们两个是骗子，就这么一段路，不出十分钟，还能骗得到他什么！

不过到了酒店门口，司机回头去看后座上的两个人时，还是暗暗地吃了一惊。两个人都是一身崭新的名牌，光是两个人那一身行头，他开一年半载的出租车也赚不回来那些钱的。

这司机目瞪口呆，足足看了两个人五秒钟，也没搞明白这两个人到底是干什么的。直到朱笑东跟杨薇两人潇潇洒洒地进了酒店大门，司机才回过神来，把车子开到一边。

这司机除了惊讶，还有好奇，想看看这两个人会不会被酒店里的保安扔出来。一般来说，进到酒店里，想白吃白喝还是有一定难度的，刚刚这两个人明明就是两个农民工，虽然换了一身名牌衣服，但这并不能代表真的会有那么多钱，几十万块钱一顿哪，有那些钱吃这一顿，还会出来打工?!

所以，司机很想看看这两个人被酒店保安扔出来的样子。

不多一会儿，司机看到一个熟悉的身影，是先前招工的那位小姐，除了先前朱笑东一再邀她来吃饭之外，她本身的容貌也还不错，算是个能引人注目的美人胚子，所以司机看过一眼便记住了。

估计这位小姐也很好奇，所以追过来看看这两个人到底有没有进这大酒店。

这位小姐认得朱笑东他们坐过的出租车，见车子还停在这里就过来跟司机打了声招呼，然后问朱笑东他们的情况。

本来就算是半个熟人，又都对朱笑东和杨薇两个人充满好奇，这小姐和出租司机三言两语就搭上了腔。外面天热，车里有冷气，司机还请这小姐到车里面坐着看好戏。

司机摇头笑道："进倒是真的进去了，不过换了身行头，一身名牌，都是好几万的货，看着都吓人。对了，小姐你贵姓?"

那位小姐淡淡说了句："免贵姓陈……"然后又问那司机，"他给你那些钱不是真的吧?"

司机又把那几张钞票拿出来看了一遍，绝对是真的。

陈小姐顿时皱起了眉头，低声咕哝道："我是不是错过了什么?"

过了很久，不知道是一小时还是两小时，等得两个人在车子里面打起了瞌睡。陈小姐偶尔一抬头，恰好看见酒店里走出来两个农民工打扮的人，正是先前那一男一女，不过，绝对不是被人扔出来的。

在酒店里吃了饭，朱笑东又换回先前那身打扮，这身打扮进来有难度，但是出去就没人管你穿的是什么了，最多不过是那些保安觉得你怪异了点儿罢了。

不但进去了，又出来了，朱笑东还打着饱嗝，很久没这么开开心心地吃上一顿饭了，估计是吃得有点儿多。

一见朱笑东和杨薇两个人出来，司机赶紧下车，迎了上去，问朱笑东还要不要包车。

朱笑东怔了怔，随即笑道："你还没走？也好，我们想去找几个地方玩玩，要不我们请你做向导，包你的车，你就开个价，一天多少钱？"

司机喜笑颜开，说道："我们也算是熟人了，我就开着车子载你们去玩儿一天。价钱吗，好说，咱们是熟人打个九折，一千八百块，怎么样？"

这司机可算是把算盘拨得叮当响了，说实话，从现在开始，也就只有半天时间了，就算不停地开着车子到处跑，能挣到五百块就算不错了，又不是春运期间，涨价也不可能涨到这么离谱。

谁知道杨薇二话没说，拿出一沓钞票，扬了扬，说道："一千五百块，到天黑你就下班，去不去？"

司机望着那一沓钞票，吞了口唾沫，连连点头："大哥大姐，你们爽快，我也不能含糊，上车……"

除了油钱、租金，这半天时间能净赚一千多块，还含糊，除了贪心不足就是傻了。

朱笑东一拉开车门，见陈小姐也坐在里面，顿时有些诧异："怎么，你也在？"

陈小姐红着脸，过了片刻才说道："你答应请我吃饭的，我没到，你们却自己先吃了。算了，我现在也不饿，跟你们搭个伴，算是你请我游玩一下，可以吗？"

朱笑东有些作难，好不容易跟杨薇两个人单独一起，这陈小姐不但要插上一杠子，还把理由说得这么冠冕堂皇。

杨薇见陈小姐坐在里面没有下车的意思，当下似笑非笑地说道：“请你游玩倒是小事一桩，不过，对你们的那个组长或者是什么主任的职务，我们可没什么兴趣。还有，先前我们请你吃饭，你不愿到场，这以后，我们可是不会再请你了。”

第五章
风　暴

本来杨薇说这话是希望这位陈小姐能识趣地走人，没想到这陈小姐笑了笑，说道：“没关系，反正我已经跟厂里请了两天假，就算免费陪你们玩儿两天好了。”

朱笑东无语至极，只得上车，坐了副驾驶的位置，半天不说话。

司机见朱笑东也没明确地反对陈小姐跟着，便没有赶陈小姐下车，多个人还有趣一些，当下问朱笑东，想到哪里去玩儿。

“到附近的渔村去玩玩儿吧，我这人不大喜欢城市里的繁华。”朱笑东随口说道。

司机“嗯”了一声，拣近路往就近的渔村开去，现在的油料也不便宜，能省一笔是一笔。

虽然不明白朱笑东到底是什么人，但是看得出来他跟杨薇两人都不是坏人，八成是没怎么见过世面，这样的人就是最好糊弄的了。

上车后，陈小姐开始找起了话茬，看着杨薇问道：“你们不是来找工作的？”

杨薇没好气地答道：“是啊！怎么不是来找工作的，只是我这人比较懒散，又比较贪心，工资低了，我不愿做，活儿累了，我也不愿做，还有，心情不好，我也懒得去上班，所以，高不成低不就。”

陈小姐“噗”地一笑：“这样的工作确实有些难找，不过，要是老板娘，倒是可以，我们厂里的那个老板娘就是这样的。”

杨薇眼珠子一转，笑道：“不过，我哪有当老板娘的命，老板的丫鬟还差不多。哪像陈小姐你，要身材有身材，要容貌有容貌，要知识有知识，找个亿万富翁做老公是轻而易举的事。而我，黄脸婆一个，能有人看得上眼就不错了。”

陈小姐看着杨薇化装成四十来岁的一张蜡黄的脸，笑道：“看样子，大姐年轻的时候绝对是个天仙一般的美女。唉，岁月催人老啊，我这容貌好又能怎么样，到了大姐这个年纪，恐怕还比不上大姐呢。”

杨薇笑了笑：“看你说得老气横秋，你今年多大了啊。”

“唉!”陈小姐故意叹了口气，说道，“都二十七了，到现在一事无成不说，连个男朋友都没有。”

“呵呵……”杨薇笑道，“你不会在暗示什么吧？不过可能起不了作用。”

陈小姐脸上一红，顿时低下头去。

“实话跟你说吧。”杨薇乘胜追击，“我老公他眼光高得很，就不用说年纪大小了，就是你这身材容貌，呵呵……对不起，我说得有些低俗了……”

朱笑东转头看杨薇，半天才嘿嘿地笑道：“那可不一定，我这人有时候眼光很高，有时候就不见得了。”

杨薇恨不得给朱笑东一个耳光：“女人之间的谈话，你插个什么嘴!”

过了半晌，陈小姐才说道：“大姐，对不起，我无意冒犯你，只是我这人好奇心比较重，看见你们就觉得很是怪异，以为你们是猎头公司来挖人才的，所以才想跟你们接触，看来，是我错了。”

杨薇和朱笑东这才明白过来，原来陈小姐一路跟过来是为这事。

的确，现在各个行业都需要高精尖的人才，随时随地都有人撬别人的墙角，网罗人才绝对不是一件稀罕的事，估计陈小姐是遇到过这样的事情。

像陈小姐这样的条件，人长得漂亮，工作经验比较丰富，又没家庭拖累的人才，作为一家公司的骨干力量，自然是猎头人员的首选。而且看样子陈小姐在她们公司里干得并不是很得志，怪不得要过来看看。

她跟杨薇说的那些话，其实也并不是针对杨薇那张化过妆的老脸，更不是对朱笑东有什么非分之想，只不过把朱笑东和杨薇两人当成是挖人才的人，出于职场上的某些规矩，才转弯抹角地把自己的情况说了出来。

和杨薇之间的误会，这的确不能怪她。回想当时，朱笑东除了邀请她吃饭，还说过陈小姐没能把握机会之类的话，有那些话在前，不发生误会就奇怪了。

杨薇明白过来，忍不住又是一笑：“原来你都想跳槽了，那你还想让我们去干。”

陈小姐叹了口气：“公司效益是不好，但是一天还端着人家的饭碗，就还得干一天下去，哪还有什么其他的法子。”

陈小姐还说，她的名字叫小佩，本来是公司的经理助理，由于公司效益不好，几经裁撤，现在都只能到人事部混饭吃了，估计再过一段时间，就有可能亲临第一线了，问题是在一线做个普通女工也未必能干得长久。

“那你还说可以让我们去当组长！”朱笑东笑问，没有责怪陈小佩的意思，但是对这种有些坑蒙拐骗的做法也不看好。

陈小佩淡淡地摇了摇头，没有去解释为什么要那么做，却说道：“其实，我第一眼就看出来你们二位并不是普通人，我相信你们是真正的大老板。请相信我，那个厂其实是个能赚钱的厂，除了缺乏资金和管理上存在着巨大的漏洞外，其他方面还是很不错的，这两样要是能稍加改善……”

杨薇咯咯笑道：“你这是要拉我们入伙还是自己要跳槽啊，我怎么听着越来越糊涂。”

朱笑东也呵呵地笑道：“我们可是两个来打工的，除了骗吃骗喝之外，还真没其他的本事。”

“能堂而皇之地从东方国际大酒店骗走吃的喝的，一出手几百几千地给钱眼睛都不眨一下的打工的，我还真没见到第二个，如果说这样也算骗子，我倒也想这样去骗人。还有一点……”

陈小佩没再说下去，而是拉起杨薇的手，又把自己的手伸了出来，和杨薇的手放在一起，看着杨薇那比自己都还要细腻嫩白、根本不可能与脸上蜡黄相配的小手，陈小佩抿嘴笑了起来：“还要我说出来吗?”

杨薇当即举手投降：“你的眼力厉害，算是被你识破了，我投降好了。”

陈小佩有点儿得意起来：“其实，我跟不少上层人士打过交道，你们身上那股气质我瞧得出来的。”

朱笑东嘿嘿地干笑了两声：“看来你这丫头心机倒挺深沉的，哼哼……可惜，你没怎么用到正道儿上去。”

陈小佩脸上又是一红：“能为公司尽最后一把力气是我的职责，实在无力回天，找个有前途点儿的好老板也不错，怎么能说不是正道……”

说话间，司机把车开到了一片沙滩边上，一边是一望无际的大海，另一边是一条小路，可以进到一个小小渔村。

“要不要欣赏欣赏海景再走?”司机问。

当然，欣赏海景少不得一两个小时，节省的油料折算成钱，少说也有好几十块!

朱笑东当然不会在意司机怎么想的，和杨薇一起看看大海、踩踩沙滩，倒是一件惬意至极的事。

谁也不曾想到，杨薇这一玩，何止两小时。两个多小时以后，杨薇过来告诉司机：“算了，你可以下班了，我们临时决定，就在这里玩上几天，耽搁了你的生意，不好意思……”

司机本来闲得无聊，见杨薇让他离开，心里自然是乐不可支，从东方国际大酒店过来不到两小时就挣了一千多块，看来这俩土豪还真就是来撒钱的!

陈小佩却是说什么也不肯就此走人，还开玩笑说自己到这南方大都市将近十年，除了上班就是上班，从来也没想到过出来散心游玩，现在既然准备跳槽，就索性先玩儿两天再说，免得将来后悔。

对于陈小佩的公司什么的，朱笑东实在没什么兴趣，除了目前的处境，他们那个行业也与朱笑东感兴趣的东西不相近，对不感兴趣的东西，又会有谁去过分注意。

不过陈小佩始终赖着不走，非要跟朱笑东和杨薇“搭伴儿”游玩，朱笑东也无可奈何，总不能把一个要跟自己搭伴儿游玩的人当成敌人吧!

但是陈小佩倒是三句话不离他们公司，从她的言语行动上看，似乎只给朱笑东两条路走，要么加盟他们公司，要么接纳即将跳槽的她。最要命的是，几轮交锋下来，杨薇对这位大了她四五岁的大姐又是同情又是敬佩，两个人倒成了半个姐妹。

朱笑东除了哭笑不得，还能怎么做？

三个人在沙滩上玩到红日西沉才勉强尽兴，顺着小路，去到渔村里找了户人家，说自己来这里游玩，误了回程时间，现在要回去也不方便，希望这户人家能行个方便，留宿一夜。

这户主人家姓林，四五十岁，挺结实的汉子，长年做海上营生，打鱼捞虾的主儿，很客气地把朱笑东、杨薇和陈小佩领进屋里。

看朱笑东和杨薇都是四十来岁，又是一副前来打工的模样，又带着陈小佩这样一个漂亮的女孩儿家，姓林的户主自然以为是老两口子带着女儿出来找事做，所以客气得不得了。

杨薇得知这姓林的叫林富财，一口一个“林大叔”，嘴巴上抹了蜜似的，叫得林富财满脸笑容。

一进屋，林富财除了问朱笑东等人的姓名，还问朱笑东是长期租房还是只借宿。

这里有个讲究，在这渔村里，外来务工、下海帮工打鱼的其实不少，要是来找事情务工的，租房就得讲价钱，要真的只是留宿一夜，那就得另当别论。

朱笑东想了想，问：“大叔，要是长期租房要什么价？”

没想到林富财一开口就把朱笑东吓了一跳：“现在一间房屋的房租是一百五十块，水费、电费什么的加在一起，一个月差不多两百块吧。”

两百块啊！

半晌，朱笑东才回过神来，这也叫房租？陶都城里随便找间房子也得两千块，就不要说到京城里去租房子了，在那儿租一年的费用，拿到这里怕是要租半辈子了。

林富财见朱笑东失神，笑了笑：“我们这已经是最便宜的了，隔壁的也是租给一个来帮工的，一百八十块！你们要是住得长，我算你们一百四十块得了。”

杨薇二话没说，拿了五百块钱递给林富财，笑着说道：“大叔，我们不是嫌贵。这样吧，我们先交这些钱，至于能住多久，这要看我们的实际情况。”

林富财收了钱，也不多说，出门打工找事做当然得根据情况，不说一年半载，就算是十天半个月找不到事情做，谁还会坐吃等死。

他把朱笑东、杨薇带上二楼，指了两间空房间，一间是给朱笑东和杨薇夫妻两人的，一间给陈小佩。

房间里，除了一张竹板床、一张小小的桌子，就再没有其他可用的家具了，也就是说林富财出租的，真的是一间房！怪不得一个月只要一百五十块。

朱笑东躺在咯吱咯吱作响的竹板床上，望着天花板嘿嘿发笑。

陈小佩摇着头说道：“看来你们真是没吃过苦的大老板。实话说吧，就这样的条件，在城里至少都得五百块到六百块，最高的达到八百块，一个月下来，房租水电得将近一千多块，一个月的工资……哎，这就是我们这样人的生活条件。”

朱笑东笑眯眯地望着杨薇：“听见没，你还要去体验生活，今儿个晚上不但没有空调、彩电，连被盖卷儿都没有，你是不是得好好地体验体验？”

杨薇也没想到会是这样的结果，只好苦笑着不答。

朱笑东笑得急了，杨薇就说：“嘚瑟个啥啊你，你野外露天席地而睡的时间少了？现在好歹还是在房子里，你还不满足？”

一夜无话。第二天一早，林富财见朱笑东起床，便过来询问：“我们有条船，预计今天要出海作业，上面还差一个人，你要不要去看看。”

杨薇听说有船要出海，高兴得很，巴不得立刻就上船去。朱笑东不忍坏了杨薇的兴致，沉默了片刻，才说道：“林叔，我们一点儿出海作业的经验也没有，要当正式员工肯定是不成，搞不好还会误事。要不这样吧，我们上船去学习学习，至于生活费用什么的，就折算成钱，回头我们补给你？”

林富财满口答应下来，说他去安排一下。

不多久，林富财就回头说：“可以了，现在还有点儿时间，你们赶紧去准备点儿自己需要的东西，今天中午就起航。不过，他们说这生活费，你得先交……”

先交生活费，这也不是什么大不了的事，杨薇问过要多少，然后直接给钱了事。

说是要准备，杨薇花了不少心思，洗漱用具、换洗衣物、零食小吃，满满地装了一背包。

朱笑东另外多带了两条烟，上了船，除了抽烟也没什么其他的事做。

陈小佩跑来跑去地帮忙，却没见到她买什么东西，估计昨天过来的匆忙，身上也没带多少钱。

杨薇叹了口气，又给了她一个鼓鼓囊囊的背包，谁叫现在两人是好姐妹了！

到了中午，林富财找到他们，带他们上了船。

一上船，朱笑东拿了那两条烟，挨个儿分发下去，从船长到厨子，一共十二个人，一圈儿下来一条烟都没够。

朱笑东的情况林富财先前跟大家说了，现在又见朱笑东拿着好烟到处拉关系，船员们自然是对他格外亲切。

渔船离了港口，出了海，现在也没什么事可做，朱笑东又是交了学费来“学习”的，所以也没人让他去干什么。杨薇和陈小佩两个女孩子更是直接到渔船甲板上看风景，优哉游哉地看夕阳西下。

吃晚饭时，林富财见朱笑东兴致不错，便说起了这条渔船的情况：这是一条千吨级的渔船，不算太小，当然也不算太大，也跑不了太远，也就国内的海域吧。出来一趟，运气好的话，往少说也得二十多天才能回去。

朱笑东当时就傻了眼，二十多天！自己还以为这远海打鱼的船跟内陆那些小舢板一样，出来在海上溜达一转，到地儿停船撒网，好的话一两天，最多七八天，却没想到这回要二十多天才能回程。

朱笑东头都有些大了，这可怎么办?！生活费什么的交了一两千块不要紧，关键这时间怎么来得及?

可是，现在渔船都出海半天了，是让掉头回去？还是自己带着杨薇游泳回去，似乎都不可能。

朱笑东把这事跟杨薇和陈小佩一说，杨薇倒是不在乎："既然上了船，就坐下去呗，还能怎么的?"

陈小佩却是眼泪汪汪，本来还想为公司争取点儿什么，现在倒好，自己的饭碗都得丢了。

朱笑东要林富财带着自己去找船长商量，看能不能帮忙想个办法，没想到那个大胡子船长翻脸就不认人了，回去，这损失怎么办?出来一趟这得多少油钱?!

朱笑东表示可以做出补偿，大胡子船长哼了一声："你补得了多少？就算你能补，我们也没那个规矩。人家在要货，钱管屁用，你能生出来货吗？生不出来就老老实实地在船上待着，该干吗干吗去，要不然，我叫人扔你们下去。"

在大海上，船长就是天，船长的话没人敢违抗。朱笑东和林富财两人一起被船长骂了个狗血淋头，然后出了驾驶室。

一边走，林富财一边问："兄弟，你这叫什么事啊，什么事你都不考虑好，你看现在这给弄的。"

朱笑东一边给林富财敬烟，一边连声说道："对不起啊林叔，这事的确是怪我没考虑周到，现在能不能帮我想想办法，我真不能在这船上待太久了……"

林富财抽着烟，半晌不出声，他也真想不出来个好办法。都出来一整天了，已经出了海南岛的范围，就算是就近把人送到海南岛上，折回去也得好几小时，这一来一回，几乎又要花去半天时间，船长是不会答应的。

最后，林富财掐灭了烟蒂，狠狠地摔在甲板上，说道："你在这儿等着，我再去找船长说说，实在不行，你也不能怨我。"

半小时之后，林富财再次灰头土脸地出来，一看就是没说通。

杨薇见朱笑东闷闷不乐，轻轻拥了朱笑东，说道："算了，笑东，俗话说，上船容易下船难，估计再过二十来天赶回陶都也还来得及。"

朱笑东摇了摇头，就算到时候来得及，自己难道要空着两手去跟怀特比宝？何况一出海，基本上就算是跟胖子、虎子他们断绝了联系。

杨薇劝道："你不是一直都说要让怀特觉得你人间蒸发了吗，现在不是刚刚好。"

朱笑东苦笑道："蒸是蒸发了，但是也把我自己给困死了。原本打算再过两天听一下胖子那边的事情，看看他和李嵘有什么眉目没有，现在好了，什么都联系不到了。"

"顺其自然吧！"杨薇说。

于是，接下来的时间里，朱笑东也就真的顺其自然了。大多数时间就是陪杨薇、陈小佩看海，有时候也顺手跟船上的员工一起帮帮手，或者跑到渔船上那个专门储放废旧报刊的隔间里随手翻看一些已经过时不知道多久的报纸、杂志。

驾船出海，在海上的日子孤寂无聊，除了喝酒、抽烟、打牌，剩下的就是读读书、看看报，所以渔船上多得是这一类的报纸，上至几个月、半年前，下至出海那一天前的都能找出来。

这些报纸之类的东西，一般识文断字的人都不大舍得扔，就算卖废品也卖不了几个钱，以至于林富财在他们这条渔船上专门设有一个小小的隔间来储装这些打发无聊时间的东西。

偶尔，朱笑东也会遇到一个胖胖的人过来拿些旧书、旧报混时间，其他人很少看这些东西，只喜欢喝酒、打牌、吹牛皮、侃大山。

几天时间里，朱笑东和胖胖的老头就熟悉起来了，后来才知道大家都叫他“厨子”，真名反而没人叫。

渔船也是走走停停，有鱼便撒下渔网，一路上下了好几次网，渔获却并不怎么样。

林富财解释说：“一般来说，打鱼都有固定的路线和场所，每次出来，多半要靠运气，看样子，这一次的运气并不是很好，都跑了三分之一的路程了，渔获却不到计划的十分之一。”

这天下午，船长通过无线电告诉大家一个不怎么好的消息，说据天气预报报道，最近两天海上有雨。一般来说，海上有雨其实也不是什么了不得的大事，就是不能起风，一旦起风必然导致灾难性的后果。

还好船长说看了发过来的云图，估计不会有什么风暴，又说这条渔船抗风暴能力还是挺强的，只是船上的东西，该绑好、该固定的，大家伙儿得加把劲。

朱笑东、杨薇等人跟大家一起做了准备，一阵手忙脚乱下来，便到了黄昏时分，此时，海上开始起雾下雨了。

开始，杨薇和陈小佩两人还要看看海上的雨景，才过不到半小时，两个人便一脸煞白，落汤鸡一般直接扑到朱笑东的那间船员室里。

杨薇拍着心口说："长这么大，真没见过那么大的雨，那乌云就像是压到了脑袋上似的，雷电都闪到脚下来了。"

朱笑东很是忧虑，有种不祥的预感。

大雨一直下到了十二点，这时候在海上穿行，就算是这千吨级的渔船也是颠簸不已。林富财特地过来看了看朱笑东等人，说："不但要注意东西的安全，还得把自己绑在船上，免得磕到撞到。"

杨薇问："以前遇到这样的情况你们是怎么做的？"

林富财呵呵一笑，道："这海上的营生都是这样，今天这算是小儿科了。以前有一次出海，遇到了一场风暴……这么跟你们说吧，我们十三个人，只剩下来五个，而我就是其中之一。"

朱笑东听林富财这么说，连忙问道："这么说，还有几位在这条船上？"

林富财得意地一笑："船长、修理师傅、厨子、阿国，我们五个人都是那次的生还者。"

虽然上船才一两天，但这几个人还真给朱笑东留下了很深的印象。

船长就是那个大胡子，脾气火爆得可以；修理师傅四十来岁，除了吃饭的时候很干净，一般时候都是一身油污；厨子就不用说了，胖胖的，虽然赶不上胖子高大壮实，却也差不多，和朱笑东早就混得很熟了。

其实，让朱笑东记忆最深刻的是阿国，这人以前是干侦察兵的，在自卫反击战的最后三年里，他一直待在战场上。据林富财说，本来阿国应该是个人物的，只是那会儿阿国太年轻，战功立了不少，但是违反的纪律也不少，说得好听点儿是遣还，说不好听就是开除，别看他现在快五十岁了，三四个小伙子都近不了他的身。

杨薇略一思索，问道：“林叔，那一次的情况到底是怎样的？”

林富财说：“那一次，我们十几个人开的是一艘不到两百吨的渔船，头几天渔获也不错，但是后来返航的时候遇上了‘爱丽丝’号台风，一个浪头打过来，就把那艘小渔船给打翻了。后来，我们获救的时候，已经是半个月之后的事了。”

林富财笑了笑，又说：“现在船大不说，各种设备也先进了很多，像这种天气，也就是看着吓人而已。”

林富财一走，朱笑东赶紧吩咐杨薇收拾一下背包，另外看看有什么救生器材，能带上的尽量多带点儿。

杨薇笑着说：“船老大他们都说没事，你别杞人忧天吓我好不好？”

“机会只会给有准备的人。”朱笑东一边说着，一边四处寻找救生衣之类的东西，看到有把消防斧头便放进了背包里，比较短小的剖鱼刀、绳子等也都装进了背包中。

还没收拾完，船身突然一阵剧烈抖动，把他整个人都颠起来了，朱笑东被撞得眼睛发花，半天也没爬起来。而此时的杨薇和陈小佩正死死地抱着一根钢管不敢放手。

杨薇大叫：“笑东，怎么回事，刚才……”

刚才突如其来的一撞让杨薇她们吃了不小的亏，杨薇的额角都流出血来了，陈小佩更是张着嘴哭了起来。

这时，林富财等人显得忙碌异常，不停地钻进钻出，朱笑东他们三个人似乎被所有人给遗忘了。

朱笑东见他们这般忙碌，跌跌撞撞地上前，抓住一个人问道：“怎么回事？”

风雨里，看不清那个人的面容，但是那个人对朱笑东吼道：“船触礁了，其他的人都在帮忙，你在这里干什么……快去……”

“触礁!”这个只在电视、电影里出现的词语一下子钻进朱笑东的脑袋，触礁了，现在怎么办？是赶紧跳船逃跑，还是去帮忙看看能不能把船救住？

朱笑东顶着风雨，艰难地回到杨薇和陈小佩的住处，把船已经触礁的消息跟杨薇说清楚。

偏偏才一张嘴，船身又是剧烈的一震，这一次比上次还要剧烈好几倍，朱笑东一个没抓住，半个身子都掉到船外去了。杨薇在这一刻突然不顾一切地扑出来，好不容易抓到朱笑东的一只手。

也就在这一刻，朱笑东发现这艘渔船根本就不受控制，整个渔船就像是暴风雨里的一片枯叶，随风飘零了。而且，朱笑东还发现一件可怕的事，这艘渔船在往下沉!

朱笑东大叫一声，也顾不得去帮忙修补渔船了，当即运起力气，一翻身上了船舷。刚刚爬上船舷，林富财又跑过来，拉着朱笑东，对着朱笑东的耳朵大吼：“船长说，让你们弃船，上救生艇。”

朱笑东犹豫道：“林叔，你们呢？”

“快走吧……”林富财有些痛苦，船上还有他的几个老伙计，修理师傅被崩出来的机器零件儿砸伤了，厨子下落不明，阿国不肯弃船，这些对他来说都是痛苦的事。

这时，朱笑东看到一艘救生艇已经下到海面，是渔船上其他几个船员。顷刻之间，那几个船员驾着救生艇消失在无穷无尽的黑暗里。

林富财挣扎着帮朱笑东把救生艇放到海里，这时，渔船已经开始倾覆，要是再不走的话，渔船下沉的漩涡会把小小的救生艇吸进海里的。

朱笑东把陈小佩接了出来，几乎没用什么力气就把她送到了救生艇上，接着是杨薇，林富财看见两个女孩子安全了，凄然一笑，转身就要离开。

朱笑东二话没说，突然一掌砍在林富财的后颈上，林富财顿时昏了过去，朱笑东拖起林富财，直接就往救生艇上扔。

这时候，渔船基本上就已经沉没至救生艇的高度了，再有不到五分钟时间，估计整个渔船就会沉入海底。

把昏过去的林富财抛上救生艇，朱笑东又对着杨薇叫道："等我两分钟……"说罢，转身进了舱室。舱室里有两个人，阿国、厨子，两个人面如死灰，都坐在自己的床上一动不动。

朱笑东进到舱室，二话不说拉起厨子的手，说道："快走……"

阿国面色苍白，讷讷说道："我们什么都没有了，活着还有什么意义，你走吧！"

朱笑东怒道："我不知道要怎么劝你们，你说你们什么都没有了，就不想活下去，你知不知道我经历过什么，我最要好的兄弟出卖了我，伙同我的未婚妻，一起把我推下无底洞，我都没想要轻而易举地死去。你们不就是考虑这点儿钱吗，但是你们知不知道，林叔因为你们也不肯走，你们死了倒也爽快，但是林叔、你们的家人怎么办……

"相信我，只要你们活着出去，你们会有更大、更好的船！"朱笑东说道，"我保证……"

阿国还有点儿迟疑，朱笑东又说道："现在都什么时候了，你们还要犹豫？"

厨子说："我的伤……"

朱笑东再也不说话了，一把拉起厨子，对阿国说道："大叔，我还需要你们帮忙……"

逃到舱室的巷道上，海水已经没过膝弯，再不走就真的来不及了。

朱笑东把杨薇她们的救生艇的方位指给了厨子和阿国，准备再去找找船长，但这个时候，船身又是猛地一震。

是海浪撞击到渔船上引起的，但是这一阵震动，把朱笑东和厨子硬生生地扯开，厨子和阿国一个上了救生艇，一个还趴在救生艇舷上，杨薇和陈小佩两人死命地拉住后面那个人，但是此刻却顾不上朱笑东了。

朱笑东在那一阵震动当中立足不稳，脚下一滑，倒在已经齐腰深的海水里。幸好朱笑东水性不错，虽然呛了一口海水，但是没糊涂过去。

朱笑东一翻身，拿了个救生圈抛进海水里，回头再去看船长室那边，隐约间看见船长也已经快被水淹没了。

朱笑东叹了口气，现在这个情况，虽然不想看着船长溺毙，但自己也已经无能为力了，为了救人把自己给搭进去，显然是不合算的事。

所以，朱笑东在渔船完全沉没前那一刻拼命游向自己扔出去的救生圈。朱笑东水性不错，加上杨薇又不肯离去，没过多久便找到朱笑东，拉上了救生艇。

这时，林富财醒来，看着五个老兄弟仅仅剩下三个人，一时间老泪纵横。其余的阿国、厨子两人也是眼睁睁地望着渔船，泪流满面。

渔船最终沉进水里，海面上唯一的亮光也消失了，大雨瓢泼，救生艇里六个人像是坐在一片树叶上，不住地被巨浪抛起、落下。

朱笑东等人不得已，把自己绑在救生艇里，最后几个人都被颠得昏了过去。

朱笑东醒来的时候海上天色已经放晴，他首先去看杨薇，见杨薇跟陈小佩两个人还躺在救生艇舱底的水里，连忙解开自己身上的绳子，刚刚站起来，脑袋一阵发晕，“扑通”一声扑倒在舱底。

朱笑东勉强捧起杨薇的脑袋，轻轻叫了两声：“杨薇……

杨薇……”

杨薇“唔”了一声，还好，没怎么呛到水，稍微咳嗽了两声便睁开了眼睛。一眼见到朱笑东还在身边，杨薇的眼泪忍不住流了下来。

朱笑东盯着杨薇，勉强笑了笑：“没关系，我们还没死，没死就还有翻盘的机会……”

不多一会儿，其余人也先后醒来。

最后醒来的是陈小佩，她是真的没见过这样的场面，没吃过这样的苦头，刚一醒来还在大哭大叫。

朱笑东等人费了好久才勉强让陈小佩安静下来。

大家稍微休息了一阵，接下来是检查周围的情况以及可以利用的物质，手机已经全部报废了，想用手机联系外面已经不可能。

在茫茫大海之中，四周都是碧波万顷，水天一色，根本不知道身在何处。

林富财说：“像昨天晚上那个情况，就算是计算，也已经计算不出来现在的具体位置了，往少里说，离昨天渔船失事的地点也不低于数百海里。昨天失事最后的坐标，离海南岛也有五百海里左右，现在要确定自己的准确位置，几乎是天方夜谭。”

朱笑东等人翻了一下带下来的背包，没有找到指北针、定位仪和通信器，只有一些零食、衣物、几只防水信号烟火和渔船失事之前带出来的绳子、消防斧头、剖鱼刀之类的用具。

救生艇里的雨水不少，但是也掺了不少的海水在里面，最多只能洗洗脸，拿来食用肯定是不行的。

救生艇里的储备不少，淡水、饼干都有不少，差不多够六个人一个星期以上的消耗，另外还有鱼钩、鱼线、一副小型的渔网水桶等。

林富财本来一直都喜欢戴着一只带有指南针的手表，偏偏渔船失事的时候他正准备去洗澡，所以连手表都遗落在渔船上了。

救生艇上本来有四只桨，但是昨晚在风暴中遗失了一对，另一只不知道怎么搞得也弄折了，所以就剩下一根完好的。

朱笑东把那根折断的船桨用绳子绑了，也架到救生艇尾巴上，几个男人轮流换班来划。

四个男人轮流划了一个班次，林富财才开口说话，一开口，却是发出一个天大的疑问："阿国，你我都是在海上风里来雨里去不下二十年的人了，你们说说，昨天晚上这事是不是太奇怪了？那条航线，我们每一年少说也走十七八次，哪里来的暗礁？"

一说到这事，阿国、厨子都叫了起来："对啊，以前也有过这样的天气，甚至更恶劣的都有，但是触礁这事儿，却是从来也没有过的，这到底是怎么回事？"

本来，在海上航行的忌讳就不少，比如不能坐船头、不能在船上吹口哨，连说话都得很讲究，翻、扣之类的字眼谁要是敢提，船长就有可能把谁扔进海里。

几个人说了半天也没说出个所以然来，只好悻悻作罢。

在救生艇上，空间比渔船上还要狭窄，几乎就那么一两步来去的空间，在狭窄的空间里待久了，令人觉得更加枯燥无味。虽然朱笑东还有一条烟，但是剩下的唯一一个打火机就显得珍贵无比，尽管几个人都想解解馋，却不得不忍着烟瘾。

陈小佩这次是受了不小的打击，饭碗铁定丢了不说，现在能不能活着出去都还是个未知数，于是精神渐渐开始恍惚起来。

几个男人轮流换班划船，一直划到红日西沉，眼前还是一片大海，没有任何要出现陆地的迹象。

本来大家想着，白天有太阳的位置可以参照，晚上更有星宿月亮可以定位，几个人便可以轮流换班，日夜不停地划船，相信在食物淡水耗尽之前便可到达最近的陆地。

然而想不到的是，到了晚上，海面上偏偏又生出一片大雾来。

林富财和阿国等人稍微商量了一下，为了避免不知不觉中偏移方向，白白浪费体力，几个人干脆停下来，用朱笑东带出来的绳子绑了一些重物抛进水里当成船锚，尽最大的努力固定住船。随后是分发食物、饮水，一个个勉强吃了点儿，便开始休息，恢复体力。

说是休息恢复体力，几个人却是瞪着眼睛，差不多守到了半夜，本来以为时间长点儿，雾会消散，没想到雾气却越来越浓，朱笑东实在撑不住，搂着杨薇渐渐睡了过去。

到了后半夜，朱笑东突然被一阵响声惊醒，抬头看去，原来是阿国睡不着，正在收拾缆绳，准备起航。

朱笑东低声问阿国："现在四周都是模模糊糊的，起航又能怎么样?"

阿国摇了摇头回答说："先前有那么一会儿，雾气淡薄了许多，隐隐约约看见前面好像有块陆地，只是雾气太大，瞬间又遮挡住了，所以我寻思着，与其这样死等，不如过去看看。"

朱笑东往阿国所说的方向看了一会儿，除了雾气，还是雾气，哪里有半点儿陆地的影子。朱笑东的眼力比普通人要强，这一点，他自己是知道的，但是有雾气遮挡，他同样看不了多远。

但是见阿国说得振振有词，朱笑东自然不好去阻拦，放下杨薇，去跟阿国一起收缆起航。

可是，两个人划了半夜的船，直到天明，也没能到达阿国所说的那片陆地。

第六章
流落荒岛

早上，太阳稍微露了一会儿脸，在浓雾里看来，惨白惨白的，而且仅仅不到十分钟就又钻进了云层。

接替阿国划船的厨子本来还满怀希望，但也就仅仅十多分钟便又是一脸怆然。

恰在这时，朱笑东隐隐感觉到右侧的海平面上似乎有点儿不同寻常的变化。

阿国等人却不大相信，都划了一天多的船了，一路过来根本就没看见过什么岛屿，不是眼睛花了就是产生了幻觉。

朱笑东想了想，说："那里离我们现在的位置差不多也就十来公里，最多绕一小时，不去看看实在是有些可惜。"

阿国、厨子、林富财等人稍微商量了一下，最终决定去看看，众人掉转船头，朝着朱笑东指示的方向划过去。

朱笑东说是十来公里，要一个多小时，实际上才划了不到四十分钟，几个人眼前便出现一个黑黑的影子。

应该是一座岛屿！

因为是在浓雾里，看不清岛屿的全貌。

但是这对在海上漂流了好几天的几人来说已经足够了，他们一个个激动得热泪纵横。

一行人激动之余，将救生艇慢慢靠近岛屿，朱笑东兴奋地大喊了几声："有人吗……你好……有人吗……"

可惜，除了一阵阵海浪拍打礁石的声音和海鸟的鸣叫声，根本就没人搭理朱笑东。

这个时候见到岛屿，一直心情都坏到极点的陈小佩，忍不住失声痛哭起来，估计这以后，再要她坐船怕是得费上一些力气了。

没人应声，估计是个荒岛，大海上这样的荒岛何止千千万，就算是在海上跑了半辈子的林富财、阿国、厨子三个人都不知道这座荒岛的确切位置。

不过，即使是荒岛也比在大海里坐着救生艇乱转悠好，最重要的是能尽量在岛上找到淡水之类的补给，然后想办法求救。

在一处浅浅的沙滩上把船停靠了下来，几个人"扑通扑通"地跳下水，叫嚷着扑向沙滩。

陈小佩望着沙滩，站在船头却又不敢直接跳下水，到现在，她对海水还有着深深的恐惧。

杨薇好劝歹劝，总算把陈小佩劝了下来，没想到陈小佩一跳进水里，双脚一软，整个人顿时倒进水里，半人来深的海水，陈小佩居然还被呛了好几口，险些溺毙在海水里。

好不容易上了沙滩，几个人号叫着打滚，撒丫子乱蹦乱跳，兴奋得有些疯狂。

沙滩后面是一座被茂密森林覆盖的小山，一般来说，有森林的地方就能找到淡水，现在，找到淡水是几个人的主要目标。

朱笑东等人乐和了一阵，把救生艇固定好，取了仅有的两个背包，拿出斧头和装水的工具，正式出发去找淡水和食物。

从远处看起来，这海岛上的山并不高，但是几个人钻进密林才发现并非如此，海拔少说也有五六百米。

或许朱笑东等人上岸的地方是山背面吧，几个人辛苦搜索了一阵却没有找到任何淡水的迹象，就更不用说食物了。

众人休息一阵，一番商量后决定继续到山背面寻找，如果再找不到就到山顶扎营，既可以观察四周的情况，又能方便发送求救信号。

反正这是海上，又比不得陆地，就算发现远处有船经过，再燃放烟火信号从山上下来也绝对来得及，如果独守一隅的话，少不得会漏掉其他几个方向。

一往山上爬，朱笑东惊奇地发现，阿国、林富财、厨子他们三个人其实并不比年纪稍轻的自己差到哪里去，无论是身手还是体力。尤其是林富财，几乎比自己都还要敏捷。

朱笑东问身前的厨子这是什么缘由，一向不怎么出声的厨子回头笑了笑，说道："你真想知道？"

随后，厨子说了起来，原来，林富财是当年鼎鼎大名的尖刀队队长，可惜文化不高，在即将结束的那场反击战中因执行任务不幸负伤，后来又遇上"精兵"，本来林富财要升迁的，但是命运不济，在最后时刻为了保护一个犯了纪律的战友顶风犯戒，被踢了出来。

"你怎么会知道得这么清楚？"朱笑东问道。

厨子干笑了两声："当年我给他们做饭，嘿嘿，火头军。"

"这么说，原来你们都是立过无数战绩的赫赫功臣？"朱笑东叹道。

厨子又是两声干笑："嘿嘿，不就是杀过不少人吗，什么叫功臣？战场上，无非就是个杀多杀少、杀与被杀的关系，所谓战绩，也不过如此。”

朱笑东笑了笑，本质虽是如此，但是意义绝不相同。

厨子干笑两声，不再答话。

往山上走，一路上虬树劲枝，藤蔓缠绕，很是难行，好在阿国和林富财两人在前面用斧头、鱼刀开路，难度并不大。

大约五百来米的小山，两个多小时之后，众人就到达了山顶。

估计是海风剧烈，整个山顶上的树木不但不高，还都长得奇形怪状的。

整个山顶的面积也不算大，数十平方米而已，几个人站在上面，顿时有种光秃秃的感觉。

这时候朱笑东等人才勉强看清这座小岛的地形，整个儿东高西低，两头大中间小，两端最长不超过三公里，宽度不到两公里，虽然现在雾气稍微淡薄了些，也就只能看到这么远。

朱笑东等人现在所站的位置是整座岛屿的最高点，再往西走，隐隐看得见岛屿北面的尾巴端上有一条山沟，有山沟，应该就有淡水。岛屿的南面大多是悬崖峭壁，好些地方高度都超过了两三百米。

在陆地上，每到一个新鲜的地方都要先打量地形，这不仅仅是朱笑东的爱好，也是阿国、林富财多年的习惯。

几个人在山顶上休息了一阵，商议后决定留两个人在这里置办一些柴火，到时候做燃放信号用，其余的到那边山沟里去找水。

但是陈小佩死也不肯留下来，即使是让杨薇留下来陪她，她也不肯。带着她去找水吧，一个娇贵的女孩子，能带回来多少?

折腾了一阵，林富财干脆一挥手，算了，大家一块儿去，能带回来的水也多了几份，免得担心这担心那的，反正，还有比这地方更好的位置也不一定。

话是这样说，但是纵观整个岛，还真没有比这里更适合瞭望、燃放烟火的地方。

俗话说，上山容易下山难，尤其是对陈小佩这样的女孩子家，几乎是一步三顿、三步一滑，要不是杨薇尽力帮助她，实在不知道陈小佩会落到什么地步。

走了一段，厨子有意无意地走到朱笑东身边，嘿嘿干笑了两声：“小兄弟，先前，我跟你说了我们几个人过去的身份，现在你是不是也该把你的身份跟我们说说了？”

朱笑东一怔，随即淡淡地笑道：“我本来是个做小生意的，这次因为有些事情出来散散心。”

“嘿嘿……”厨子干笑道，“做小生意的，我怎么觉得你这生意做得不小，你也叫朱笑东，而她也叫杨薇，你这张脸，可别说跟大名鼎鼎的天然集团的大股东只是长得相似而已吧……”

厨子说完，又是一阵“嘿嘿”的干笑，好像厨子就是干笑着出生的。

“呵呵……”朱笑东没想到这地方也会有人识破自己的身份，稍微细想，这才记起自己和杨薇好多天都没记得化妆掩饰面目了，再说，那次接收方天然赠授股份的事情，媒体也确实折腾得沸沸扬扬。

时刻关注这些报纸报道的人，一时半会儿自然不会忘记那张年轻英俊的脸和他身边美貌如花的女孩子。这样子的两个人一起出现，还认不出来，那就有些搞笑了。

陈小佩觉得“天然集团”这个名字很耳熟，偏偏一时之间又想不起来，但是厨子说的“天然集团的大股东”这句话，实实在在让陈小佩吃了一惊。

阿国和林富财两人在前面开路，两人老当益壮、身手敏捷，不多一会儿，就把后面要照顾陈小佩、厨子的朱笑东和杨薇等人抛得老远，后面四个人在说什么话，阿国和林富财也听不见了。

陈小佩吃惊，满脑子使劲回想这个“天然集团”，偏偏厨子这时候又回过头来，“嘿嘿”干笑了两声：“其实你也用不着奇怪，我怎么知道这些的，因为我女儿就在你们天然集团旗下做事，她跟我说了很多关于你们的事情，另外，还有这个……”

厨子站住身子，从裤兜里掏出来一块叠得整整齐齐的纸，慢慢地打开，这一叠纸是一张报纸，估计是厨子在沉船前到那间装废旧书报的隔间里找到的，而且一直都带在身上，虽然经过海水浸泡，但是并未完全被毁掉。

报纸摊开，朱笑东一眼就看到其中一版，自己和杨薇的大幅头像几乎占据了大半个版面，其下才是天然集团的一些消息报道。

朱笑东记得，当时他也见过这张报纸，只不过当时因为是关于自己的，也就没多加留心，没想到被厨子珍藏着，还拿来做证明。

杨薇扶着陈小佩钻过一丛藤萝，刚好听到厨子这么说，不由一笑：“人说虎父无犬子，大叔你老人家的闺女肯定是公司里的高管了。”

杨薇本是随口这么问了一句，但是话出了口，却又觉得好像哪里不对劲，天然集团里的事情，朱笑东除了那次公开露面上了媒体，之后就再也没去管过，就更别说和公司里的人熟悉了，难道朱笑东背着自己……可是看看朱笑东坦然的样子，杨薇又实在找不出半点儿破绽。

这一次，厨子没有干笑，只是淡淡地说道：“你也姓杨，五百年前我们也算是一家人了，有句话我本来不应该说，但是憋在心里却有些难受，要不是遇上你们二位，我还打算就把它憋在心里算了……”

杨薇随母姓，这是很久以前和方天然怄气自己改的，这事知道的人极少，加上以前杨薇根本就不去理睬天然集团的事情，天然集团里知道杨薇真名的根本就没有，厨子说一笔难写两个杨字，这也没什么奇怪的了。

朱笑东看着杨薇，觉察出来杨薇的眼里悄悄地埋着一管火药，赶紧解释：“杨薇，你可别多想，帮我们想办法救虎子哥那位杨什么来着的姐姐，还记得吗?”

那次，朱笑东、胖子、虎子三个人被威斯康科·马克利用，上了一趟雪山，回来后，虎子得了一场相思病，几个人用尽了无数手段，也不见虎子好转。后来，朱笑东把搞策划广告营销的杨丽拉来策划救人，虽然杨丽并没能派上多大用场，但杨丽机灵能干，还是给朱笑东留下过很深刻的印象。在天然集团下属公司里做事，又知道朱笑东比较多的，除了那个杨丽，就再也没有其他人了。

杨薇笑了笑，释然。

厨子继续说道：“本来，我那丫头性格比较强，在天然集团做事，我不敢说她整个身心都扑在工作上，但百分百不会偷懒。可是最近，据说你们公司里发生了不少让她穿小鞋的事情。我也知道职场如战场，甚至比战场更白热化，但是公司里毕竟不是真的战场，面对的也不是真正需要你死我活的敌人，也就没必要把人往死路上赶、往绝路上逼的必要，对不对?”

朱笑东苦苦一笑，职场如战场，朱笑东是有过深刻体会的，不过现在厨子说这话，让人觉得从战场上走出来的人都有一种浓厚的护犊子情结。

杨薇听着这话却很不对味儿，赶紧问道：“大叔，你能不能明说一下，是不是杨丽姐姐最近出了什么问题?”

朱笑东却是紧跟着解释道：“大叔，天然集团那边的事情，我们根本没沾过边，至于里面有什么浑水，我也不清楚。杨小姐在里面有什么委屈，原则之内的事情我不能去碰，但如果不在这个范围，我是说，如果我们还能回去的话，我会去过问一下。”

厨子慎重地点点头，然后又干笑了两声，才说道：“现在竞争激烈，好的工作一职难求，公平公正地竞争我也不反对，但是在公司里面公然出现聚众围殴这样的事，怎么说也有点儿过头，对吧？”

杨薇跟陈小佩两人均是一怔：“还有这样的事！”

朱笑东一怔过后，对厨子说道：“这件事，只要我还能踏上那片土地，我都管定了。”

厨子叹了口气：“唉，这也只是我的一面之词，你能记得，我已经感激不尽了。我也没有别的要求，希望你能秉公处理这件事。”

杨薇很担心地问道：“大叔，这事发生多久了，杨丽姐姐她还好吧？”

厨子苦笑着摇头：“那丫头很是要强，事情发生了一个多星期才跟我说，算算日子，现在也该出院了吧。”

“都到了这种程度？”朱笑东瞪着眼睛，不能置信地问道，“杨小姐有没有跟您说到底是为了什么事？”

“具体事情我就不说了，免得你到时候先入为主做出错误判断，冤枉了别的好人。”

厨子说着，又重重地叹了口气，便不再说话。

没有激烈竞争活力那就不叫公司，但是如同厨子所说，发生到火拼斗殴的地步，怎么说都不可原谅。这事就算厨子不说出来，只要朱笑东知道了，肯定也得管上一管。

沉默了一阵，杨薇好奇地问道：“大叔，杨丽姐在公司里出事也是最近才发生的，对不起，我想问的是，您怎么还会不辞劳苦地到海上奔波呢？”

厨子干笑了几声：“早年间送丫头读书，欠下不少债，也就贪图着出海能挣些钱，现在丫头出息了，可是我五十多岁了，现在除了跑跑船，又能去干什么呢？人活着，要吃要喝，还得花钱不是，丫头大了，自己成家立业了，光靠她那点儿钱过活，又哪能忍心！”

杨薇忍不住默然。

下了最高的山顶，沿着山脊线走就是最快到达山沟的路线。几个人正走着，前面开路的林富财突然跑了回来，一路跑还一路跟朱笑东等人打手势。

厨子以前跟他们是一伙的，一看林富财一路小跑，而且只打手势不说话，脸上顿时变了颜色。

林富财打的手势是一种奇特的手语，朱笑东在闲暇时偶尔在电视热播剧中看见过，那是一种现代特种兵普遍使用的手语。

不过林富财用的手语显然比电视上的那些手势要简单了很多，也奇怪了很多。

林富财还没跑到几个人面前，厨子就低声喃喃地念叨：“前面……有人……痕迹……土匪……很多……”

前面有土匪！

朱笑东的眼睛一下子瞪得比铜铃还大，怎么会有土匪？

吃惊之后，朱笑东才明白过来，这里地势险要，又深入大洋深处，上面多半是有海盗！

可无论是土匪还是海盗，自己这帮人遇上了那都得倒霉。

这时，林富财跑到朱笑东等人身边，示意大家先伏低身子，然后才喘了好几口气，到底年纪大了，比不得当年，现在这一激动加上一阵连蹦带跳的短跑，就有些气喘了。

林富财足足喘了五六口大气，才低声说道：“前面有不少人走过的痕迹，多半是这一带出没的海匪，但是不知道具体的情况。现在怎么办？”

“撤！还能怎么办？我们几个老头子还能去跟那些海匪火拼！”厨子摸了一把脸上的汗水，一双眼睛骨碌碌地东张西望，生怕哪里突然钻出一个手端机关枪的海匪来。

林富财却摇了摇头，低声说道：“我们现在还撤得了吗？”

“你的意思呢，要打？可是我们赤手空拳呢……”厨子还想要说下去，陈小佩听说遇到海盗了，顿时公主性儿上来，“啊”的一声就叫了出来，打断了厨子的话头。

在一旁的杨薇赶紧伸手捂住陈小佩的嘴巴，又做了个噤声的姿势，然后挨着陈小佩的耳朵根子，低声说道：“别紧张，你越紧张，就会乱，越乱就越容易招来海盗，来，跟着我，深呼吸，一、二、三……”

陈小佩被杨薇紧紧捂着嘴巴，差点儿一口气都吐不出来，一颗脑袋点得像小鸡啄米似的，表示明白杨薇的话，关键是杨薇要再不放开手，她会被直接捂得气绝而亡。

杨薇松开手时，陈小佩几乎是翻着白眼，一张小嘴儿都张到比平时大一倍了，一双手还不住地拍着胸口，一副心肝儿怕怕的模样，但是只有她自己知道，除了怕，主要是被那口气憋得！

林富财、厨子、朱笑东三个人商量几句，阿国也回来了，手上还带了一个已经拔了保险插销的手雷。

对这些东西，阿国虽然几十年前就搁下了，但是手上这玩意儿也是那个时代的东西，要让它没有保险销也不会爆炸，不要说阿国了，林富财、厨子他们两个都有不止五种办法做得到。

阿国蹲下身子，扬了扬手上的手雷，低声对几个人说道：“这是我发现他们在这一带埋下来的地雷，但是看样子，已经有好一段时间了。还有，我检查过那些痕迹，大多是三四天以前的，也就是说，我们走的这条路，极有可能是他们巡逻的一条路，兵力两到五人。”

朱笑东怔了半晌，突然说道：“林叔、阿国叔，我们不能就这么待在这里，那边沙滩上还有我们的救生艇。”

厨子回头，看了一眼朱笑东，眼里有些异样，阿国、林富财也是一样的。

但是接下来朱笑东说的话，却让他们有些吃惊。

“我是在想，这里既然有海盗，而且现在还没上来抓我们，也就是说他们还没发现我们，这是一个很好的机会。大家想想，我们目前最紧缺的是什么？食物？淡水？都不是，我们现在紧缺的是一条机动能力强的船，还有海图、定位仪器这些东西。这些东西，海盗手里肯定不缺！所以，我们要想活着出去，这回得来个黑吃黑。不过在这之前，我们还得赶紧去把那艘救生艇藏起来或者毁掉。”

林富财点头颔首，似乎在计算这件事的可行性，毕竟这是关系到六个人身家性命的事情，儿戏不得。

阿国也有些犹豫，毕竟现在年纪大了，除了本身技不如前之外，胆气和底气自然也有些不足。

厨子却有些措手不及：“你说要毁掉救生艇！那万一我们夺不到他们的机动船呢，岂不是连后路都没有。”

朱笑东苦笑着摇摇头，只简单地说出来八个字：“破釜沉舟、死而后已……”

“破釜沉舟……死而后已……”林富财咀嚼着朱笑东说的这几个字，好一阵，才点点头，说道：“好，我们就来个破釜沉舟、死而后已，大不了也就是个死！”

阿国“唰唰”地站了起来，说道：“好！我们就一步步地执行计划，走，队长，我们先去破釜沉舟！”

本来厨子还以为朱笑东会挺身而出，跟阿国或者林富财抢着去执行破舟任务，没想到朱笑东微微笑了笑，说道：“也好，有两位老前辈亲自披挂上阵，相信能做到干净彻底。”

林富财眉头稍微皱了皱，似乎有点儿瞧不起朱笑东，觉得他有种纸上谈兵的那种味道，老是动动嘴，没有一点儿冲劲儿。

阿国也不例外，对朱笑东多少有点儿轻看的意思。

待阿国和林富财的背影消失在茂密的树林里之后，朱笑东才对杨薇说道：“杨薇，我有件小事要做，你能不能带着陈小姐先让开点儿。

杨薇见朱笑东这么说，当下二话没说，低声对陈小佩说道：“他们男人家有事，走，我们去那边，我给你讲讲遇到土匪的事。”

说着，杨薇硬拉着陈小佩往后走了七八米距离，藤萝、树枝把她们两人遮了个严严实实。

直到这时，朱笑东才从衣袋里掏出来一块比指甲也大不了多少的金色物事。

本来，厨子见林富财、阿国他们走了，朱笑东又支开陈小佩她们两人，还以为朱笑东要对他不利呢，没想到朱笑东把那块金叶子一样的东西拿在手里，很是慎重地对厨子说道：“大叔，我以前受过比你现在这伤势严重十倍不止的内伤，但是我就靠着这个，在不到五天时间就完全恢复过来了。我现在希望大叔能照着我说的话去做……”

见厨子还不大放心，朱笑东微微笑道：“大叔，我支开他们，是因为这东西太过奇异了，我不想人多嘴杂漏了出去，平生是非。”

所谓金银不露白，财物不能显摆，厨子自然明白这个道理，只是这小小的一片东西能在几天之内把剧烈的内伤给治好？这的确是让人难以置信。

厨子迟疑着，接过那片黄黄的、金子一般的东西。那东西一入手，厨子顿时感觉到了奇异之处。

本来，就算是同样一块金子做成的这样的金皮都会有很大的重量，毕竟，黄金除了贵还很重，但是这块东西拿在手里，居然感觉不到它的重量。

“这是什么玩意儿?”厨子忍不住问道。

朱笑东一笑：“这东西我们管它叫龙鳞，但是大叔，我们的时间真的不多了，我想大叔能记住我说的话，第一，本来这东西只能蘸水泡来喝的，现在我没有那么多准备了，你只能把它咬在嘴里一会儿；第二，大叔身上这伤，最多只能咬住它一到两分钟时间就必须马上吐出来；第三，记住，千万不能吞下去，这玩意儿虽说并不怎么名贵，但是吞进肚子里肯定有害无益。”

厨子想了想，果断把那片黄金边的龙鳞扔进嘴里，不过却没敢用舌头尖去和龙鳞接触。没过片刻，嘴里的唾沫便将那片龙鳞包围了起来，顿时，厨子只觉得那片龙鳞像是活过来了一般，不但不住地膨胀，还分泌出一股淡淡的、略带苦味儿的中药味，然后是满嘴药香。

厨子正在想不会就是一片甘草片的时候，原本腿上的伤口顿时一阵奇痒，这种感觉很怪，就像是发痒之处在骨头里一般，想挠挠却没有地方可以下手。

这一阵奇痒越来越是厉害，厨子忍不住咬着牙齿，咕嘟一声吞了口唾沫，随后弯腰去抓那伤口痒处。

只是那正在发痒的地方用力轻了挠不到，稍微重了又剧痛攻心，一时间又痒又痛，端的是另一种莫名痛苦。

厨子忍不住一张嘴，“啊哟”一声叫了出来，这一叫，也把那块已经长大到比之先前一倍有余的龙鳞吐了出来。

朱笑东赶紧捡起龙鳞，稍微擦了擦上面的口水，又小心翼翼地包好。

厨子伤口处的那阵奇痒过片刻便慢慢消失了，厨子顿时站了起来，跺着脚问道：“你到底给我吃的是什么东西……”

朱笑东淡淡一笑：“我说过，这是治伤用的龙鳞，怎么样，感觉如何？”

“还能如何，差点儿没把我痒死……”厨子又跺了跺脚，几乎是粗鲁地说道，“早知道这样，就算我这条腿毁了，咦……”

第七章
最穷的海盗

先前连站起来都有些吃力的那条伤腿现在不仅不疼了，而且用力踩踏也毫无痛楚，这么快就好了？

幻术？障眼法？都不对吧，那可是自己身上的伤！

厨子三两下扯开绷带，去看那伤口。那伤口上已经莫名其妙结了一层痂，也就是说，伤口已经愈合了。

厨子简直有些发疯了，这一刻，本来并不怎么相信这世上有奇迹的他，现在终于亲身体会了一次奇迹。

见厨子好不容易从激动中平静下来，朱笑东才对厨子说道："大叔，这事情我不想让其他人知道，希望你能帮我保密，怎么样？"

厨子不住地点头，嘴里答道："好，好，我绝对保密！"

不过，厨子却是在想朱笑东真正的意图！

朱笑东当然看得出来厨子的意思，淡淡地叹了口气，说道："这东西虽然珍贵，但是对于我来说实在也算不得什么，只是一旦落到其他人手里，势必会惹来杀身之祸，这一点，相信大叔肯定比我更清楚……"

厨子一怔，总算明白过来，当下也是忍不住叹了口气，这就是世上的法则，没人改变得了。

这时候，杨薇带着陈小佩回来了，陈小佩的胆儿好像壮起来不少，嘴里还在低低地问杨薇："那你们后来怎样脱离危险的？"

杨薇看了一眼朱笑东，然后笑道："都是他出的主意，要我在山顶上对那个曾德宝一顿臭骂，然后那个苏多德尔就上了个恶当……"

原来杨薇正在跟陈小佩讲那一次的亲身经历，虽然杨薇并不会像胖子一般对别人胡吹海侃卖弄自己，但是杨薇把整件事情前前后后、中间的曲曲折折一并说了出来，倒也确实能让陈小佩这样的女孩子家觉得心惊肉跳！

见杨薇说了几句又住口不说，陈小佩自然是缠着杨薇不住地追问，"你们后来又怎么样了呢……后来怎么了……后来……"

"后来，我们就到了这里。"朱笑东赶紧帮杨薇把她说的那个故事结了尾，低声笑道。

"啊！好羡慕你们啊，我要是能有一次这样的精彩经历那这一辈子就不算白活了。"陈小佩满脸崇拜地说道。

朱笑东和杨薇两人都笑了起来，这陈小佩还真是，现在不就是在经历那种她十分向往的"精彩"吗！

大约又等了半个多小时，林富财、阿国两人才满头大汗地回来，除了手上有几瓶水，其他的什么也没有。

见朱笑东正在"倚红偎翠""噗噗……""嘻嘻……""咯咯……"地低笑不停，两人眼里那股讨厌之意更加浓烈了一些。

只是他们没注意到厨子现在是自己走过去迎接他们的，还有就是原本小白兔一般的陈小佩也已经变化了很多。

等林富财、阿国两人休息好了，几人便商议着下一步的计划。

还能怎么办，悄悄地摸进去，然后看看具体情况，找个机会抢上一艘机动船，然后赶紧回去！

不过，阿国说了这么一个情况，自己这一帮人来到这岛上的时候又喊又叫，折腾了大半天，居然没让这里的海匪发现，其中会不会有诈？

林富财也说，在南海里航船打鱼，也不是一次两次，更不是一年两年，但是真正遇到海匪的渔家却是少之又少，因为在中国的领海内几乎不存在海匪，但现在明明几个人都身处在海匪窝里了，难道，几个人已经漂流到公海了？

“这两个谜题现在无法解答，与其在这里乱猜，不如先去查探一番来得实际。”朱笑东这么劝道。

接下来，林富财便说了些规矩，他是当兵的，手下也有一半本来就是老百姓的兵，所以，什么誓死不投降、不做俘虏兵之类的也就不去说了，关键是要令行禁止，不让碰的，千万不准去乱碰，不能走的，万万不可以乱走，至于受到一点点儿惊吓就要乱喊乱叫的，坚决禁止，实在管不住自己的嘴巴，就撕块布条把自己的嘴巴给封了，免得横生枝节。

当然，最后说的肯定是爱哭鼻子的陈小佩！

还好，陈小佩也还算理解，当即就撕了一块衣襟，蒙在自己的脸上，把自己打扮得跟女飞侠一般。

朱笑东低低地说道：“听说前面有地雷，我想可不可以让我在前面探路，大家在后面跟进。”

朱笑东一说这话，林富财、阿国两人又是一惊，连厨子都不可置信地看着朱笑东：“这小子又要闹哪样？”

要知道，蹚地雷那是林富财、阿国他们这样的人都不敢有丝毫大意、都不敢说能百分之百成功的行动。一个小老百姓，连“打仗”这个词都觉得陌生，你敢去蹚地雷？

就算你不想要命，敢去蹚，暴露了怎么办？

杨薇却是对朱笑东满怀信心，也没什么别的，就是凭直觉，朱笑东说行就一定会行！

看着朱笑东信心满满、泰然自若的模样，又联想到刚刚朱笑东拿出的神奇物事，厨子勉强站到朱笑东这边。陈小佩却是墙头草，左左右右，摇摆不定，具体谁去蹚雷带路，你们自己说了算，只要不是她就行了！

作为这帮人的最高指挥官，林富财问朱笑东有什么本事去蹚雷探路，对各种地雷、诡雷的性能、拆解方法又知道多少？

朱笑东很是尴尬地笑了笑："我一点儿也不知道。"

林富财没好气地说道："那你还不是去送死，不，是去给那帮海匪当信号弹！"

"不！"朱笑东这次没笑了，倒是说得很慎重，"我对那些东西确实是一点儿也不知道，但是，既然是人埋下的地雷，地面上就绝对有些异样，不管是新的、老的，我都看得出来，只要他们不是用地雷挨个儿铺出来一条道就好，我拆不了，但是我能避开！实际上，去拆卸一个地雷的时间绝对不会比绕开走更快！"

事实上，就算是真正的战场上，也绝对不会用地雷当石子儿来铺路的，没有哪家人那么有钱！

林富财没词了，确实，朱笑东说得绝对有道理，但问题的关键是，朱笑东真有那么强的观察能力？

朱笑东最后一次表态："我以前干过古玩鉴定，那些细微的差别估计应该比简单的伪装要好辨认得多吧！这样吧，能穿过去的地方我们就穿过去，实在穿不过去，就请你们几位老前辈搭把手，拆除了再走。"

探路这任务，就算朱笑东抓到手了。接下来，朱笑东也提出了要求，要三个男人尽量照顾两个女孩子！

这小子跟自己当兵那会儿有些相似，但绝对比自己那个时候更成熟一些！厨子越是觉得这朱笑东其实越来越有趣了。

林富财无话可说了，不过他倒是真的看不懂朱笑东了。

朱笑东带着几个人，一路默默潜行，很快便到了林富财发现第一个地雷的地方。走在第二的林富财不由得放慢了脚步，一双眼睛盯着朱笑东的脚下。

朱笑东也有些紧张，“蹚地雷”这个词在那个年代根本就是英雄的代名词，现在他也想英雄一回，所以就不能不小心翼翼了。

就在朱笑东的右脚掌刚刚踩上落叶就要踏落实地之时，朱笑东突然又提了起来。

这一举动让后面紧跟着的林富财心里“嘎嘣”一声，差点儿把那根弦儿崩断了。

朱笑东左脚不动，又慢慢地抬起右脚，慢动作一般收回右脚，轻轻地落下，慢慢地蹲下身子，然后伸出手，轻柔至极地扒开那一层落叶，片刻，地上露出一个圆圆的窟窿，有地雷，但是被人取走了！

朱笑东这才闭上眼睛，“呼”地喘了口粗气！

这枚地雷，正是林富财拆了带回去的那一枚。

不过，林富财取走了地雷之后马上又大致恢复了一下地面，免得马上就被人看出来，从而露了什么蛛丝马迹。

这时候，几乎是被朱笑东第一时间就看出来异样，林富财还是有些惊讶，不管怎么样，朱笑东确实是有些观察能力！

朱笑东在地上顿了一会儿，又缓缓站起来，也没回头炫耀、交代什么，而是佝偻着腰继续前行。不到五步远，这一次，朱笑东几乎都没用脚去踩，而是直接蹲了下来，再次轻柔地扒开落叶浮土，一个真正的地雷露出了原本的狰狞面目。

目标显示出来了，朱笑东就再也不敢乱动了，毕竟这玩意不懂的人去乱动是会爆炸的，拆解地雷这事就只能交给林富财这样的高手了。朱笑东四下张望了一下，确认周围两米之内的树枝草丛里再也找不到其他的地雷了，才就地坐了下来。

喘气！很惊心动魄地喘着气。

只是林富财和阿国两个人见到这个地雷，顿时不止是惊异，脸上都有些土色。

惊异的是，朱笑东一个从来没上过战场的人居然能准确无误地一连找到两处埋雷的地方，这观察力也太强了吧。要是生在几十年前，以他这水平，铁定是一个万人敬仰的排雷英雄。要知道，在那个战场上，因为触雷而牺牲的人可以说不计其数。

害怕的却是，他们两个人走过的地方远远不止这里，一来一回，两个人四趟啊！居然没发现，也没“中奖”，这概率也太小了吧！还好是朱笑东在前面领路，要是林富财或者阿国在前面带路，这一次可就惨了，谁还会对两个人蹚了个来回的路那么用心地去检查！

阿国有些不服气，虽说人老了，但是那份荣誉感还在，和林富财一齐躺在铺满落叶腐草的地雷旁边：“不就是发现了两颗地雷吗，一颗还是被发现了已经排除了的，碰巧罢了，这样的概率之大，你算都算不过来。我们两个不也跑了两趟没中奖吗，一样的，运气好而已。”

林富财慢慢地把地雷起了出来，消除了爆炸隐患，然后把地雷装进衣兜，才转头对阿国说道：“是不是运气好，是不是碰巧，马上就能分辨出来。不过，我偏向于他是真的有那个能力。”

杨薇蹲在林富财身后，把声音压得低低的，问道：“林叔，这没有保险销的手雷你还装着，那多危险啊！”

林富财装好手雷，这才开了个玩笑：“所以啊，小杨你们以后就要离我远一点儿了，呵呵……”

阿国却解释说：“这岛上有海匪，说不好到时候会有一场火拼，我们手无寸铁，人数又没他们多，当然没法子了，只能把凑合着能用的都带上，以备不时之需。”

一想到火拼，杨薇顿时有些黯然。血腥暴力的那些场面，说实话，杨薇还是有些讨厌的，只是事实如此，虽然讨厌，但也得面对。

然而陈小佩就有些不同了，在她看来，既然是海盗，那肯定就是成天舞枪弄刀、欺压老百姓弱女子的坏蛋，当然是死有余辜了！

这时，朱笑东见林富财发来信号，那颗地雷已经处理完毕，可以继续前进了，朱笑东这才站起来出发。

只是林富财偶然看见厨子站在一边，很是警惕地注视着其他方向的动静，而且一说走，便直接快步前行，他那腿上的伤好像已经完全好了似的，心里更是忍不住有些诧异：厨子的腿伤，什么时候好的？

不过，林富财没有直接去问，而是从地上爬起来，去照顾陈小佩和杨薇两个女孩子。

从这里往前走了几十米远，朱笑东再次停了下来，这里已经不再是林富财他们先前走过的地方了，更为惊奇的是，他在这里发现了一个蜘蛛网一般的雷阵。

朱笑东只能慢慢地把隐藏着的弦线以及手雷做成的地雷清理出来，至于其他的，就只能交给三个老前辈了。

这个蜘蛛网一般的地雷阵一共九枚手雷，十二条弦线，全部是用小号鱼线结扎而成的。布置这个雷阵的人手法很高明，可以走的路当中只埋了一颗，其余的散布在周围近二十平方米之内的树上、草丛之中，要伤的是踩中地雷后，迅速四散躲避的其余人。

朱笑东顺藤摸瓜，把这九个手雷的位置一一指示给排雷的林富财，这才问道：“这样排雷实在是费时费力，能不能有种更快的拆解地雷的方法?”

林富财简直是看怪物一般看了朱笑东一眼，现在只能绕开这条路从其他的地方再找一条路，但是其他的地方谁也不敢保证就不会有危险。

朱笑东摇头表示没有保证，随即又点点头：“我还真不懂这些杀人的玩意儿。”

林富财料定朱笑东会这么回答，所以林富财打手势把厨子叫了过来，拆卸这种地雷阵最少得三个人才能最快捷。还有就是，在地雷完全没被拆除之前，没剪断的任何一根弦线都不能动，否则立刻就会引来灭顶之灾，那可是全方位、无死角、地雷弹片足足可以覆盖上百平方米区域的雷阵，不是最有经验的人，根本就不可能拆解开。

就算朱笑东要搭手帮忙，阿国等人也不放心，相信自己，总比相信别人来得容易一些！

这种要极讲究默契配合的事情，朱笑东也不敢轻而易举地尝试，一个疏忽，不但害了自己，还会害死别人。

只是就算林富财、阿国、厨子三个人联手，起码都要花上一小时才能完全清除！

厨子“呵呵”干笑了两声，压低声音说：“这是在给地皮绣花，细活儿，急不得，你们先到一边去慢慢等吧。”

厨子说得轻松，但是朱笑东却看见他那圆圆的脑门上冒着一层毛毛的白汗，他们可是在拿小命给地皮子绣花！

朱笑东虽然不忍三个老头子来承受这样的压力，但是林富财都已经开始动上了手，他也不敢造次去打搅他们，于是带了杨薇、陈小佩两个女孩子远离了林富财等人的作业区，到一旁等待。而且，在这一个小时时间里，他还可以做好多事！

朱笑东带着杨薇、陈小佩两人后退到那蜘蛛地雷阵的威力之外，又在几个人目视距离之中，用消防斧头砍了一些树枝回来。

杨薇一看这些树枝，立即明白过来他的意图。

朱笑东要做几把简易的木弓以及一些箭矢，在关键时刻必然能发挥大用，就像上次遭遇狼群一般。

杨薇一边帮着用剖鱼短刀剥树皮，一边问朱笑东："你砍这么多树，待会儿铁定有人会发现的，你怎么去向林叔交代。"

朱笑东嘿嘿一笑："从开始排雷那一刻开始，我们就已经暴露了，只是时间早晚罢了，其实没多大分别。"

杨薇想了想，觉得也是，到这一带来巡逻的人，肯定会在第一时间查看他们布下的地雷，地雷没有了，就已经能说明一切问题了，到时别说发现砍了几棵小树，就算是放一把火在这树林里，效果都是一样的。

陈小佩没做过这些事，根本就帮不上忙，便在一旁不断地问长问短："朱大哥，你们以前当过兵吗？怎么会做这些东西？"

朱笑东笑着说："当兵，本来是我的一个愿望，但是刚好那个时候家里巨变，没能赶上。但是在实际生活之中，接触的人多了，经历的事情多了，也就给逼出来了。"

"哇，你真棒！据说好多有钱人无聊的时候都会组织探险什么的极限活动，朱大哥你不会也是这样的爱好者吧？"

本来陈小佩比朱笑东还要大几岁，这个时候偏偏大哥长大哥短地叫着，居然有些"萌妹"的味道。

说起这事，朱笑东忍不住好笑，那次虽然被威斯康科·马克下了套，落了个血本无归的下场，但还是捡了一顶蛮正式的什么协会的会长帽子，自己因为没在意，连具体的名字都给忘记了。

“是‘户外探险协会’！”杨薇笑着说。当然，杨薇这么说，也有一点儿向陈小佩示威的心理，女孩子之间，没有相互炫耀老公的心理，那就不是女孩子了。不过，杨薇就做得比较含蓄，说到这事，仿佛是在提醒朱笑东忘记了的是一件极其微小的事情一般。

“可惜！”朱笑东突然又叹了口气。

杨薇怔了怔，问道：“什么可惜？”

朱笑东说道：“以前有几次，我都遇到过特别擅长布陷阱、下套子的高手，可惜那么长时间，我竟然没能记住几样。”

“布陷阱、下套子？朱大哥是打算要捕捉猎物，拿来当食物吗？”陈小佩在一旁问道，好像片刻没跟人说话她就闷得慌似的。

朱笑东苦笑了一声，这丫头没什么见识，偏偏还要扮得纯纯的，本来也没什么大不了，但是玩过头了反倒叫人有些恶心了。

杨薇跟朱笑东闯荡过好几次，自然知道陷阱、套子不仅可以用来抓猎小动物，还可以用来杀人！

朱笑东咧嘴笑了笑，打定主意，待会儿林富财、阿国、厨子他们三个从蜘蛛地雷阵里出来时跟他们再商量一下，看能不能在这片树林子里做点儿什么，也算是留了一条后路。

一小时眨眼间就过去了，那边的阿国、林富财、厨子三个人进展还算神速，这会儿已经拆到了最后一个地雷，也就三五分钟的事了。

朱笑东这边一共做了两张弓、十二支箭矢。朱笑东试了试每一张弓的力度，一张弓稍显力道不足，射程还不够太远，另一张却因为弓胎过硬、张力过强，不大适合普通人用。

只是两张木弓都已经制成，要再改进所花的力气极大，朱笑东也就懒得再去修改。唯一不足的就是只有十二支箭矢，也就是说，不到万不得已，这十二支箭矢是不能用的。

这时，阿国、林富财也已经完全拆除了地雷阵里的地雷，用衣服包了一大堆回来。

林富财对朱笑东的态度突然之间来了个一百八十度的大转弯，见到朱笑东，就像一个下级士兵见到老上级一般，很是规矩。连一向最看不起朱笑东的阿国也是如此，厨子依旧乐呵呵的，但每次说话之前都要“嘿嘿”地干笑上两声。这种感觉让人觉得有些尴尬。

朱笑东也琢磨出了一些意味，本来想找点儿话题出来缓和一下眼前的尴尬气氛，一回头却瞧见先前林富财和阿国带回来的那几瓶水，朱笑东眉头一皱，顿时说道：“三位大叔，我有个建议，为了能更好地筹划我们这次破釜沉舟的计划，我想还得在这树林子里做上一些事情，也就是准备一些陷阱之类的捕猎机关，以防万一我们在行动计划受挫时，能够更加灵活地运用战略战术，你们觉得怎么样?”

林富财一怔，一拍脑袋：“对啊，我怎么把这事给忘了，呵呵，还是小朱想得周到。”

阿国、厨子跟着一起连声附和。

“其实，我也在想，是不是就这么直挺挺地走出去，一阵手雷扔完了就完事了呢，答案当然不是这样的。”

“我的想法是，要是我们进了贼窝，一旦与之交火，必定会是一场激烈的战斗，不管怎么样的结果，但是只把战场设立在他们家的大门口，形势肯定会对我们不利，所以我就想，把战场拉开点儿、铺大点儿，这样与之周旋的余地也大了许多。”

“在丛林里，其实对现代武器的制约很大，一些土办法、老办法反而能发挥更大的作用，我们可以利用这里的一草一木，化成利刃快剑，这样就有足够的资本跟他们干上一场。”

有说豪言壮语的，也有出谋划策的，其情形，不亚于即将发动一次世界大战前的密谋。

估计山脚下那一帮海盗怎么也没想到，贼老窝里居然闯进来了几个小蟊贼，不但打算抢了他们的机动船，还打算好好教训他们一顿。

林富财、阿国、厨子三个人每人带了一个徒弟，小型的陷阱、机关，就两个人一组，相互协作；稍微大一点儿的，就两组人合作，最厉害的，没办法，也就只有六个人一起上。

三个老师傅，用胖子的话来说，都是从枪林弹雨里摸爬滚打出来的，一身本领自然比真金白银还真，他们设计指导下完成的那些陷阱，让朱笑东看着都有些心惊肉跳的感觉。

以前，朱笑东看过猎人高手富国栋设下的机关陷阱，也看见过凯斯、杰克等人设下的陷阱，现在看来，真正最简单实用且威力巨大的，其实是在丛林战场上待过的这些老兵设下的。

尤其是凯斯、杰克等认为技术最先进的那些陷阱，除了花哨之外，实用和简单几乎就谈不上了。

林富财带着朱笑东，他们两个设计陷阱机关的速度最快，机关最歹毒，花样也最多。

朱笑东见这些歹毒的机关每一个都是让人上天无路入地无门，忍不住跟林富财说：“林叔，我们只是想来偷他们一条船回家，用不着这样穷凶极恶吧。我是说，这万一用不上，岂不是反而被这些海盗利用了。”

林富财叹了口气：“小朱，你什么都好，就是在对待敌我的态度上不分明。要知道，无论在什么时候，对敌人仁慈，就是对自己残忍，你对朋友仁慈大度这没的说，但是对你的对手和敌人也这样，那就是妇人之仁！老是这样，你会害了你自己。”

朱笑东默然，的确，自己虽然不想杀人，但是也不想要被人杀，就眼前的情况来说，这绝对是个不能调和的矛盾。唉，让那些海盗自求多福吧！

做完机关陷阱，三组人又回到蜘蛛地雷阵旁，那条路还得清理出来，万一发生意外，这就是最安全的退路。而且，现在时间尚早，光天化日之下直接去闯贼老窝，这几个人还没那个胆。现在除了要清理一条安全通道之外，侦察海盗的动向、设计攻击路线、明确任务分工等，都是既繁杂又绝对重要的一些事。

那个蜘蛛地雷阵之后，也就发现了一个地雷，估计也是这条道路上最后一个了，起出来之后，再往前走没几分钟，便是有山沟的那座山头，而这条道路，也直通全岛的另一个制高点。上这个山头时，朱笑东等人几乎是披着伪装，小心翼翼地靠近。

距离山头十几米的时候，朱笑东等人在林富财的安排下隐蔽在一处草丛里见机行事，林富财则悄悄地摸上去查看情况。

山头上并没有什么动静，没过多会儿林富财便发来信号，说山头上安全，本来张弓搭箭、严阵以待的阿国、厨子，顿时松了口气。

陈小佩跟在杨薇后面，一边走一边忍不住悄声说道："我们会不会太神经过敏了，我觉得这地方并不像你们说的那么危险。"

杨薇凝着脸，摇了摇头："别说话，你不觉得危险，那是因为有人在为你和我排除所有的危险。别乱想，照着他们的吩咐去做。"

陈小佩赶紧点点头，把因为受不了而摘下来的那块布又戴回到脸上。

林富财在山顶上一共找到四个散兵坑，伪装得都不错，而且布置也还算合理，按林富财的想象，估计是为了应对来自西边的威胁。从这里向西下山，山势稍缓，树林草木也稀疏得多，要说进攻山头，这是一条不错的道路。

东面有最高的山头，要是有事，估计这帮海盗最先抢占的肯定是那个地方。北面树高林密，虽说利于隐蔽进攻，但是在紧要之处是一堵高达二十来米的石崖，要上到这个山头，也就只有一条不到五尺来宽的道，真正最具威胁的其实就是这个方向。

南面就不用说了，山头下不到十米远的地方就是几百米高的峭壁悬崖，崖下巨浪翻涌，不断撞击奇形怪状的礁石，看一眼就让人头昏眼花。

这个防御阵地，看得出来是有一定实战经验的人设计的，但是里面并没有人，连哨兵都没有一个，真是有些奇怪了。

因为没见到有什么海盗，陈小佩几乎有些肆无忌惮起来，在山顶上走来走去，采采野花，找找嫩枝，差点儿就要把这地方当成是旅游之地了。

朱笑东却是跟林富财等人一起，挨个儿检查这几个散兵坑。没多久，几个人便发现了一件惊人的事情。

就在正对北面山沟的这个散兵坑里，居然有一个横着挖进去的洞，一个藏东西的小洞。这小洞的伪装很是高明，要不是朱笑东眼力好，根本就发现不了。

挖开小洞，里面藏着一口木头箱子，长条形，都不用看，肯定是海盗留在这里的武器。

林富财着实激动了一把，发信号把在外警戒的阿国、厨子叫了过来，一起打开箱子，拿掉上面的防潮物，下面是两把AK47，一把看样子八成新，弹匣里有一半的子弹，枪机什么的零件儿保养都很好，拿在手里就可以开枪；另一把稍微旧点儿，弹匣里的子弹是满的，同样立刻就可以使用。

除此之外，箱子里还有八个空弹匣，子弹无论是按颗算还是按斤算都不少，足足半箱子。

林富财说，估计这海岛上的海匪被人打过，有实战经验，从这些隐蔽得很好的散兵坑以及秘密储备的武器弹药上都可以看出来。

奇怪的是，怎么会没有人把守。

厨子开心至极，拿着一把枪就不肯放下。本来阿国也想要一把枪的，但他并不想跟朱笑东和林富财去争，想了想也就算了。

朱笑东检查了其余的三个散兵坑，只是隐藏武器的也就那么一个，总的来说，现在六个人手里只有这两把枪，不过子弹确实绰绰有余。

有了这些武器在手，林富财等人心里踏实多了。

六个人选择了一个隐蔽的地方，大家围了一圈儿坐下来。阿国问："现在怎么办？是拿了枪直接冲下去，还是等到天黑之后？"

林富财略一思索说："这样吧，我们现在派两个人出去侦察一下情况，其余的人留守在散兵坑里，除了要自我保护，还要做好接应的准备。"

朱笑东也点点头："这样的确是一个比较稳妥的做法，我们现在缺的不是时间，而是准确的情报。"

林富财瞥了大伙一眼，问道："那么谁去侦察？"

一阵讨论下来，结果出乎所有人的意料，朱笑东跟阿国两人去侦察，带一把木弓、十二支箭，两把枪归留守下来的人。不过留守的人担子也不轻，除了要把散兵坑巩固成一个坚固的大后方，还要时刻准备支援前去侦察的人。

这个山头虽是整个岛上第二制高点，但是海拔却不高，三百米左右，山沟不深，但是一直下到一半左右的时候才开始有水。

朱笑东和阿国两人饱饱地喝了一顿甘甜的山泉水，又一边警戒一边发信号，让留守的林富财等人下来取水。

这几天里，大家在海上漂流，食物、饮水都是严格控制的，难得有这么丰富的淡水，大家一起喝个痛快也好。随后，朱笑东和阿国两人再次潜行。几乎快到山脚的时候，终于看清了这海上贼窝的全貌。

从山脚到海边，差不多有百十米远，一道二三十米宽的树林形成了一道自然屏障，把一块近两三个足球场大小的平地环抱在中间。

靠山脚有一个足球场大小的平地，稀稀拉拉地盖着七八个草棚子，外围是一圈石头原木筑成的围墙。说是围墙，差不多就是一圈半截杂物堆积起来的障碍。看这架势，与其说是海盗的一个老窝，还不如说是一处难民避难的场所。

贼窝里见不到一个人，但很明显，不久前就有人在这里生活过。

人到哪里去了呢?

朱笑东和阿国两人百思不得其解，但是依旧不敢大意，悄悄潜进靠山边的一个草棚里查看了一下。不大的草棚里面，各种家具一应俱全。

很明显是有人生活在这里，可就是看不到一个人。

第八章
最富的海盗

朱笑东大致看了一下，从这间茅草棚里的摆设来看，这里面至少住了四个人。

阿国仔细地翻找了一遍，在一个装满衣服的箱子里找到一颗遗落下来的子弹和几十张花花绿绿的钞票。阿国不认得这是哪一国的现钞，但是看票面上的数字不小，大大的“1”后面跟着四五个“0”，看得阿国都有些眼晕，估计价值不大，所以也就没去动。

找不到想要的东西，见简易灶台上有把铮亮的菜刀，阿国毫不客气地拿在了手里。

从来没做过贼，这次做贼，不能走空！

出了这个草棚，去看第二个，依然是如此，好像这个草棚里的人还要穷上一些，切菜的刀子估计要么是借的，要么就是匕首之类的。

不过这个草棚子里食物储备挺丰富的，除了不少米面，还有不少罐头，牛肉的、鱼的、水果的。

阿国到处寻找趁手的武器，朱笑东却是找来一个背包，把这些罐头一股脑全装了。

阿国赶紧跑过来，比画着，这一段时间都没沾荤腥了，给个罐头解解馋，朱笑东捂着嘴笑了起来，年纪这么大也图个口福！

朱笑东递了一个牛肉罐头给阿国，阿国极其熟练地打开罐头，不到三分钟就解决了。

把空罐头扔了，抹了抹嘴，阿国意犹未尽地盯着朱笑东身上的背包，不肯把眼睛挪开。

朱笑东笑着低声说道："阿国叔，现在还不是大吃大喝的时候，做完事情，我保证给你一个不小的惊喜！"

阿国只得不好意思地点点头。

出了这个草棚子，朱笑东再也没有心思去查看其他的草棚，估计情形都差不多，一连两个草棚里就找到一点儿食物，多少让人有些扫兴。

阿国却不这么想，一双眼睛把剩下的几个草棚子扫了一遍，最后指着最大的一个，说什么也要去看看。

朱笑东不得已，只好跟在阿国身后，悄悄潜行过去。

到了这个草棚子跟前，阿国禁不住有些兴奋，别的草棚，要么就是在门口挂了一块布帘子，要么就是一块柴草做成的门。

这个草棚子，不但气派了些，而且一道门还是用木板做的，最有创意的是，居然还上了一把锁！

破草棚子上锁，朱笑东禁不住哑然失笑。

阿国看准门边的柴草墙壁，毫不客气地一脚踢了上去，墙壁被踢破，但是阿国的脚却被墙壁上的柴草给夹住，收不回来了，瞬间变得进退两难，不得不招手让朱笑东过来帮忙。

朱笑东实在没想到阿国一个老军人居然会搞出这样的乌龙来，忍不住一边笑一边上前帮忙。两人一起使力，好不容易才把阿国的脚拔出来。

把脚拔出来的阿国有些恼羞成怒，直接拿出腰里的菜刀，噼里啪啦一阵砍，不到五分钟，一块门板和着那把锁就被阿国从墙上拉了出来。

等阿国进到屋里，却发现朱笑东不知道进到里面多久了，正站在桌子边看一张地图。

阿国一怔："你怎么进来的？"

朱笑东一笑，指了指身后的一扇窗子。窗子不大，但可以轻松地钻进来，比阿国直接把人家的大门卸掉要稍微文明一些。

地图是一幅海事地图，英文标注的，上面大部分的地区显示的是马六甲海峡以西的印度洋。

朱笑东把这幅地图上标注的最接近南海的几个地方一一指给阿国看，阿国顿时一屁股坐到了地上。

这里有这样一张地图说明什么？说明这个岛多半也是地图上的一个点，也就是说，现在几个人已经漂流出国了，已经出了南海的范围。

这不能不让人颓废！

看这样子，这岛上的海匪这么穷，能不能有机动船都是两说，关键在这异国他乡的小岛上，怎么回去啊！

朱笑东摇了摇头说："在这份地图上根本找不到这个岛的位置，有可能说明情况并没你说的那么糟糕。"

阿国低垂着脑袋："这岛太小，在地图上要么显现不出来，要么也就是一个小点儿，你哪里去找！"

朱笑东不再跟阿国讨论地图的事情，只是把地图收好，然后看着外面说道："阿国叔，据我估计，这里一共八个草屋子，按每个草屋子住四到五个人计算，这帮海匪应该不低于三十七八个。你觉得有没有把握打得过他们?”

阿国很是悲凉地抬头，回答道：“加上林队长、厨子，我们才四个战力。不说多了，要是在十年以前，这还不是什么大事，最多拖延一下解决的时间，可是现在……”

阿国说着，脸上透出一股悲怆。

“我估计这帮海盗多半是出去做事了，而且你也看到了，出去的时间最少已经有三四天了，最慢也就最近这一两天就会回来，我们的时间实在不多了。”

阿国摇了摇头：“那条救生艇我们还藏着，要不找几支船桨过去，现在就走吧。我们手无寸铁，凭着那两支枪要对付几十个人，没有人能活得下来的。而且你也看到了，这里不可能有机动船的，要是有机动船，起码会有油桶什么的，对吧?”

不要说在山上俯瞰这贼窝的时候没发现油桶什么的，这一路过来，更是连和油有关的东西都没有，这也只能说明一个问题，这帮海盗真没机动船!

找不到机动船，这一切努力岂不是白费了。

朱笑东叹了口气，见过穷海盗，没见过这么穷的海盗!

朱笑东把屋里几个重要的地方都检查了一遍，这是一间头领模样的人的住所，里面的食物、用具比先前那两间要高级一些。但是，朱笑东没能找到最想要的东西：通信器!

两个人踌躇了一阵，再次在这间草房里一阵乱翻，终于，朱笑东发现桌子下面的地有些异常。跟阿国两人抬开不知道从哪艘船上搬来的桌子，扒开地上厚厚的一层浮土，下面一个长约一米的大铁箱子终于露了出来。阿国和朱笑东迫不及待地把箱子打开。

打开箱子这一刹那，朱笑东和阿国两人算是开了一回眼界。

箱子里的东西，杂!什么都有，一把枪，美国造的 M16；七八个弹匣；现金钞票一沓一沓的，日元、美元、人民币、越南盾，几乎占了整个箱子的四分之一；其他的金银首饰不计其数，不过在朱笑东看来，这些金银首饰太过普通了一些。最有创意的是，里面还有七八个手雷、四五个罐头、好几盒保险套，居然还有好几本名著，中国的、外国的，中国出版的《西游记》也在其中。

朱笑东真的算是佩服到五体投地了，看来这岛上的海盗首领除了打算干打打杀杀的海上营生，还准备做一个兴趣广泛的收藏家。

朱笑东瞠目结舌了好一会儿，这期间，阿国也没拿其他的东西，那把 M16 以及几个弹匣他倒是毫不客气地收归己有了。

朱笑东翻了一阵，倒是在里面找到一部手机，三星牌子的，但是估计已经是被收藏了多日，不要说开机，连金属部件都已经锈迹斑斑了。

朱笑东失望至极，把这部手机扔回箱子，站了起来。

阿国拿了 M16，顿时神气了不少，失去的信心也逐渐回来了一些。

“小朱，这一箱子的东西估计也差不多能买回一条不大不小的渔船了，要不把林队长他们叫下来，把这些东西分了？”

叫林富财他们下来只是早晚的事情，但是说到要瓜分这些财物，朱笑东却只是淡淡一笑。

反正这地方又没发现有什么人，阿国、朱笑东也懒得去顾忌什么行踪，打开的箱子也懒得去管，大摇大摆地出了这间草棚子。

朱笑东还想穿过那道树林屏障到海边去看看。

阿国挎了枪，本来想立刻去通知林富财等人，但是看看到海边也就百十来米的距离，觉得先去看看情况也好。

百十来米的距离，眨眼间便到了。

只是到了海边，朱笑东的一颗心直直地沉了下去。

海边是一处不大的沙滩，看不出来停靠大型机动船的痕迹，唯一一个看起来像是“码头”的礁石上面系着一条比朱笑东他们那救生艇还小上一半的小木船儿。

没有机动船，没有通信设备，有的只是海盗。朱笑东一瞬间无力地瘫倒在沙滩上。

阿国也大骂起来，这岛上那些海匪，都是干什么吃的，穷成这样了还当海盗，干脆去当乞丐得了。

要钱没多少钱，要吃的没多少吃的，连破船都没条大点儿的，当乞丐还不会这么招人恨！

朱笑东在沙滩上躺了一阵，阿国也骂了个痛快。

不过就这样待着也不是个事，山头上的林富财等人还在等着下面的消息，而且，最着急的是不知道这些海盗什么时候会回来。

想了一阵，朱笑东和阿国两个人怏怏地回头，现在这个情况，也就只能回去先跟他们说一下，然后做好打持久战的准备了。

但是现在马上坐救生艇逃跑，肯定比留在岛上还要危险。看样子，这些海盗已经出去好几天了，如果没有大型船只，他们三四十个人所带的补给在海上肯定也坚持不了多久，也就是说，无论他们这次收获多少，都肯定快回来了。马上就登船逃跑，极有可能和对方来个大碰头。

说到底，朱笑东其实是不愿意让杨薇、陈小佩这两个女孩子去冒险。

男人落到这些海盗手里，大不了是一个死，但是这两个女孩子要是落到海盗手里，朱笑东都不敢去想象。

林富财带着杨薇她们几个下来，刚要去看看阿国所说的那个藏宝箱，朱笑东一眼瞥见草棚后面的山脚处有一处地方好像很可疑。

整个贼窝基本上是靠山而建的，也就是说，最靠山脚的地方反而不是最容易上山的地方。最容易上山的道路是林富财带杨薇她们下来的那一边，也就是整个贼窝的右边，而且，要从最近的道路直接进到贼窝里来，还得翻过一段石块木头搭建的围墙。

“这有什么？为了防止有人直接从山上冲进这里，用围墙隔了也是一个不错的办法。或者只是为了防止野兽的吧。”陈小佩在一边插嘴。

她这根本不搭界的推断让林富财、朱笑东他们微微一笑。

要是有人能直接从山上往下冲，根本就用不着冲进这个贼窝，直接蹲在藤萝掩盖的一堵巨石后面，用一把机关枪压制住整个贼窝里的火力，干净彻底地把所有的海匪收拾了，再大摇大摆地下来，根本就不那么费事。

再说，真要有人从贼窝正面进攻，凭几个小蟊贼修筑的半截围墙挡得住？那是绝对不可能的！在不可能抵挡住进攻的情况下，连退路都不安排在一个好走一点儿的地方，这群海盗会有那么傻？

从山头上那几个几乎可以控制住半个岛屿的散兵坑的安排来看，这群海盗中间绝对有精于实战的高手。既然有如此高手，还会把一个大本营安排得如此不伦不类？

按照朱笑东现在的推测，事情绝对不是眼前看到的这么简单了，最大的可能性是，这个最穷的贼窝其实是一个掩饰，目的是为掩盖真正的贼窝才对。

朱笑东越想越觉得有这种可能，继而想深一层，从这一群海盗现在倾巢而出的情况来看，估计人手也是严重不足！

一般来说，海盗出动，想要的当然是物资，敢公开挟持人质的海盗还是少部分的，因为抓人质的最终目的也不过是为钱，但是挟持人质的危险性却比劫财要大得多，一个不慎便是全军覆没的下场。

既然是为了货物，那条小船至少可以为这帮海贼多带回来不低于五吨的货物，为什么他们都弃而不用了？这就说明他们用不着，或者说根本没那么多人手。更何况，连老窝都没人留守，这就说明他们的人手真的是严重不足！

想通了这一层，朱笑东问："现在可作战的常规船只有哪一种至少需要三四十人？"

"这个嘛，真的很难说，那得看船上有些什么样的武器。要是改装的民用船，一艘船三四十个船员已经算是很少的了。"林富财说，"毕竟那是在打仗，不是打鱼，人要是少了，没准人家一个反扑，连你老本都给扫走了。"

"说了这半天，这里到底有什么奇怪之处？"陈小佩抓了几样金银首饰在手里，问道。

除了陈小佩手上这几件，其余的现金、首饰都让厨子和阿国收了起来，里面的手雷弹药也被两人"私吞"了。

"我估计，这群海盗真正的后路就在那藤萝后面的巨石里。"朱笑东一边往前走，一边说道。

林富财拉开枪栓，一副战斗姿态跟了过来，反正又没人，摆摆姿势过过瘾，还能提前热身。

走近那一丛藤萝，明显发现有人走过的痕迹直直地在藤萝掩盖下消失了。

果然是欲盖弥彰！

扒开厚厚一层藤蔓，林富财等人惊叹了起来，藤萝缠缠绕绕，厚达两米，里面是一个天然的石洞！

洞口并不高大，两三米，宽度也就一两米，斜斜的像条石缝，但是从地面上看得出来是细心修整过的。

厨子当年蹲过猫耳洞，也追着敌人的屁股进过地下坑道，而且还活到了现在，所以这前面探路的任务就由他和朱笑东一起执行。

厨子负责警戒，消除威胁；朱笑东负责发现、指示威胁所在。

刚跨出第一步，朱笑东就叫了暂停，又是地雷，一左一右两颗，估计是这里没人守护，海盗就只能采用埋地雷的方法了。朱笑东在地上把地雷的位置标了出来，便把剩下来的活儿交给了后面跟进的林富财、厨子两个人。

他们两个后面是杨薇和陈小佩，为了避免把两个人留在外面发生意外，干脆大家伙儿一起进到了洞里。

朱笑东在前面探雷，厨子警戒，一共跨过四道地雷防线，再往前走就没有地雷了，估计要是把地雷埋得太多的话，海盗们一旦溃退进来，反而会伤了自己。

不过朱笑东可不敢大意，后面虽然平坦，但是光线昏暗，谁知道还有没有其他的机关。

这个洞，有一些天然的透光洞口，走了一段，便有一束天光照射下来，使得洞里不至于漆黑一团。一直向前走了五六十米才突然开阔起来，这是一个将近五百平方米的大洞厅。

林富财忍不住惊叹，在这突然开阔的地方摆上一挺机枪，就算有千军万马，想要一举拿下这里也是困难重重。

厨子笑了笑："这还用你说，没看见那边用麻袋筑起来的工事？很明显就是用重机枪的工事。"

这开阔的洞厅才是这岛上真正的贼窝！而且完全颠覆了朱笑东等人对他们的看法。

先前还以为这岛上的海盗只能做乞丐，现在看来，那是被表象迷惑住了眼睛，这里的海盗富得流油！一边的角落里是成桶的柴油，显示着他们手里肯定有一条不小的机动船！另一边是大箱大箱的武器装备，大到肩扛式单兵导弹迫击炮，小到手雷、炸药、冲锋枪、机枪，苏式的、美式的，一应俱全，连服装都是最新式的美式海军陆战队的迷彩服。

三个老兵看着这些装备都流口水了，这少说也能装备一个营！

陈小佩拍着胸口，心有余悸地说："我们是不是进了哪个国家的军火库啊，这会不会是违法行为?"

朱笑东没去看那些成堆的武器装备或者食物补给，甚至是海盗抢来的金银财宝。一个人找了一圈，忍不住有些悲愤，这么有钱的一个海盗窝里，居然没有一部通信仪器！

想想也是理所当然，在海上作战，船上有无线通话器，加上还没能把这里发展成为大后方，也没修机场，更没有太多的后备部队，一出海都是一窝蜂地全上，就算有通信仪器也用不上。

失望之余，朱笑东见还有两个小岔洞，跟林富财打了个招呼，说是要进去看看。

把一身有些破烂的衣服换成了美式海军陆战队的迷彩服，连脚上都换成陆战靴的林富财点点头，让阿国和厨子两人去看看另一条岔洞，自己跟着朱笑东一块儿，走了左边的这一条。

这一条岔洞并不远，过去十几米，就看到一道上了一把巨锁的铁门。这道铁门估计是从哪条报废的铁船上拆下来的，是用将近两厘米厚的特种钢板焊接而成，想要暴力打开的话，至少得好几公斤烈性炸药，而且，还得懂技术的人才行。

朱笑东不敢乱来，还记得在新月谷，梁三他们那几管炸药下去差点儿就把一座山给炸塌了，自己那一帮人也差点儿就被活埋了，那样的玩笑再也不能乱开了。不过，要打开这道门，就有些困难了。林富财笑了笑："没什么困难的，看我的。"说着反身回去找工具。

林富财回到那个大洞厅，碰上走另一条洞回来的厨子他们。

林富财问那边的情况，厨子笑着说："也没什么，就是一个集体宿舍。姓朱那小伙子估计的差了一半，这里有三十二张床，其中有四张看样子很久没人睡了，实际人数应该只有二十七八个人，加上外面的三十来人，足足有六十多个人，比我们小队歼灭的那个加强排的人都多。”

阿国摘下钢盔，苦笑着说：“这回，我们的任务要艰巨得多了。”

林富财笑了笑，不置可否。

阿国问：“这边怎么样？”

林富财回答：“遇到一扇大铁门，找工具去开锁。”

厨子笑着说：“什么样的破锁，还能难倒你，忘了还是手生？”

林富财看了一眼杨薇和陈小佩两人，说道：“别吓着这些年轻人了，不知道的还以为我们干什么不正当的事情。”说着，找了一把断线钳，拿起来看看，似乎还算满意。

厨子、阿国，甚至是杨薇都想去看看那道铁门背后到底隐藏着什么，于是一起跟了过来。

有了断线钳，没费多大的力气就打开了那把大锁，几个人一起合力缓缓地打开沉重的铁门。顿时，一股刺鼻的血腥味扑了出来。

朱笑东等人一齐暗自叹了口气，这道铁门后面是怎么回事，大体上也就知道了。

这道铁门后面又是一条通道，有点儿曲折，二十来米长，里面是一个小型的大厅。大厅里面，一排排的螺纹钢焊接而成，半人高的笼子足足有二十来个。

每一个笼子里都有人，少则一两个，多则四五个，男女老少都有，这些都是被海盗掳来的人质。也不知道在这里关了多久，大部分都已经是虚弱不堪，连喊叫的声音都已经发不出来了，也不知道多久没人给他们吃喝了。

好多人看见朱笑东他们进来，都只是木然地看着他们。

看来这几十个人已经被这岛上的海盗折磨得一点儿活下去的希

望都没有了。

朱笑东噙着眼泪，拿过林富财手里的断线钳，“咔嚓”一声剪断上面的铁锁，然后打开铁笼子的门。笼子里是两个已经被折磨得看不出年纪、骨瘦如柴的女人，唯一能看出来的是这两个女人都有一头枯黄的头发，应该是外国人。其中一个脸上皱纹多些的女人眼里露出哀求，张嘴用英语说了句：“求你，放过我们吧……”

朱笑东咬了咬牙，用英语回答道：“放心吧，我们是来解救你们的。”

“你是来救我们的……”这个女人的眼睛里一下子燃起希望的火光，半晌，又说道，“那该死的红胡子，让你们给打死了……”

朱笑东不想隐瞒，说道：“我们也是渔民，但是我们的船触礁翻了，坐了救生艇才漂流到这里来的，上岛的时候没有发现海盗。”

本来燃起了希望之火的这个女人顿时双手捧着脸，低声说了句：“我的天哪，上帝啊，我不想死……”

后面的杨薇和陈小佩赶紧拿出一些食物和水，给这两个女人。

林富财满腔怒火，没用多久，就把全部的铁笼子打开，将关押在里面的人全部放了出来。只是这中间很多人都是机械地跟着其他人，既不说话，也没什么表情。想来，实在是被那帮海盗折磨得怕了。

把这几十个人都带回到先前那个大厅里，让他们自己拿水拿食物解渴充饥。

见到堆积得小山一般的各类食物饮品，这一群人有的痛哭流涕，有的怔怔发呆，有的却是疯狂吃喝。场面混乱了足足一个小时，才有人想起他们的救命恩人。

其中一个头发、胡子都老长的年轻男子从人群里挤了出来，脚步有些踉跄，但是很坚定，找到朱笑东等人，对朱笑东说道：“带我走，只要我能离开这里你有什么要求，我都可以答应你。”

“对不起先生。”朱笑东用英语回答道，“能不能离开这里，我们也实在没有把握，不过，我们这么多人，只要大家团结一心，是绝对能走出去的。”

“不。”这个年轻男子的语气顿时有些生硬起来，“你们必须带我出去！”

“我们也想带你出去！”朱笑东淡淡地说道，“而且，是你们，不仅仅是你一个人，是这里所有的人。但是，目前我们还不知道这里海盗的情况，我希望大家能配合。”

“把你们长官叫来。”这个男子的手指差点儿就指到朱笑东的鼻子了，一副霸气凌人的态度，“我有话问他。”

朱笑东淡淡地笑了一下，不亢不卑地道：“我们这里没有什么长官，我们都是遇难的渔民，我们这么做，是在自救。你如果认为是什么长官派我们来的话，你就想错了。”

这个男子一呆，片刻，眼里闪过一丝笑意：“这么说，你们真不是专门来救我们的？”

“我已经说得很是清楚了。”朱笑东答道。

这家伙退了几步，退到那一堆军火旁边，突然拿起一把枪，指着朱笑东说道：“那好，从现在起，你们都得听我的！”

突然的变故让所有的人都惊呆了。

“怀特……”一个老头子上前，对那个叫怀特的年轻人说道，“别这样，他是我们的恩人。”

“让开。”怀特粗暴地推开那个老头子，说道，“杰克逊，这里没你的事，滚开一些。”

“你叫怀特？”朱笑东和杨薇两人顿时大吃了一惊，不会这么巧在这里遇到自己要面对的敌手了吧。

怀特恨恨地看着朱笑东，咬牙切齿道：“你就是朱笑东！”

朱笑东突然之间大笑了起来，好久才说道：“你就是我一直都很尊重的对手怀特，一个鼎鼎大名的三角洲部队出来的军人？呵呵，就你现在这个形象，我太高看你了。也好，既然我们在这里相遇了，也没什么好说的，说吧，你想怎么样？”

怀特冷冷地说道：“让你的那几个手下全部听我的，还有你，所有的人都得听我的。”

朱笑东淡淡地说道：“如果你想把大家都带出这个死亡的地方，我们当然可以听你的，但是你如果只想把大家拿去做你的挡箭牌，哼哼，我相信也不会有人听你的。”

“你胡说！”怀特有些气急败坏。

“你不是说要跟我赌吗？很好，那我们就来赌这第一场，我们就看看谁能真正把这些人带出去。”朱笑东提高了音量，说的又是英语，以至于所有的人都能听见，“怀特先生，你可敢跟我赌这一局？”

“你……”怀特没想到朱笑东这就跟自己赌上了。在出了牢笼的那一刻，怀特看见朱笑东的面目就有几分疑惑，但是看另外几个老头子穿着美式陆战队的服装，怀特也不敢就此确认，直到朱笑东说他们并不是军队派来的，只不过是遇难的渔民，他都还不怎么相信这就是让他千里迢迢赶来要报仇的朱笑东。到了大厅里，怀特再次确认朱笑东不是军队派来解救人质的，这才翻脸。

这也由不得怀特不生气，自己带了几个人准备坐船到中国，无声无息地给朱笑东来上一闷棍子，没想到那天晚上自己喝酒喝得大醉就被这该死的红胡子海盗劫了船来到这里。本来想跟他们硬拼一场，没想到红胡子手下有个极厉害的高手，几招之下不但把他带来的一个帮手活活打死，还把他打得半个月都没能动上一下。

本来是想让朱笑东的团队先阵脚大乱，然后自己趁乱出面来个浑水摸鱼，没想到一切计划被一个红胡子海盗横插了一杠子，倒搞得自己阵脚大乱了。

“大家别听他胡说。”见有不少人纷纷靠向朱笑东那边，怀特忍不住大叫道，“他本来就是红胡子一伙的……”

不要说那些跟怀特关在一起的人，就连朱笑东本人都吃了一惊，这样的话，怀特居然也说得出来！

“他不但害了我爸爸，还抢了我的未婚妻。我名正言顺地跟他发出挑战，他就让红胡子把我们抓来，现在又装作好人……”

怀特一腔正义地历数朱笑东的“罪恶”，把朱笑东说成一个十恶不赦、天地难容的恶棍，偏偏他还有个小跟班，这个时候也不住地跟着起哄，让朱笑东百口莫辩。

不承想，朱笑东只是淡淡地笑了笑：“你说过，决斗的过程之中不会有什么规矩，也用不着依照任何规则，现在看来，我输了，我输在你这人的无耻、卑鄙和下流之下。不过我要告诉你一句话，无论输赢，我不会听你的，别人会不会听你的，我管不着，我能做的，也就只有这么多了。”

然后，朱笑东仰头向其他的人说道：“大家听着，不管是我，还是怀特先生，你们都有自己选择的权利。不过，我要跟大家说一句，这里的海盗马上就要回来了，跟着我，为了我们的生存权利，我会跟大家一起并肩作战，共同抵御海盗，寻找出路。”

朱笑东用的是英语，说得流畅有力，再加上朱笑东那一帮人中，至少有三个看起来不错的帮手；反看怀特这边，一个个被折磨得不成人形，连枪都拿不稳，孰优孰劣，根本不用多问。另外，很多人打心里开始怀疑怀特是否有能力把大家带出困境，所以，场面一时之间有些混乱。

阿国、林富财、厨子三个人不懂英语，虽然见朱笑东跟怀特唇枪舌剑，剑拔弩张，却摸不着头脑。

好在杨薇悄悄把朱笑东和怀特两人的对话翻译过来说给三个人听，三个人弄明白事情真相，顿时火冒三丈。

趁着混乱之际，阿国悄悄接近怀特，怀特正招呼着他这边的人，看样子是在吩咐每个人都带上一些枪械。阿国趁怀特不注意，迅速出手，不但将怀特手里的枪抓了过来，还啪地扇了怀特一记耳光。

怀特虽然也是军人出身，要说身手，当然也是有一些的，但是眼下的情况，他要还手却极为困难，因为这一段时间海盗也算是把他折磨到了毫无能力自保的地步。

饶是如此，场面还是混乱了起来，好几个拿了枪的人立刻举枪对准了阿国、朱笑东等人。

朱笑东这边除了杨薇、陈小佩失声惊叫之外，厨子、林富财两人则是在一刹那间高高地举起两枚手雷，其他的人也有拿枪的，但是没人拿枪去对准他们的同胞。

阿国面无惧色，虽然人老，但是那份傲气还在，与敌人同归于尽的勇气还在。一把匕首搁在怀特的咽喉上，推着怀特，走到朱笑东面前，“砰”的一脚把怀特踢得一下子跪在了朱笑东面前。

怀特那边拿枪的人虽然多，但是大家现在都站在军火堆旁边，不要说厨子和林富财手里的三四个手雷，就算只有一个在这里爆炸，结果都是大家一起归天，所以即使怀特的手下怪叫不已，也没人敢胡乱开枪，没人愿意稀里糊涂去死。

第九章

恶匪归巢

朱笑东淡淡地对阿国说道：“阿国叔，请你放开他。”

“哼！”阿国重重地哼了一声，缓缓地收起了匕首。

朱笑东伸手拉起怀特，看着怀特的眼睛，用英语说道：“怀特先生，你放心，我没有伤害你的意思，但是我希望你能把跟随你的人全部好好地带出去，你走吧。”

怀特怨毒地看了朱笑东一眼，扭头便走，他看得出来，朱笑东身边的三个老头子都是一等一的高手，如果自己在最佳的状态之下以一敌二有可能不是问题，但是在现在这个状态下，就算是一对一自己都绝对会死得很惨！

所以怀特吼叫了一声，带走有将近二十个人，而且大多是些年轻力壮的人。而留下来跟在朱笑东这边的，却多半是些妇孺老幼。

这是没法子的事，怀特的身手，这些被海盗抓来的人多半都是看见过的，而且他们也知道怀特是三角洲特种部队出来的人，跟着他，生存下去的机会至少在八成以上。

而且之所以他们只有二十来人，是因为那些妇孺老幼就算想要跟着他们也不让，一群人抬了几箱武器、食物、饮水，自顾自地就走了。

而朱笑东这边，根本没人了解他们的情况，留下来等候朱笑东安排的都是情非得已的人。不过，朱笑东也不打算亏待他们，要他们首先安静下来，然后要林富财找来几个大盆，装了几盆水。又让人抬过来两口箱子，摆成一个桌子，把几盆水放在上面，然后，把那片龙鳞拿了出来，把龙鳞在每一个盆子里浸泡上足够长的一段时间。

那块龙鳞先前大多是泡在小杯子里的，所以一沾即有变化，现在都是能装几十斤水的大盆，龙鳞放进水里，好一会儿才能让这几十斤水发黄，变成黄金一般的溶液。龙鳞不断涨大，颜色也愈来愈暗，到最后一盆水的时候，龙鳞已经恢复到巴掌大小，但是颜色却变得如纯净水一般透明，显然已经失去了那神奇的功效。

朱笑东当下取了杯子，吩咐每个人喝上一杯。有胆大的主动上前去喝，也有胆小的坚决不肯喝，哪怕是尝上一口也不肯。

朱笑东一边维持秩序一边用英语解释，说这是祖传的治伤灵药，希望大家不要耽误，尽快喝完之后赶紧离开这里。

这边六十多个人，犹犹豫豫，耽误了近半个小时才完全喝下去。有很多先喝水的觉察到其中的灵妙，自然还来讨要，朱笑东少不了又解释了好半天，这东西是治伤的灵药，但终究是药，多喝无益。但是识到妙处的人哪里肯信，就算相信，眼下马上就有一场枪林弹雨的战斗，谁敢保证自己运气那么好，不会刮点儿皮破条口，把这么好的东西带在身上，简直就是免死金牌，谁不想要啊！

林富财等人用军用水壶满满装了三大水壶，估计一直到把那个什么红胡子的海盗打到十八层地狱里去也够用了。

一阵混乱之后，这些人终于又平静下来，大部分人都分到了一小瓶这种龙鳞药水。装水的瓶子是这海盗窝里的那些原本装饮料的瓶瓶罐罐。也有的跟林富财他们一般，用军用水壶装着满满一壶的。

分发完水，林富财问朱笑东怎么办。

朱笑东想了想，说道："行军打仗的事我根本不懂，不过我建议我们采取自愿原则，愿意拿枪跟我们一起战斗的，我们欢迎；不愿意拿枪的，我们派人把他们送到稍微安全一点儿的地方去，怎么样？"

阿国有些不满，凭什么我们拼死拼活要让他们坐享其成，不是说好大家一块儿并肩战斗吗？

朱笑东摇了摇头："这里有好多妇孺老幼，虽然身上的伤势恢复了，但是连枪都拿不动，你忍心让他们上战场？真要忍心，我们跟怀特又有什么区别？"

阿国顿了顿，虽然不满，也只能作罢。

这时，那个叫杰克逊的老头子站了出来，走到朱笑东面前，很是亲热地说道："朱先生，感谢你对我们的恩惠，我希望你能允许我加入你们，和你们一起并肩战斗。"

朱笑东有点儿担心地问道："杰克逊先生，我们当然欢迎你加入我们，但是，你的身体情况能允许你做出这样的决定吗？"

杰克逊向朱笑东微微鞠了一个躬，然后说道："无论我的身体情况允许与否，我们都已经是没有任何退路了。与其再次被红胡子抓住，折磨到毫无希望地死去，还不如拿起武器，跟他们战斗一次，就算是战死，也死得有尊严！"

杰克逊说出来的这番话并不见得怎么高亢，也不见得如何激昂，但说的是事实，所以立刻得到绝大部分人的响应。

先前朱笑东解救出来的那两个女子也站了出来，一个说："我以前开过枪，我可以拿起枪跟那些该死的海盗同归于尽，我再也不要屈辱地活着，活在他们的侮辱、欺凌之下……”

另一个说道：“我不会开枪，但是我可以为你们运送食物、饮水，还可以给你们运送弹药。总之，只要是打海盗的事情，我什么都可以做……”

有杰克逊带头，又有那两个女人跟进，被海盗欺凌的人顿时群情激奋起来，好多都主动地去拿起武器装备自己，有个十二三岁的小男孩实在扛不动步枪，就拿了一把手枪在手里。

朱笑东却不敢让什么人都乱拿，误伤了自己人怎么办！当下要厨子、阿国、林富财三个人进行一些挑选，每个人都选上几个能拿枪的人作为自己的手下，实在选不上的，就交给陈小佩、杨薇两个人。

厨子要求最严格，一共只选了八个人，都是玩过枪的，而且都是精壮年轻的男子，甚至还有两个人是当过兵的。这些人最大的长处就是或多或少都能听懂几句汉语，这也是厨子把他们选出来的原因，好交流！

连厨子一起九个人，各自选了自己的武器，配足了口粮、弹药，厨子就带着他们先行出发了。毕竟现在是非常时期，每个人都还有很多事情要做。

条件要求相对宽松一些的是林富财，所以他手下的人最多，十五个人，男女老少，玩没玩过枪的都有。林富财对他们也没有特别的要求，除了自己喜欢的武器，还额外带上一把工兵铲、一把大砍刀，好几个人以为林富财要他们去做挖工事之类的活儿，但是林富财神秘地一笑：“到底干什么，一会儿大家就知道了。”

阿国手上的人有十二个，七个女人，五个老头子。阿国说：“我们的任务很明确，机动部队，哪里需要，就支援哪里，眼下的任务就是护送这些实在没有战斗力的人员。”

剩下来参加不了战斗的还有三十来人，可谓队伍庞大。朱笑东也把他们分成了两组，陈小佩负责照顾十二个人，杨薇这边十八个。

陈小佩眼泪汪汪，要自己照顾这十二个连言语都不通的国际友人，实在是赶鸭子上架，自己还想要人照顾呢。

朱笑东微笑着说：“陈小姐，这算是我再给你一个机会，这个机会你要把握住了，将会是你一辈子受用不尽的好事，就看你自己了。”

看着杨薇已经开始在用一口流利的英语跟她要照顾的人交流起来，陈小佩急得差点儿哭起来，言语不通啊！

朱笑东略一沉思，当即用英语询问：“有谁能懂汉语的，请站出来，协助我们陈队长翻译。”

先前表示自己不会开枪的女人站了出来，说她虽然不懂全部的汉语，但是能听懂一部分，不知道可不可以。

“当然可以了。”陈小佩就像是抓住了一根救命的稻草，当下比画着说。尽自己所能照着杨薇她们这一队人做。

杨薇他们这一队人，十个人带了食物、饮水，其余的，包括杨薇自己都背了一大背包武器弹药，这是要支援所有的作战部队用的。

陈小佩自然是依葫芦画瓢，照着做了一遍。

以前最不喜欢用枪的朱笑东也换了一身正规军装，戴上凯夫拉材料的头盔，肩上背了一把 AK74 突击步枪，顿时多了好几分神彩。

见那个十二三岁的小男孩子跟在杨薇身边团团转，朱笑东走过去，爱怜地把一个头盔戴在他的小脑袋上。

总算把所有人都装备完毕了，朱笑东又看了一遍，这才满意地一笑，然后吩咐阿国把这帮人和能带走的物资全部带到后山上的丛林里，想办法安置下来。

阿国问：“剩下这些军火怎么办？”

朱笑东笑了笑："还能怎么办，炸了呗！不过，这些东西对我们也还有用，要炸，怎么炸，这个还得看看再说。"

阿国会心一笑，也就不再多说，跟着需要护送的队伍出了这个贼窝。

朱笑东出了贼窝，才刚刚走到洞口，就听见一阵密集的枪炮声。朱笑东暗暗叫了声苦，想不到这海盗回来得这么快，这就交上了手！

只是再一细看，却发现枪炮声虽是激烈，却没有炮弹往自己的头上掉落，更看不见岛上有被枪炮肆虐的迹象，稍微沉思，顿时明白过来，多半是林富财等人在带着他们的队伍临阵磨枪，反正现在手里有人有枪，也不怕海盗回过头来咬上一口，巴不得呢！

朱笑东苦笑不已，林富财、厨子等人要怎么做他也管不了。

正苦笑不已，厨子气急败坏地跑过来说："怀特那狗杂碎，带着他的人把礁石上的那条船给划跑了。"

朱笑东心下一松："跑了好啊，他要不跑，我还不放心呢。"

"不是。"厨子七窍生烟，"这一跑，不但断了我们的后路，极有可能把海盗招惹回来，我们现在还一点儿准备都没有呢。"

"大叔，我宁肯打一场毫无准备的硬仗，也不愿跟一个对我们不但毫无帮助、反而随时都会威胁我们的人待在一起。"

厨子气冲冲地说道："话是这么说，但是我们都有共同的敌人啊，本来要给那帮海盗来个出其不意的，他们这一跑，不等于给他们通风报信了……"

说到通风报信，朱笑东想起一件事情，马上把阿国叫了回来。

阿国默默地跟在护送队伍后面，听见朱笑东大叫，知道肯定是有事，三蹦两跳地回来了。

朱笑东说道："阿国大叔，估计这岛上的情况已经暴露了出去，你尽快把这些人送上山顶，然后用最快的速度找到藏身之所，燃放烟火信号。”

反正这是海上，就算林富财、阿国等人临阵磨枪、乱轰乱炸，声音也传不出去多远，但是一旦燃放烟火，发出求救信号，无论是飞机、卫星，还是海面上的船舶，都极容易发现，待会儿，招来的可不仅仅是救援人员，估计海盗会是第一个赶回来的。如此一来，怀特他们那靠人力划动的船……

朱笑东没说什么，但是心里苦笑了一下，万一怀特他运气好，说不定也就能避开，实在避不开，那也没话好说，谁叫这家伙抛下他的同胞，自个儿跑了。

阿国想了想，觉得也是如此，现在这种情况下，早晚都要与海盗一战，能不能打赢海盗，心里实在是没底，但是越早发出求救信号绝对是对自己越有利的事情。救援的人早一分钟看到信号，跟海盗们正面交战就会早一分钟结束，伤亡就会减轻无数。

所以阿国干脆带着他几乎一半的人直接离开大队人马，上了山头去实施燃放烟火的计划。

朱笑东没有跟着一起往山上撤退，而是留了下来跟厨子、林富财等人一道布置防线。

说是布置防线，其实也就是埋地雷、挖陷阱、运武器。哪里该有一个散兵坑，哪里应该放上一挺机枪，这些事朱笑东一窍不通，全是林富财一个人在指挥，要说军事人才，也就林富财了。而且，林富财要据守的才是第一线，真正的前线。

厨子手上的几个人临时跟林富财一起修筑工事，算是帮忙搭把手，真正到了交战的时候，厨子他们的战场也不在这里。

朱笑东留在这里，除了帮帮忙，最主要的一件事是帮林富财当翻译。因为言语不通，林富财安排下来的事情，光是花在解释上的时间就浪费了不少，朱笑东来了后时间顿时加快不少。

如此一来，修筑工事的进度几乎可以说是神速。厨子见整个工事都修筑得差不多了，跟林富财和朱笑东两人打了个招呼，随即带着他的人，神秘地消失不见了。

朱笑东靠在一棵树上，抽了一口林富财递过来的烟，淡淡地笑道："这些事，林大叔你就别跟我商量了，你怎么想，就怎么做，我这外行就算有什么想法也不一定靠谱，说出来反而会让您乱了心神，呵呵……现在你才是主角……"

林富财狠狠地吸了口烟，吐出一条长长的白雾："听说你让阿国老弟上山头去放烟火信号了？你看这天气，会不会不管用？"

天气依旧是阴沉沉的，跟早上过来的时候没多大差别，天上的卫星能发现这样的信号的可能性极小。半天过去了，其他的航空器、飞机之类的连声音都没听到。

朱笑东苦笑着说："没办法，我们现在也就只能死马当成活马医了，就算我们现在想走，这么多人，能扔下他们？现在唯一的希望就是拖延到有人能发现我们，除此之外再也没有别的办法了。"

这时，那个杰克逊过来，坐到朱笑东面前，很是恭敬地对朱笑东点了点头，说道："我知道一些红胡子的情况，可以提供给你们一些参考……"

这是林富财一直都想要知道的事情，知彼知己才能百战不殆，只是苦于和这些人言语不通，无法交流，这一段时间又忙得一塌糊涂，所以一直都没有仔细研究过。

现在有朱笑东在这里当翻译，杰克逊又主动上前报告，林富财大喜过望。

杰克逊一边说，朱笑东一边翻译给林富财听："这一伙海盗，有将近五十人，我们被抓那天，他们驾着一艘三千吨级的渔船，当然那是经过改装的，看样子火力很猛。我们搭乘的那艘货船，在不到三分钟的时间里就被炸沉了……”

“当时反抗海盗的人直接被留在了客船上，一齐沉入海底，除了我们被直接送到这里囚禁了的，还有十几个人不知道被弄到哪里去了……”

朱笑东不由问道：“杰克逊先生，你们遇到海盗是在什么海域，到这里又用了多久？”

谁知道，杰克逊摇着脑袋说道：“我们出事的时候是在印度洋海域，被海盗抓住之后一直被关在底层的舱室里，还被海盗施放了催眠的毒烟，等我们醒过来的时候，就已经被送到这里了，随后就被关在了铁笼子里。不过，我感觉时间过了很久，因为我们醒来的时候都已经饿得走不动路了。”

朱笑东想了想，换了个方式，又问道：“那么，你们被关在铁笼子里面时，他们大约多久给你们送一次食物？最后一次给你们送食物，大约是在什么时间？”

杰克逊仔细想了一遍，才回答说：“到这岛上之后，那些海盗一共给我们送过两次食物，第一次是上岛的第一天，把我们关进笼子之后，就给了我们一些食物和水；第二次，差不多是过了一个礼拜，到现在为止，中间已经差不多又是一个礼拜了。我们的食物差不多在两天以前都已经吃光了，要是你们不来……”

朱笑东大略计算了一下，按海盗们每次发放能支持一个星期的食物来计算，杰克逊他们已经在笼子里待了差不多半个月，也就是说，这伙海盗已经出去活动了一个星期，如此说来，海盗们要再回来，最多也就是这两天的事了，不知道林富财他们准备得怎么样了。

林富财说道：“要是怀特那小子不使坏，我们暗地里出其不意地伏击一下，胜算就大得多了，只是现在他把船都开走了，再加上现在阿国老弟要在山顶上燃放烟火，也就已经打草惊蛇了，再想要出其不意肯定不成，所以也就只能走一步看一步了。”

杰克逊看着朱笑东，说道：“我相信朱先生、林先生能给我们带来好运，再说，我们都有与那帮强盗拼个鱼死网破的决心，就算死，我们也不会让他们好过！”

朱笑东点点头，转头跟林富财商量，趁现在海盗还没回来赶紧再把队伍训练一下，临阵磨枪，不快也光，要不然到时候枪声一响，就会乱得一塌糊涂。

林富财笑了笑，说：“要训练队伍，还不能少了你这个翻译，要不然，也没多少人能听懂我说的话。”

朱笑东也没有推辞，当下担任起翻译官来。

简单地休息之后，林富财把所有的手下集中起来，队形纪律什么的都不重要了，关键是要大家明白，现在大家的努力都是在为自己的生存而战。很多人都是老百姓，对枪械什么的根本就不熟悉，所以熟悉枪械成了首要任务。

朱笑东把林富财的话翻译成英语，跟十几个人说了一遍，除了几个玩过枪的之外，其余的人自然是要潜心学习。

于是，一个下午，岛上到处都是“砰砰”“轰轰”的枪声和爆炸声，那阵势，几乎不亚于一个正规的军团在作战。

朱笑东等人也不心痛，弹药武器多着呢，几乎能装备一个营，够这二三十个人不间断地浪费好几天。其间，杨薇、陈小佩带着人下来过两次，准备各种武器装备和食物、饮水。说是山头上光秃秃的，一旦打起来了躲都没个地方躲，又说，眼看天马上就要黑下来了，这么多妇孺老幼全部露宿山头也不是个事，反正大家自己能动手，挖个猫耳洞什么的，既能当宿营地，又能在打起来的时候躲避流弹。

阿国他们的烟火信号已经升了起来，黑黑的三股烟雾，估计十海里之外都能看得清清楚楚。还有，阿国也在练兵，情绪还蛮高涨的。

再次看见陈小佩，朱笑东感叹起来，这个青花瓷瓶一般的娇娇公主在这短短的半天时间里已经变了很多，她手下的那些人愿意积极地配合她，这中间少不了陈小佩的汗水。

杨薇当这个十八人的队长很是轻松，除了以身作则，更多的是关心别的人，帮助别的人。每个人，她都愿意把他们当成自己的亲人，所以，杨薇要是有什么吩咐，抢着上前的人多得是。

杨薇私下里问朱笑东会不会上山头去，意思是说山头上比较安全一些。朱笑东摇了摇头，说："现在有林叔等人在第一道防线，我要是就这么走了，难免会有些影响。等着吧，估计要不了多久，大家都会到山顶上去坚守待援的。"

杨薇悄悄地抹了一把眼泪，要朱笑东一定得活着上到山顶去找她。

朱笑东忍不住笑着说道："放心吧，我命大，再说，我有这么漂亮的老婆，我哪能轻而易举地死去……"

杨薇她们上了山头之后，朱笑东又跟林富财的人搅在一起，看他们练兵。

林富财也不藏私，除了身手硬功一时半会儿没人学得会之外，手枪、步枪、机关枪、手榴弹、火箭弹、单兵肩扛式导弹，他几乎要他手下的兵学上一遍，要做到就算不熟也不能陌生。

经过几乎一个下午的不间断训练，林富财手下的人对手上的枪是熟悉了起来，悟性不错的，十枪八枪当中也还能打中两三枪，就现在来说，这已经是个很了不起的成绩。

闲着没事，朱笑东也试了几枪，林富财一见朱笑东的枪法，实在吃了一惊，朱笑东绝对是个狙击手的苗子，稍加点拨，就已经能跟林富财的枪法不分上下了。

不过，林富财的枪法并不算很高明，当年他当队长时的枪法是要好一点儿，但是这一搁就是几十年了，现在还能保持住十中六七已经实属不易了。

林富财问朱笑东怎么会打枪，朱笑东自然不会去提眼力特异之类的事，只说不久以前打过几次狼，成绩还不错。

林富财叹惜朱笑东生不逢时，否则肯定能被培养成一个全能型的军事人才。

朱笑东笑了笑，说：“我这人，把不杀人定为我做人的原则，真要把我锻炼成什么全能型的人反而是一件让我觉得很痛苦的事。”

林富财叹了口气，摇摇头说：“我知道你温厚仁慈，但是现在你得想想杨小姐、陈小姐以及这个岛上所有的人。说不定因为你一个人，整个战局都将颠覆。”

朱笑东点点头，答道：“林叔，我不是想做滥好人，但是原则上的事情我也不想去破坏，我努力吧。”

林富财不再计较，转身继续练兵。

身边有一具“40 火箭筒”，这是比较老式的一种，威力大、使用简便。林富财拿在手里，把需要注意的事项一一跟朱笑东说了一遍，还要他现场试射一发。

这玩意儿多得是，在防御阵地里，几乎每隔几棵树后面都有一具，浪费一具两具，根本不算一回事。

朱笑东知道林富财心中自有打算，也不忍拂了林富财一番好意，于是接过火箭筒，试射了一发，效果不错，算是打中了目标。

林富财由衷地赞叹了一声，朱笑东这个学生是进步最快的一个，以前他训练的手下中，还没有一个人进步得如此神速。

接着，林富财又拿来一具单兵肩扛式导弹，这个就有点儿复杂了，林富财也没使用过。他当兵的那几年，导弹是有，但是没人能想到仅仅几十年间，原本几十吨重的大家伙就被改进到一个人就能轻松使用的地步了。

朱笑东把这家伙往肩上一扛，略略看了个角度，学着击发火箭筒一般，直接就扣动了扳机，只听“嗤”的一声，弹头拉着一股尾烟，迅速消失在林富财的视野里。

林富财激动了起来，人才，绝对是人才，少有的人才。

跟海盗的战斗在第二天黎明的时候打响。

本来没人知道海盗回来了，只因林富财的一个手下因为紧张一夜没睡好，看天色渐明，想着自己的枪法实在是太烂了，于是笨鸟先飞，按着林富财昨天的教导对着自己要负责的一片海域猛地一阵扫射。这一阵扫射，居然射出了问题。

朱笑东等人被惊醒，稍一查看，立即发现有一队潜水过来企图偷袭的蛙人。

那个手下一顿乱射，居然一下子打死了两个即将接近海滩的蛙人。

那些蛙人顿时凶性大发，一边登陆，一边反击，于是，与海盗的第一次正面战斗就此开始了。

没人去计算到底来了多少人，都是尽其一切力量，疯狂地把手里的弹药往那些蛙人头上倾泻。枪弹、手榴弹、火箭弹，甚至是肩扛式导弹，弹如雨下。

林富财抱了一挺重机枪，几乎控制着一整片可以登陆的海域，算是一个最具威胁的力量；其次是朱笑东，朱笑东用的是突击步枪，瞄准的是海盗的大腿，一枪毙命的事，朱笑东却是做不到。

另外有两个当过兵的人，虽然准头不怎么样，但是威力却很大。

有笑话说，只要抡得动西瓜刀就能当海盗，事实上，海盗的战斗力并不弱，有些海盗的战斗力甚至超过了正规的军队，因为他们当中本来就有不少的退伍军人。做了海盗之后，实战的机会几乎比正规军人还多，所以，这些海盗会更凶残、更疯狂，比起朱笑东他们临时组建起来的乌合之众，战斗力何止超过十倍。

幸运的是，这些海盗是要围歼闯进自己家里来的“盗贼”，只是想把这些“盗贼”赶跑、打死，没想着要把自己的老窝一起毁掉，所以这一次潜攻过来的海盗，手里的重武器并不多。

海盗本来就训练有素，又是有备而来，在受到突然袭击之后，片刻之间就清醒过来，立刻凭借着有利的地形组织起了有效反攻。虽然他们用的都是轻武器，但是威力还是超过了朱笑东他们这边数倍。

朱笑东等人顿时感到压力倍增，几乎连头都抬不起来，除了林富财以及几个当过兵的人还在顽强地进行阻击，大部分人几乎都躲在工事后面了，枪口朝天，就算还在开枪，那些枪弹也不知道射到哪里去了。

毕竟，训练打枪是一回事，真枪实弹地开战又是另一回事。有生以来第一次看着无数拖曳着火光的枪弹朝着自己这边横飞乱窜，啾啾作响，打得自己周围的石块、木屑、尘土四散炸开，不吓得尿裤子就已经不错了。

眼看着第一道防线的三个散兵坑即将被几个海盗占领，朱笑东满头大汗，焦灼不已，明知道自己这边的人根本就是一群乌合之众，朱笑东却不甘心。

只这边一小股海盗的战斗力就如此的强悍，其他的绝对不会站在一边看热闹！

这个海岛，能登陆的地方绝对不止这么一处，就算自己是海盗，也绝对不会只选择这一处作为登陆的地方，那么其他的地方情况又会怎样？

眼看着两个穿着和自己这边一样服装的海盗几乎就要踏上第一道防线的那三个散兵坑，朱笑东无法再犹豫下去，突击步枪顶在肩上，接连两枪。

一个海盗看着伏在散兵坑里抱着脑袋、抖成一团的一个老头子，正要举起手里的枪干干脆脆地一枪干掉这个老头，突然感到大腿根上一痛，这海盗不可置信地低下头去看，裤子的裆部有颗花生粒大小的洞，圆圆的，弹孔！

“啊……”这海盗大叫了一声，仰面倒地。

第二个海盗见旁边的同伴倒在地上不停地扭动着身子，知道他这是中枪了，也并没太过在意。这是战场，中枪绝对不是稀罕的事，好几个同伴都被流弹打死了呢，不过，看这些人的枪法，也就是仗着人多，根本没多大实际威胁，被打死打伤的同伴实在是走了霉运。

这个家伙还正庆幸自己运气好，没想到突然间发现自己一脚踩在一颗冒着烟的手雷上。

这家伙还没来得及做出反应，只觉得自己突然飞了起来，然后就什么也不知道了。

朱笑东叹了口气，本来是瞄准那个海盗的大腿，但是枪口高了一点点，没看到那家伙腿上有预想的血洞，但是清清楚楚地看见那家伙往裆里摸了一把，然后就倒了下去，唉，不管打在什么地方，估计都够他受的了。炸到那个海盗的那颗手雷是旁边一个当过兵的老头子扔过去的，准头还算不错。

然而，虽然干倒了这两个海盗，其他的海盗却突然发现这三个散兵坑似乎备受后面的人关注，估计里面的人应该挺重要的吧，于是，四五个海盗一齐扑了过来。一时之间，朱笑东有些手忙脚乱。

厨子守在另一处有可能被海盗登陆的地方，一早就听见朱笑东他们那边枪炮隆隆，心里禁不住有些着急。

有个年轻人问厨子要不要赶过去增援一下。谁知道，他不说还好，他这一说，厨子反而忍住焦躁，笑呵呵地告诉几个手下：“去增援，嘿嘿，恐怕到时需要增援的是我们这边吧。知道那边的实力吗？两个领头的都是身经百战、从枪林弹雨里摸爬滚打出来的老兵，防御型的高手。要担心还是担心我们自己吧，说实话，带着你们打仗，我都担心你们会尿裤子呢！”

没想到厨子这么一说，立刻激怒了好几个人，这几个人都是当过兵的，其中两个还是退役不久的军人，最鄙视的就是有人说他们会尿裤子，厨子这么说就是在看不起他们。

还好，厨子笑嘻嘻地接着说道：“想当年，我第一次上战场，不但尿了一裤子，还吓出屎了，硬是把我身边的战友臭得差点儿吐出来。后来，那股怕劲儿过去了，硬是带着满身臭气，一口气杀了十二个敌人，差不多比一个班战友的战果都大，战斗结束，‘大便战神’的外号就出来了。”

几个年轻人听着，又好气又好笑，还有这样的“战神”？吹牛吧！

第十章
怀特的计划

这时，负责警戒的人发来信号，有情况！

厨子拿起望远镜看了一阵，来的是六个人，一看就很厉害的那种，划着一条橡皮艇，无声无息地靠了过来。

那几个当过兵的人急不可耐，打算把这几个人直接消灭在登上陆地之前。

厨子摇了摇头："万一他们跑了怎么办，我们要做的是尽最大努力杀伤敌人一切有生力量，跑上一个，我们的威胁就大上一分，要打就得让他们完全登陆之后，这样，一旦他们发现中了埋伏，就算想逃也逃不了。"

其中一个有些担心地问道："看样子他们都是很厉害的角色，把他们放上岸来，我们抵挡不住怎么办？"

厨子严肃地说道："我们没有退路，我们退一步，整个岛上的防守就会立刻崩溃，到时候我们除了战死，就是去给他们当俘虏，你们愿意？"

话锋一转，又说道："放心吧，他们也是人，他们手里有武器，我们也有，而且，我们手里还有比他们厉害得多的重武器，我就不相信他们能打死我们，我们就打不死他们？”

那个人点了点头，厨子说的也是实话，自己手里的武器不但跟那几个人的一样，而且弹药肯定要比他们充足得多。

说话间，几个海盗接近了海滩，果然是训练有素，下了橡皮艇便马上摆开战斗队形，直接登上沙滩。

厨子扛着火箭筒，直接瞄准最前面的一个海盗，不住地调整准星。几个当过兵的人，用过各种武器，牢牢地盯着这几个刚刚登陆的海盗。

一共六个，直到厨子判定再也没有其他的后援了才发出信号。“打”，喊声出口，手上的火箭弹也呼啸着、带着一股尾烟飞向最前面的那个海盗。一时间，枪声就像是鞭炮一般噼里啪啦地响个不停。

那六个海盗在突然之间受到攻击也丝毫不乱，一瞬间各自卧倒，开枪反击。

厨子射出的那颗火箭弹顷刻间就落在了被瞄准的那个海盗面前，可惜稍微偏左边了一点儿，只是把那个海盗炸得飞了起来，没能达到厨子预想的直接把这家伙炸个四分五裂的效果。厨子暗自叹息了一声，自己还是手生了一些，反应也慢了好多。

不过，这一声叹息之后，厨子可不敢留在原地，在地上打了个滚，远远地离开原地，到了下一个预备地点。

就在厨子离开发射火箭弹那个地方之际，至少有三支枪，盯着那里一阵狂扫，那些厨子做的伪装掩体顿时被倾泻而至的子弹撕了个粉碎，厨子当时要是迟疑半秒钟，肯定就会被打成一张筛子。

对于近战来说，火力强大的枪固然可怕，但是更可怕的是手雷、火箭弹一类的大面积杀伤性武器。一旦发现对方有使用这些武器的人，必须首先剪除。

还没等那些扫射的海盗转移火力，厨子的第二个火箭弹又拖着一股白烟呼啸而至。

这一次，比上一颗的精准度要稍微差了些，毕竟，第一颗是出其不意地偷袭，这第二颗就是正规对战了。

不过，虽然差点儿，还是炸伤了两个海盗。一个失去了行动能力，另一个却只是受了轻伤。

如此一来，六个海盗顿时伤亡过半。

虽然他们训练有素，但是面对强大的火力，一时间倒也进退不得，只能咬着牙拼命地跟厨子等人死磕。

因为寡不敌众，加上厨子毫不吝惜火箭弹，一阵狂轰滥炸，仅仅几分钟之后，就没有海盗还击的枪声了。到最后，仅存的一个海盗坚持不住，躲在一块礁石后面大喊大叫，可惜厨子听不懂他说的什么，只得问身边的一个受了点儿轻伤的人。

这个受了点儿轻伤的人满腔怒火，看着厨子，翻译道："这家伙说，他誓死不投降，要跟我们血战到底……有种的出去单挑……"

厨子看着这家伙一腔怒火，哪里不明白这家伙是在胡说八道，是变着法子泄私愤，本来有心要遵照国际公约优待俘虏的，但是看着好几个人都是咬牙切齿，想了想，干脆就赏了那个海盗一颗火箭弹。

厨子卖了手下这个人情，自然赢得一阵欢呼。可是就在这一刻，厨子发现海面似乎闪了一下红光。

厨子大吃了一惊，赶紧大声喝叫："隐蔽……躲避炮弹……"正在欢呼的几个人稍微一怔，随即兔子一般钻进避弹洞里。动作快的刚刚藏好身子，动作稍慢的都还没准备好，只听见一阵尖厉的呼啸，接着便是一阵巨雷般的炸响。

海盗船上的舰炮开始了炮击，多亏厨子机敏提前预警，几个人才算是躲过一劫。

阿国带着他的手下忙了大半个晚上，不但在两个山头上建立起了防御工事，还找了一个不容易被攻击到的地方搭建起了一个防弹的坑道洞。

防御的工事比较薄弱，但是防弹坑道洞却坚固无比。大半个晚上就完成了这么巨大的工程，不能不说是一个奇迹。

不过，这也少不了杨薇、陈小佩带着的两队人的倾力配合。

虽然这三十来人都是毫无战斗力的妇孺老幼，但是杨薇把阿国的动员要求翻译给他们听了之后，他们都很是感动，再说，也没人愿意再一次当那些毫无人性海盗的囚犯。

"为自己而战!"这句话就是很好的一种动力。

把所有的物资、非战斗人员全部转移进坑道之后，阿国两条腿都打起战来，岁月不饶人，一转眼，自己已经五十岁开外了!

然而，正当阿国准备美美地打个盹儿时，负责警戒的哨兵报告说悬崖上发现了些可疑的动静。

阿国哪里敢大意，立刻吩咐所有的战斗人员进入备战状态。

这个时候天色还没大亮，根本还看不大清楚，只是阿国手里有红外望远镜，一阵观察之后，也算是了解了大致的情况。

有八个人正偷偷地趁着蒙蒙夜色慢慢地往悬崖上爬，多亏阿国一直派人监视悬崖上的动静才发现了异常。

估计是海盗发现了这岛上日夜不熄的烟火，明白是老窝里出了大事，所以第一时间赶回来，只是赶回来的时候并不是直接朝着老窝而来的。

事实上，这几个想爬上悬崖的海盗才是第一拨攻击海岛的人，而且第一时间发起攻击的方式也不是正面进攻，他们打算先爬上悬崖，占领山头，然后俯冲而下。

他们也想到过，既然有人在山头上放起烟火、发出了信号，山头上肯定有人把守，不过，想想那些遍体鳞伤、半死不活的人，对比自己这边的精壮强干、身经百战的专业人才，海盗头子还是决定冒险赌上一把，趁着夜色去偷袭。

可惜，他遇上了忙了一个晚上虽然身体疲累不已，但是精神却很亢奋的阿国。

八个海盗分四条路往悬崖上爬，有一队人几乎就快要上到崖顶了。

阿国自然毫不客气，吩咐手下，不管男女老少，也分成四拨人，每一拨人去制止一队还在拼命往上爬的海盗，扔石头也好，开枪也好，把这些准备偷袭的海盗给赶下海里就好。

这样一来，几乎就要上到悬崖顶上的海盗可就倒了大霉。

好些妇女想起这些海盗带给她们的灾难、痛苦，都不愿意用枪了，一下子干掉他们太便宜他们了，用石头砸，砸死他们。

于是，乒乒乓乓的一阵石头雨点把那几个正在暗暗高兴的海盗砸了个晕头转向。眼看着从后面偷袭的计划无望，被砸得头破血流，仅仅幸存下来的一个海盗倚在上不沾天下不着地的一个凹处朝着天上发射了一枚信号弹，估计是告诉远远潜伏在海上的海盗头子，此路不通！

还有一个海盗活着，阿国自然不肯罢手，拿了狙击枪，强撑着身体到处寻找有利的位置，想要把那个躲在凹陷崖壁里的海盗给解决掉。

但是那家伙太狡猾了，藏在凹陷里，硬是不动，开枪也好，扔手雷也好，就是不出来。

一时之间又奈何他不得，弄得阿国急火攻心。

一直折腾到了天亮，阿国被搞了个黔驴技穷，偏偏这时候山脚下又传来一阵高过一阵的枪炮声，实在不得已，只好派人监视，然后自己带着一班人回到山头处查看情况。

只是到了山头，一看海面上，阿国顿时头皮发麻。

望远镜里，就在这岛屿的西北方向、将近三公里之外，一艘改装的武装船上腾起一阵阵烟雾，应该是在向这边发射炮弹。

这些海盗鬼精得很，知道被囚禁的那些人一旦逃出牢笼肯定会拿起那些现成的武器跟自己开干，自然不敢把船开得太近，只能利用船上的大炮对这里狂轰滥炸，看样子是偷袭不成便要用炮火开路，然后直逼过来。

也不知道脚下的两个老兄弟到底怎么样了，要不要自己去帮上一把。

朱笑东刚刚开枪干翻一个海盗，后面两个发现这个人对他们的威胁实在太大了，于是不顾一切想要把朱笑东打死。

只是两个人刚刚一露头，林富财的重机枪子弹像是雨点一般洒了过来。一个海盗的半边脑袋瓜子突然间就被打得爆炸开来，红的白的，溅了旁边这个海盗一身。

旁边这个海盗顿时一激灵，发了疯一般站起身子，对着林富财和朱笑东开枪。

林富财手里的重机枪根本就没个停歇，一瞬间，那个海盗差点儿被一拨弹雨打成两截。

这个时候，登陆上岛的海盗几乎被消灭殆尽，剩下的两三个也被林富财强大至极的火力压得抬不起头来。

有几个稍微胆大点儿的人这时候见没有多少子弹奔着自己而来，于是又神气起来，火箭弹、手雷，甚至是单兵导弹，一并赏了过去。

不过片刻，那两三个海盗藏身的地方就成了一个个巨大的坑洞，至于海盗，根本就不知道被炸成了什么样子。

这第一拨海盗进攻在经历了一个半小时的激战之后，完全被歼灭了。

没人出去统计战果，估计上来的也就是七八个人而已，和林富财的队伍比起来，几乎少了一半多。而林富财的手下战死了七个人，受伤的两个，几乎算得上伤亡过半了。

还好，受了伤的喝下朱笑东分给他们的龙鳞药水之后那伤势也就无碍了，只是那些已经战死的，不管怎么给他们灌药水，他们却再也活不过来。

朱笑东无力地靠在一棵大树下，望着满地的残肢断臂，忍不住吐了起来。

比这血腥、比这残酷的场面，朱笑东不是没经历过，但是眼睁睁看着这么多活生生的人、这么多原本鲜活的生命一刹那间消失得干干净净，实在是一件让人痛心的事。

杰克逊站在朱笑东身边，许久才说道："朱先生，你没杀过人，或者说，你对杀人很反感?"

朱笑东干呕了一阵，才抬起头来回答说："不管他们是谁，对于杀人，我都深恶痛绝。"

"不错，自诩是这个星球上最有灵智的人类，偏偏就爱干出残杀同类的恶心事来，想想也真叫人恶心。"杰克逊说道，"可是，当我们拿起枪，为了我们自己的生存而跟他们战斗，这是正义的，没什么可恶心的。"

朱笑东看了一眼杰克逊，摇了摇头。战争、屠杀，没什么正义可言，要不是为了生存，海盗也不见得就会去杀人，所谓正义、邪恶，那是看你站在什么立场说话。

不过，朱笑东没有把这些话说出来，他懒得说，眼下，海盗只是试探性地在进攻，不久之后即将到来的，是更加惨烈、更加残酷的战斗。

林富财组织剩下的人，那些已经死去的也用不着掩埋，现在没时间去管理这个，最重要的是赶紧把工事重新修筑起来，哪怕是简易的。再就是弹药，该补充的得及时补上，挡住了海盗一时的进攻绝对抵不住长久的进攻，现在唯一的希望就寄托在山顶上的那三堆烟火上，烟火不灭，才能为可能到来的救援指示方向。

幸存下来的人，除了林富财、朱笑东、杰克逊，还有一个当过兵的年轻人，除了四人是男的之外，其余的就剩下几个根本不敢面对海盗的女人，看起来还有十来个人，但是战斗力基本上所剩无几了。

朱笑东无奈之余，让那几个女的赶紧上山，自己和林富财等人守在阵地上，还没安排完毕，只听见空中一阵尖啸。

这是炮弹的声音，朱笑东也不知道要怎么样躲避炮弹，不过他学着电视里的剧情，大喊了一声："炮击……卧倒……"

不但用中文喊，还用英语喊了一遍，那几个本来就已经失魂落魄的女人还没弄明白是怎么回事，就被朱笑东奋不顾身地扑倒在地。

随即一轮炮轰，尘土飞扬，弹片四下纷飞。

好不容易等到炮击停下来之后，朱笑东从厚厚的沙子里面钻出来，还好，由于他及时扑倒几个女的，没有一个人被伤着。

趁着炮火停歇，朱笑东催促几个女人，什么都不要带，赶紧上到山顶上去。

看着几个女人跌跌撞撞爬上山去，朱笑东这才松了一口气，只是刚刚才喘一口气，林富财却指着海上渐渐逼近的海盗船，叹了口气。

这个时候，海盗船大摇大摆地开到离港口不到一公里的地方，船上所有的炮口都对准了他们自己的贼窝。

朱笑东有些惨然地对林富财点了点头，海盗之所以不依不饶地死命进攻，多半与那些还没炸掉的军火有关。那么多的军火，既然没被炸掉，海盗当然想要抢回去。

林富财自然明白朱笑东的意思，本来是想把海盗引上岸来，然后给他们一份大礼，但是估计这些海盗不会上当了，也罢，就当着这些海盗的面端掉他们的老窝，让他们好好心痛上一回。

朱笑东和林富财等人慢慢撤退到比较安全的地方，这才按下引爆军火库的按钮。

没过片刻，整个小岛剧烈地摇晃了一下，接着，一股黑烟冲天而起，巨大的冲击波差点儿把刚刚靠岸的海盗船掀翻过去。

船上的海盗一个个又惊又怒，这一帮人还真把那点儿家底全部给毁了，看着还在往山上拼命攀爬的几个人，船上的海盗红着眼，把炮口全部对准了他们。

不过可惜的是，没打上几炮，船上的炮弹就用光了，最可气的是现在连补充炮弹的地方都没有了。

海盗头子气怒至极，这船上的海盗本来就不多，先前实施奇袭的几乎是四分之一的兵力了。这个时候，海盗头子差点儿把船上所有的海盗都赶下船，去追击那些该死的逃犯，不过，想了好一阵，海盗头子还是留下了六七个人守船，自己带着其余的人往山上追去。

厨子的任务，除了防守先前那个海滩防止海盗偷袭之外，另外一个就是夺船，他们等待的就是船上的大部分人追上山的时候。

朱笑东想方设法也要把军火库留到现在才引爆，目的就是要让海盗们眼睁睁看着家底被毁，然后血涌上头，不顾一切地追杀他们，这样才能给厨子他们夺船创造机会，要不然也不会把整个队伍里最精锐的人员交给厨子。

但是，海盗头子吃了一堑也算长了一智，把最精锐的几个人留在了船上。当海盗头子等人追上半山腰，又和朱笑东接上火的时候，下面的厨子等人也接近了那艘船。

厨子冒死进攻，一阵火拼后损失了三个人，也没能把船抢到手。厨子正在懊丧不已，这个时候，船上突然传来一阵比厨子他们这边还要激烈的枪声，而且，没过片刻枪声便停了下来。

厨子等人正在疑惑这是怎么回事，没想到这个时候海盗船却突然发动起来。

一个头发、胡须都老长的年轻人站在船头，扬扬得意地喊道："朱笑东，这一仗我赢了，你要是还能活着出来，我会来找你的，哈哈……"

"是怀特!"厨子的手下大喊了起来。

看着怀特的人渐渐把船倒退离岸，厨子手下那几个人连手里的枪都扔了，拼命地跑上码头，一边跑一边大叫："怀特先生，等等我……等等我……"

怀特哈哈狂笑着，从一个手下手里拿过一把 M16，冲着差点儿就要靠近船只的几个人脚下就是一梭子，打得那几个人一阵乱蹦乱跳。

怀特说道："带上你们可以，把你们的枪拿回来，我们手上可没有多的武器给你们用……"

厨子大叫："弟兄们，不要跟他去，弟兄们……不要跟他……"

可是那几个人哪里肯听厨子的话，一个个转头拿起丢掉的武器，直接就上了怀特的船。

怀特这家伙带着一帮年轻力壮的人假装乘船逃跑，然后又折回来，暗藏在岛上，不动声色地作壁上观，等到朱笑东和海盗两方人马拼到两败俱伤的时候才出来采摘这个现成的果实，这种行为本来就已经卑鄙至极，不仅如此，他还想将厨子的手下一起带走，以此削弱朱笑东的力量，打击朱笑东这边的士气。

这些事，朱笑东、林富财等人在山头上看得一清二楚，不过也就只能眼睁睁地看着怀特等人驾着船扬长而去。

眼看着不但被人端了老窝，连唯一的一艘船都被人抢了，海盗头子顿时疯了起来，不断地要他的那些手下往山头拼命强攻。

可惜这个时候，朱笑东和林富财守着山头上，占据了极为有利的地形，又根本不在乎弹药，只要有海盗从那个险要的隘口稍一露头，就是一阵狂风暴雨般的子弹迎过去。

海盗头子不得已，立即指挥分散队伍，化整为零，往山头进攻。

可惜，他不化整为零还好，他这一化整为零，顿时吃了大亏。

林富财等人布下的机关陷阱真的不是一般的歹毒。

接到海盗头子化整为零向上进攻的命令之后，第一个钻进树林，准备偷偷摸摸上去的小个子海盗才走了不到十米远，只听见“呼”的一声，还没弄明白怎么回事，一根茶杯粗细、一头尖锐锋利的木棒子几乎活生生地把他钉在了地上。

后面跟着的另一个海盗都差点儿没躲开，幸好他反应敏捷，往旁边一闪，可是，他一双脚刚落地，就发现有什么地方不对，刚要张嘴大叫，两根碗口粗细的小树突然拔地而起。

待两根小树立直了树身，踩中机关的这个海盗竟然被两根树活活撕成了两半，一根树上挂了一片，血淋淋的，恐怖至极。这绝对比这些海盗折磨那些无辜的人的手段还要恐怖残忍得多。

现在就是这样，头上有嗖嗖飞过的子弹，脚下有出其不意的地雷、机关陷阱，没有一样不要人命，遇到这样的情况，他们也只有喊爹叫娘的份儿。

不到半个小时，直接被机枪扫死的不下十人，直接被地雷炸死炸伤的也不下十人，踩中机关陷阱死去的不低于五人。

红胡子这一股海盗，到现在剩下来的差不多也就不到二十人了。

红胡子躲在隘口后面，连头都抬不起来，至少四五支枪没完没了地向他扫射，他哪里敢抬起头来，更倒霉的是，火箭弹、手雷不停地在他身边炸开。

他这十多个人，动不了、逃不了，像是过了十年时间一般，枪声、爆炸声才稍微减弱。

可是这个时候，他身边原来那十几个人居然不见了七八个，还能喘气的也就仅仅六七个了。每个人身上都是横七竖八的伤口，不是被枪弹打的，而是被火箭弹、手雷炸的！

红胡子不得已，只得趁着枪声稍懈，大声喊道：“不要打了，我们投降……不要打了，我们投降……”

枪声终于停了下来，一个高亢的声音用英语喊道：“我接受你们投降，但是你们必须高举双手，慢慢地走出来……否则，我们将继续开枪……”

然而，这个用英语说话的人话音还没落，空中传来一阵尖厉的呼啸，紧接着一道火光在红胡子和山头上的人之间冒起，随后是一声巨雷一般的爆炸声。

整个小山都在这一声巨响之中剧烈摇晃了起来。

只见海上有两艘比怀特他们那条船大了一半的大家伙正堵着怀特他们的去路，凶悍的火力不住地往那艘船上倾泻。

怀特那艘船根本就没有还手之力，连象征性的抵抗都没有，便直接掉头往岛上逃窜，虽然反应迅速，却还是结结实实挨了两发炮弹。

两艘大船不仅只是疯狂地轰炸怀特的坐船，同时将重火力一股脑倾泻到了岛上。

朱笑东在钻进避弹坑道最后那一刻总算看清了那两艘大船上悬

挂的旗帜，奶奶的！还是两艘海盗船！

不过朱笑东就不明白了，大家都是海盗，那两艘大船干吗对红胡子都不客气，把红胡子好几个手下都炸上了天。

林富财吐了一口嘴里的沙子，恨恨地说：“抢地盘吧，除了抢地盘、资源，还能有什么好事。不管什么情况，我们都成夹心饼了。”

朱笑东想了片刻，自己跟那大船上的海盗没有任何利益上的冲突，大家各走各路还不行啊。

林富财苦笑着说道：“这地方看起来非常隐蔽，既然海盗们做了老窝，就不会轻易让这里的人出去，否则泄露他们的位置，得不偿失。”

朱笑东想了想，觉得也是，可是眼下敌强我弱，难道还真的要拼到最后一口气?!

林富财苦笑着说：“还是把希望寄托在那三堆烟火上吧，除此之外，还能有什么办法?”

这时，外面炮击稍停，朱笑东等人不敢耽误，赶紧钻出坑道冲进阵地，不管是来抢地盘的还是来抢资源的，自己这些人都不能落到他们手里。

杨薇等人各自带了手下的人马出来帮助修筑工事、运送武器弹药，一旦抵挡不住海盗，大家都是死路一条。

怀特的那艘船几乎在接近岸边的时候就被完全炸毁，侥幸活下来的人没有几个，所幸两艘海盗大船距离尚远，没办法用枪对跳海的人进行直接射杀。饶是如此，能安全躲进树林里的人也就寥寥两三个人而已。

朱笑东叹了口气，这个怀特！

自己不知道是该幸灾乐祸，还是该心生怜悯，二十几个人啊，就这么活活地被炸死了。龟缩在岛上，未必会活着出去，但至少现在还活着。自己这边也死了不少的人，但是要论价值，死得比怀特带领的人高多了。

怀特躲在暗处坐山观虎斗，抢夺厨子等人差点儿就到手的船，除此之外，朱笑东还真看不出来他们的价值在哪里。

两艘大船上的海盗逼近岛边，也就不再发射炮弹了。朱笑东正观察着，最紧要的那条隘口道上出现了两个人影，朱笑东身边一个女子一紧张差点儿就一梭子弹送了过去，还好朱笑东赶紧把她的枪口往天上一抬，大喝了一声："别开枪，自己人……"

那两个人正是厨子和他仅剩的一个手下，这个时候，他们两个人什么东西都给扔了，没命往上爬着。

隘口距离山顶有八十来米的距离，厨子和他那个手下一边跑，一边挥舞着双手，还叫嚷着："自己人……不要开枪……"

要不是朱笑东见机得快，多半他们两个都不明不白地去做了枪下鬼。

过了片刻，厨子气喘吁吁地上了山头，一见到朱笑东和林富财两人，厨子一下子瘫倒在了地上，哭丧着脸说："队长，小朱老板，我……我没用……没能完成你们交给我们的任务……把所有的人都弄丢了……"

林富财和朱笑东两人一齐拉起厨子，林富财说："算了，不就一破船吗，用不着计较。"

朱笑东却说道："厨子叔，幸好你没抢到那船，要不然，挨炸的肯定就是我们了，我还得谢谢厨子叔你……"

厨子仅剩的那个手下，这个时候却是既庆幸又内疚，自己的所有同伴都临阵反戈跟了怀特，要不是当时他没能跟上节奏，铁定也是上了怀特船的人，一个小时没到，就得落个葬身大海的下场，还能活着，这是他值得庆幸的一点。过了半晌，他才讷讷地说道："请你们再给我一支枪……”

朱笑东毫不在意这个家伙的态度，笑了笑说：“累了吧，先到坑道里去吃点儿东西、喝点儿水，可能待会儿还有一场硬仗要打。”

这个人感激地看着朱笑东，好久才问道：“听说你只是一个做生意的老板，根本就没当过兵打过仗，你不怕死？”

“怕啊！”朱笑东笑着说道，“说不怕死，那是假的，我怕死得很，所以才不想死。不想死就得跟他们拼，落在他们手里，迟早也是个死，拼一把，就算是死也能落个痛快！”

虽然朱笑东也是用英语说的这些话，但这个差点儿当了逃兵的手下却似懂非懂，一边想，一边跟着那个引路的小男孩进了坑道。

厨子他们两个人刚刚缓过气来，隘口上又上来了三个人，一看这三个人，朱笑东和林富财两人就气儿不打一处来。

这三个人，当头的正是怀特这家伙，后面两人一个是原来跟着他的手下，另一个本来是跟着厨子的。

怀特现在虽然没了人手，但他依旧是一副高高在上的模样，到了隘口大大咧咧地往那里一站，喊道：“朱笑东先生，你还活着吗？我有话跟你说……”

林富财差点儿一枪崩了这个家伙，但是朱笑东淡淡地笑了笑，阻止了林富财，随即站了起来，问道：“怀特先生，我活得很好，你呢？你的船都给人炸没了，你还好吧？”

怀特喊道：“多谢你那神奇的治伤药水，我现在也很好。”说着，怀特从腰上取下一个水壶，正是朱笑东分发给所有人的龙鳞药水。

“朱笑东先生，我想跟你做个交易。”

朱笑东忍住一口气，淡淡说道：“我们之间能合作的可能性不大，如果你肯承认你已经失败，我也许可以考虑一下你的提议。”

“我们不谈那个……”怀特毫不脸红地喊道，“那只是我一个小小的失误，但现在我再也不会失误了，所以，我要跟你谈一个交易……”

朱笑东哈哈一笑，毫不客气地说道：“怀特先生，几十条人命，你一句‘小小的失误’就能遮盖过去？你是不是想再拿我们去失误一次？”

“不，朱笑东先生，你也知道我想从你手下的身上得到什么。我的意思是，从现在起我们合作从这里冲出去，然后我们一起开发这种神奇的药水。想想吧，用不了多久，整个世界都是我们两个人的……”

朱笑东张张嘴，本来还要反驳一下怀特，但是他随即想到一个很严重的问题，怀特的意思恐怕不只是要跟他合作赚钱，他那“整个世界都是我们的”这句话，让朱笑东心惊肉跳。

以怀特这小子的阴险，真要得到龙鳞药水去组织一支军队，这世界还不玩儿完了。

虽然朱笑东暗自庆幸，恐怕这世界上除了胖子手里还有一片龙鳞之外，再也找不到第三片了，但是朱笑东依旧被怀特的狂妄和无耻震惊了。

林富财也想到这个问题，当下把枪举了起来，准星和十子环牢牢地瞄在怀特的头上。

没想到怀特有所察觉，笑了笑说道：“朱笑东先生，让你的手下把枪放下，跟你谈这笔买卖我是很有诚意的。想想吧，只要我们拿了这种药水，去跟船长说上一声，让他放了我们所有的人，再腾出一条船让我们自由离去，相信那位船长很乐意这么做。而且，我完全有能力跟他们达成这样的协议！”

怀特这话一出口，山头上一片哗然，有看不起怀特的人，也有动了心思的人：手上的这药水最多只能快速治伤却无法保命，要是交出这药水，连伤都用不着受，岂不是更好！

朱笑东算是看透了怀特的嘴脸，当下冷冷地说道：“怀特先生，不管你出于什么样的目的，我都不会跟你做什么交易。如果你能够跟那些海盗达成协议，放过这些无辜的人，我当然高兴，可惜的是你根本做不到。”

“我以我的信仰发誓，只要你答应交出药水以及药方，我不但可以保证让船长放过所有的人，保证你的安全，另外我父亲的事、凯斯的事，也可以一笔勾销。怎么样？朱笑东先生，我的条件够优厚了吧？”怀特大声说道。

朱笑东开始有些生气了，因为自己身后的那些人，有的甚至都开始把自己的那一小瓶儿水拿在了手上，要是怀特再煽动几句，没准儿他们就会迎上去了。朱笑东实在搞不明白，怀特在这些人心里就那么高尚？

第十一章
孤军奋战

身后那些人的反应让朱笑东很是不爽，当下低声对林富财说道：“林叔，目标水壶……”

林富财不动声色，只是把十字环瞄在怀特手上的那只水壶上。

“怀特先生，我想你没搞明白，你的信仰在我心里一文不值，你根本没有任何能力跟我保证什么。说到你父亲，我不得不告诉你，你父亲他是个大骗子，让我们为他九死一生，到最后他不但不感谢我们，还差点儿把我们消灭在雪山上。还有，你用不着拿凯斯小姐来说事，好像我欠你什么似的，我可以告诉你，那是你自己不配，你根本就不配得到凯斯小姐的爱。这些事要不要一笔勾销随便你，愿意一笔带过我欢迎，你要想着继续跟我为难下去我也不在乎，有什么本事你尽管放马过来，我接着。”

怀特见朱笑东根本就不打算理睬他，笑了笑，又说道：“朱笑东先生，我所做的一切都是为了这里所有无辜的人。想想吧，你带着这些人仅仅是为了跟我的赌局，你是真心诚意为他们的出路着想吗？你要真是为了这些无辜的人，为什么你把药水藏着掖着，宁肯看着我们这边二十多个人去死，也不愿意跟我们说一声有药水的事。在我看来，你的所作所为只是想证明你比我强，这些无辜的人到底是死是活，你根本就没放在心上。

“还有，我可以告诉大家一个消息……”

朱笑东身后的好几个人都站了起来，目前朱笑东跟怀特之间有什么恩怨他们不关心，但是能不能从这里平平安安地走出去却是每个人心中都在掂量的事情。

就在这时，突然“啪”的一声枪响，怀特手里的那个水壶飞了出去，不过却没有半滴水流出来。

见水壶被打飞，所有的人都呆了一下，随即有好几个人扑了上来，要与林富财厮打。

怀特眼力不错，见有人已经开始倒戈，眼睛也不眨上一下地继续说道：“在那条海盗船上的时候，我已经向我们的军舰发出了信号，并收到了回应，估计军舰在几小时之后就会到达这里。不过，在此之前大家得齐心协力让朱笑东先生交出药水和药方，把它交给海盗或者是交给军方。但是我要警告大家一句，我们的军舰至少还有几个小时才能到达，可眼下，海盗马上就要开始进攻了……”

这时，杨薇、陈小佩两人拼命挡在林富财身前，一起高呼，要这些人千万不要听信怀特的煽动，听了怀特的话只会是死路一条。

朱笑东转头对那些骚动的人大喝道：“谁愿意听怀特的话，现在就可以出去，我绝不阻拦，但是谁要想忘恩负义，我也坚决不会留情。我们死了那么多人为了什么？为了你们到现在还活着！愿意听怀特话的人，现在就给我滚……”

朱笑东的话说完，人群顿时静了下来。恰好这时候厨子和他那个手下也回到了山头，一见这阵势，两个人顿时齐刷刷地举起了枪。

那些想要拿药水、药方去换取出路的人其实也不多，男女老少都有，但也仅只有四五个人而已，见到厨子和他的手下把枪口对准了自己，一个个顿时脸上煞白。

朱笑东确实没让厨子他们开枪，但是朱笑东吩咐了一声：“赶出去……”

这四五个人哪里是厨子、林富财等人的对手，不到片刻，三男两女就被扔出了战壕。当然，药水不是被厨子他们抢了回来就是直接泼洒在地上。

杨薇趴在战壕边沿上，不断喊道：“回来……那是怀特的陷阱……你们快回来……”

陈小佩泪流满面，但是她不怎么会说英语，只好用汉语大喊：“回来吧，那些海盗是没有人性的……”

怀特见有了几个响应者，脸上止不住得意，又大喊道：“只要把朱笑东抓住交给海盗，我们就可以免去一场屠杀，一场一边倒的屠杀，兄弟姐妹们，行动起来吧！抓住朱笑东就是我们的出路……”

朱笑东忍无可忍，大声喝道：“怀特，我给你五秒钟时间，立刻给我消失，否则我绝不客气。所有的狙击手听着，打死怀特我请大家喝酒……”

怀特哪里肯相信朱笑东敢开枪，笑着说道：“大家都看到了吧，这个朱笑东，表面上仁义道德……”

话还没说完，朱笑东手里的枪第一时间响了起来。虽然朱笑东的枪法并不高明，但是那子弹嗖嗖地钻进脚下的泥土中或者从耳边飞过，还是挺吓人的。

怀特没想到朱笑东真敢开枪，顿时尖叫了一声，抱着脑袋退回到隘口后面。

怀特逃跑后，被朱笑东赶出来的那四五个人顿时大叫起来，有诅咒朱笑东残忍、蛮不讲理的，有大喊要怀特等等的，也有突然之间醒悟过来跟着怀特未必就会有出路的，一时之间，四五个人乱成一气。

偏偏这个时候海盗的两艘船都已经靠岸了，船上下来了少说也有两三百人的队伍，连停歇都没有，直接就展开进攻队形往山上扑了上来。

朱笑东可不敢再耽误下去，一边吩咐所有人用火箭筒和肩扛导弹打击密集的海盗，一边让没有战斗力的妇孺老幼停止抢修工事，赶紧撤回坑道里去。

那几个被朱笑东赶出去的人这时候仓皇不已，怀特早已不见了踪影，根本没有要把他们带向光明的意思。脚下数以百计的海盗没命地往上扑来，稍有耽误，立时就会被数不清的海盗湮灭，唯一的退路就只有去找朱笑东了！

五个人没有一丝迟疑，转头又向山头上跑来，一边跑一边挥舞着手大喊：“别开枪……别开枪……我们是自己人……”

朱笑东冷冷地看着这几个人，真的不想再去搭理他们。

可是，杨薇、陈小佩两个人竟然不由自主地扑出战壕冲了出去，想要去接应那几个人。朱笑东一个激灵，一边大喝一边跟着跑了出去。后面的厨子、林富财自然也扑了出来。然而这个时候海盗们已经开始进攻了，到处都是嗖嗖乱飞的子弹。

杨薇扑到一个女子面前，一把拉起这个女子，没命地往山头上的战壕里奔去。不幸的是，一颗子弹打在了那女子的腿上，那女子顿时扑倒在地。

杨薇拉着她的手不肯放弃：“快，站起来，山头上有药水……”

那女的早已经肝胆欲裂，脚上有伤，别说站起来，就算是爬也爬不动了。如此一来，杨薇就只能凭着一己之力，抓住女子的那只手死命地往山头上拖动。

陈小佩拉了一个男的，三蹦两跳就回到战壕里。陈小佩抬头，见杨薇还没回来，连忙又爬起来准备去找杨薇。没想到那个男子不由分说，一把抱起陈小佩的脑袋，张开几个月都没漱口的臭嘴，狠狠地亲在陈小佩的嘴上。

陈小佩顿时大吃了一惊，挣又挣不开，喊又喊不出来，一时间手足无措。

好半晌，这家伙才放开陈小佩，喘着气，用半生不熟的汉语说道："陈小姐，我爱你，你就是我的女神……"

陈小佩哪里有空去管他，抹了一把嘴上残留的唾沫，使劲喘了两口气，没好气地说道："去去去，现在这么忙，我没兴趣……"说着，又爬出战壕，向杨薇扑了过去。

杨薇一个人拖着那个女人，几乎是一寸寸地往上挣扎。

这时，朱笑东等人已经冒着弹雨把其余的三个人抢了回去，山头前也就剩下杨薇和那女子两个人。

只是在突然之间，陈小佩也扑了出去。

朱笑东让人拼命掩护，再次冲出战壕。

杨薇、朱笑东和陈小佩三个人一齐使力，终于算是把这个女子给拖进了战壕，不过杨薇、陈小佩也受了枪伤。杨薇的右肩被一颗流弹击中，伤势不轻，陈小佩呆呆地看着自己小腹上的一个弹洞。

很多人都不能理解杨薇和陈小佩两人，为了一个阵前反戈、临阵脱逃的人奋不顾身地上前去掩护挨枪，这值得吗？

朱笑东抱着杨薇，不住地喂龙鳞药水。

厨子、林富财等人一边怒吼着扣动扳机一边发誓，只要再见到怀特，绝对不会多说一句话，立刻赏他两颗子弹。

抢回来的五个人活着的只有四个，其中一个被一颗子弹击中心脏，当时就咽了气儿，其余的几个人轻重不一都受了一点儿伤。好在其余的人虽然鄙夷他们几个的做法，但是也没人见死不救，好些人都把自己的药水拿了出来。

这时，海盗差不多已经接近隘口了。

先前能够全歼红胡子主要是红胡子手下不多，再加上朱笑东等人无论地利还是火力都占了优势。饶是如此，都还经历了将近一个小时的战斗才得到胜利，但是现在的情况却与之前大相径庭。

朱笑东等人火力虽猛，但终究人数太少，几十个几乎没有一点儿战斗经验的乌合之众去对抗好几百身经百战的海盗！要不是朱笑东等人稍微占了点儿地利，那些海盗只需要一个冲锋就能完全占领这个山头。

朱笑东凭着最后一点儿地利上的优势，死死地把海盗们扼制在隘口边上。

不过，朱笑东付出的代价也极为惨烈。抵抗了一个小时，厨子被炸断了一条手臂，林富财至少受了三处枪伤，手下战死了七个人，负伤的人可以忽略不计。而且，龙鳞药水也短缺起来。

如此一来，朱笑东手下的人越来越少，但是扑上来的海盗却是越来越多。

朱笑东现在也无法顾忌自己的原则，一把枪不断地射出愤怒的子弹，隘口上被他亲手打趴下的海盗很快就超过了二十个。

朱笑东不断地大叫："子弹!"

海盗进攻猛烈，朱笑东哪有时间自己去装子弹，原本准备的四个弹匣都打光了，朱笑东不得不要求来个人帮自己装弹。

朱笑东把手里的子弹打光，再一次大叫："子弹!"但是过了半晌也没人给他递上弹匣。朱笑东回头一看，给他充当填弹手的那个男子已经被一颗子弹削去了半边脑袋，手上还抓着一个装了一半的弹匣。

朱笑东咬着牙、红着眼，从那个男子手里拿过半弹匣子弹，咔嚓一声换下空弹匣，推弹上膛，两个点射，撂倒两个刚刚从隘口冲上来的海盗。后面跟着的几个海盗又赶紧闪身退了回去。

朱笑东封锁住隘口，一转眼，另一边偷偷摸摸地又上来两个。不过这两个人走的地方实在难行，所以速度极慢。

朱笑东毫不客气，一串子弹过去，把那两个家伙打得倒栽下去。只是也就在这一刻，朱笑东的枪“咔嚓”一声撞针碰了个空，又没子弹了！

朱笑东叹了口气，正要换一把枪，这时，一只小小的手伸了出来，小手里拿着一个装着满满子弹的弹匣。

朱笑东百忙中回过头，是杨薇。她头上戴着一顶美式钢盔，虽然先前喝过了龙鳞药水，但一张脸还是由于失血过多显得有些苍白。

朱笑东心里一痛，扯住杨薇往后一拖，把她摔在战壕里，大喝了一声：“不准露头……”然后拿过弹匣装进枪里，继续阻击隘口上的海盗。

这个时候，一直没有动静的阿国那边也与海盗交上了火。海盗在经过了近一个小时进攻也算是明白过来，朱笑东他们这边占了地利，就算能攻下，那代价也太沉重了。相反，整个岛上的第一制高点上却是一点儿动静也没有，如果能占领第一制高点然后俯冲进攻，自然省事得多。所以，海盗们就把心思转移了过去。

事实上，朱笑东等人早就看穿了这个问题，所以无论朱笑东这边的战斗进行得如何惨烈，阿国都没敢动用一兵一卒前来增援，甚至是连火力都没敢暴露出来。因为谁都明白，那个制高点才是整个战斗的关键。

阿国手里有七八挺重机枪，根本没有心痛子弹的意思，一发现有海盗向他们进攻，所有的机枪都像是唱歌一般，把子弹不住地洒向海盗。以至于在短短十几分钟内，几乎是用子弹把阵地前面几十米远的地方开辟成了一片开阔地带。

意图夺取全岛最高点的海盗们自然是大大地吃了一个瘪，除了被机枪打死不少的人之外，还有好多人想要从树林里穿上去，但最终不是被炸死，就是中了林富财等人布下的机关陷阱。其余的海盗不得已，只得倚在树旁和巨石后面，同山头上的阿国对射。

所以，阿国这边虽然声势浩大，但是战况远远比不上朱笑东那边惨烈。

历经一个半小时的进攻之后，海盗们丢下数十具尸体，退回到了海滩。

山头上的朱笑东等人算是扬眉吐气了一回。

这一仗，朱笑东他们这边因为有龙鳞药水治伤，受伤的可以说没有，战死的也不到十个人，却有更多的人拿起武器补充了进来。毕竟，枪林弹雨的战场是最能锻炼人的地方。一连经过了两次战斗，只要是还不想死的人都主动拿起了武器，不为什么尊严，更不是为了什么民族大义，为的只是活下去或者痛痛快快地死去！

如此一来，朱笑东手上的人顿时增加了一倍不止。

海盗们回到滩头稍做休整，又改变了战法，这次，船上的大炮不再吝啬炮弹，对准两个山头，急袭了十几分钟。虽然把山头上的工事炸得七零八落了，但是朱笑东的人却是毫发无损！

见海盗发射炮弹，朱笑东等人连观察员都没留，直接全部钻进了坑道。直到十几分钟之后，估计海盗们要进行最后一次进攻了，朱笑东等人才钻出坑道，扑上阵地，等待海盗们最猛烈的进攻。

这一场战斗的惨烈程度超过了前两次。海盗们一度突破了隘口，并在隘口前面建立起了进攻山头的中转阵地，两个阵地之间仅仅隔了三四十米的距离。让海盗们万万没想到的是，山头上的火力却是越来越猛烈，原本只有几个火力点，现在突然增加了一倍不止。

不到半个小时，中转阵地就被山头上的人彻底摧毁。所有的海盗又不得不回头，退缩到隘口后面。其间，也有打着和谈旗号的海盗站了出来向朱笑东等人劝降，只是朱笑东等人毫不客气地用一顿枪弹把他们又打了回去。

海盗们见朱笑东等人软硬不吃，一怒之下再次发动了攻击，然而遭到的反击却越来越剧烈，山头上的反击力似乎每一刻都在发生变化，每一刻都在变强，强大到超过了他们遇到的任何正规部队。以致海盗头目们在船上看着都有一种掉进了陷阱里的感觉，是不是哪个国家设好了套子专门等他们来钻！为这个所谓的秘密基地，海盗们几乎损失了超过三分之一的人力，再继续下去，值得吗？

一旦有了这样的疑问，对山头的进攻就不由得松懈了下来，甚至有了后退的意思。就为了一个还没被人重视的海岛，搞得损兵折将、人财两空，不值！

所以，在最后一次疯狂的进攻再次失利之后，海盗们纷纷回到滩头，登上船灰溜溜地离开了海岛。

至此，朱笑东等人经过了大半天的血战，以二十多个人的生命为代价，取得了最后的胜利。

看着两艘海盗船渐渐消失在海天相接之际，所有的人都扔掉了钢盔相拥而泣。

现在，所有的人都用生命和鲜血向自己证明了一件事，海盗并不可怕，只要自己敢于拿起枪跟他们拼命，就能打败海盗。

打退了海盗，朱笑东并没有扬扬得意起来，除了要他们继续严密监察之外，还得修筑工事，以防这海岛上隐藏着没有撤走的海盗会发起突然袭击。别把大股的海盗打败了，却反过来被小股的海盗给收拾了，那就不值了。

所有的人对他言听计从，稍事休息之后，修筑工事的修筑工事，站岗放哨的死死地盯着几个要紧的地方。

下午，海上又来了一艘船，不算很大，只是一艘快艇，上面有六个人。虽然这些人穿着普通的衣服，但朱笑东还是一眼就看出来了，这几个人全部都是正规军人。

六个人三个人种，领头的是白人，有两个黑人，其中三个是黄种人。

六个人登岛后随即发出信号，他们要求会见岛上能管事的人，并且反复表示他们没有带任何武器，希望岛上的人也不要拿武器威胁他们。

朱笑东带着阿国、林富财与之会面，没想到这几个人果然是接到怀特的求救信号赶过来的，但是他们只能接受朱笑东，其余的人将会另外安排船只来接。

朱笑东摇了摇头，这些人见死不救，这会儿倒是冲着自己来了，其用意一目了然。

有个黑人挺蛮横的，准备给朱笑东一个下马威，没想到在一旁埋伏多时的厨子一声令下，好几把黑洞洞的枪直接就顶在了他的背上。

领头的人看了一眼周围倒毙的海盗，最后不得不放弃诱捕朱笑东的计划。

临走时，硬邦邦地丢了一句话，希望朱笑东能考虑考虑合作的事情，要不然马上就会发生一些意想不到的事。

朱笑东淡淡地笑道："你最多不过是与那些海盗一样，再来攻击我们一次。不过，我也可以告诉你，你们从我这里什么也不会得到！不信，你们看看……"

几个人背后出现了一艘巨大的军舰，飘扬着鲜艳的国旗，后面跟着两艘稍小的民用船，飘扬着同样的旗帜，已经快接近海岛了。

那个白人头儿思虑再三，终于放弃了原来的计划，上了快艇，急匆匆地从另一个方向溜了。

不到一小时，朱笑东两只眼睛都望得发酸了，通过这两面旗帜，他知道这会儿才是真正得救了。

好不容易盼到两艘民用船靠岸。第一个下来的居然是胖子！

原来高原和高大壮两人“秘密”回到京城后不到两天就被人识破了，高原只好循着朱笑东走过的路线一路追过来。追到林富财他们渔村的时候遇见了那几个救生艇上的人，得知朱笑东他们已经失事，目前下落不明，于是联系了胖子等人。

胖子等人心急如焚，不计一切代价召集了大批的人马，然后马不停蹄地赶到了出事的海域。经过两天的搜索，才有了线索，于是不顾一切地扑了过来。

一见到朱笑东，胖子便眼泪汪汪来了一句：“东哥，你还活着，我以为……”

朱笑东微微一笑：“说什么呢，我这不是好好的吗？”还没跟胖子亲热完，凯斯又下了船，和朱笑东等人寒暄之后，又去迎接刚刚从山上下来的杨薇等人。

第三个下来的是虎子，紧接着，好几十个人都拥了下来，是高原、高大壮、萧劲、大树、石头一伙以及他们的一些老兄弟。

朱笑东看着这些人，目瞪口呆，怎么会这么多！

胖子笑笑：“知道你在海上出了事，大家伙儿心里着急。我知道这一带海盗不少，所以多带了些兄弟过来，看样子你们大干了一场，可惜我怎么就不在场呢？”

朱笑东没好气地踢了胖子一脚：“知道海盗不少，你们也不快点儿出现。你知不知道，我好几回都差点儿挂掉了。你还想在场？嫌你活得长了是不是?”

胖子“嘿嘿”笑了一阵，又不好意思地说道：“东哥，不好意思，这次出来，这些兄弟的劳务费，东哥你是不是得……”

朱笑东眼睛一转：“关我什么事，是你带他们出来旅游的，你自己负责啊!”

胖子一副欲哭无泪的表情：“东哥，我的亲哥啊，三千多万元哪，你这不是坑我吧？你就算把我卖了也值不了这个数啊!”

刚好杨薇拉着凯斯经过胖子身边，听胖子正在耍嘴皮子，杨薇红着眼睛笑着说道：“胖子，说吧，你要加多少，我买你了……”

胖子知道杨薇是在开玩笑，当下正色道：“嫂子要买我，价钱自然不能要得过高。这样吧嫂子，你回去跟我们家晓娟商量商量，看看晓娟觉得什么价位合适……”

“美得你，妻管严!”杨薇笑着说道，脸上却是挂着一串幸福的泪水。

杨薇后面是一群鼻涕眼泪都挂在脸上的外国人，男女老少都是激动万分。

朱笑东不再跟胖子开玩笑了，指着老外队伍里一个低着脑袋的人说道：“胖子，知道那家伙是谁吗？哼哼，我这趟出海，总算是没有白跑一趟。”

胖子眼看着朱笑东眼里有股子恨意，当下好奇地问道：“谁啊，谁这么不长眼睛，敢得罪我东哥，弟兄们，抄家伙……”

胖子本来也就咋呼一下，但是他请来的这好几十个人都指着他付钱，胖子有什么吩咐，自然是人喊马叫、杀气腾腾，一群人摆了个阵势，如临大敌一般。

那个低着头的人一见这阵势顿时呆了一呆，立在原地都不敢动了。

见朱笑东两眼喷火，直勾勾地看着那个低着脑袋站在原地不敢动的人，胖子岂有不明白的道理，伸手一指那个人，七八个人立刻上前，把那家伙从队伍里揪了出来。

七八个人也不问是谁，那家伙稍有挣扎，便是一顿拳脚，一边打一边拖到朱笑东面前，“啪嗒”一声扔在地上。

见有人对队伍里的人拳打脚踢，好多人都停了下来，甚至有人准备提出抗议，但是一见是朱笑东的指使，这些人又静了下来。

朱笑东往高处一站，指着脚下的那个人，大声说道：“兄弟姐妹们，你们认识这个家伙吧……”

本来，那个家伙把一张脸上抹了个漆黑，但是胖子的人把他揪出来了，也就现出了原形，是怀特！

“这个家伙活生生地葬送了二十多条人命。我们跟海盗拼死拼活之际，有谁看见过他吗？我们拼命打退了海盗，他却干了些什么？骗大家去为他送死，还活生生地害死了一个人。大家说，可以原谅他吗？”

所有人都沉默了，怀特的所作所为确实不能容忍。一开始，朱笑东等人把他救出牢笼，他不但不感恩戴德，还拿着枪直接威胁朱笑东；后来又坐山观虎斗，带着二十多个人抢了本来应该是厨子的船，反倒让二十多个人葬身海底。自作孽倒也罢了，但他还不思悔改，又到朱笑东阵前策反，导致一个人活活被打死，这家伙就真的是罪不容赦、死有余辜。

朱笑东说道：“我今天要好好地揍他一顿，算是为那些因他而死的人讨回一个公道。有认为可以容忍他的人，尽可站出来为他说话！”

没人为怀特说话，谁还看不出来，这一群人、两艘船，还有远远停着的那艘巨大的军舰，都是冲着朱笑东来的。就算一直把怀特当作战神的人也不敢站出来，万一惹恼了朱笑东，被丢在荒岛上，只能慢慢等死！

朱笑东走到怀特面前，蹲下身子，深深地吸了口气说道：“怀特，据说你是三角洲部队出来的，但是在我这样一个老百姓的眼里，你一文钱都不值，我鄙视你。现在我向你发出挑战，就在这里，你、我，两个人来一场决斗，你敢应战吗？”

怀特躺在地上，有些惊恐，现在这种情况，能打赢朱笑东又怎么样？无论能不能打得过朱笑东，只要把自己一个人丢在这岛上，那自己什么都完了。

没想到胖子一听说是怀特，顿时“嘿嘿”地笑着上前了两步，说道：“东哥，其实我也有件事，差点儿忘记告诉你了。在我出来之前，小卫给我打了个电话，说收购一个叫什么W·K公司百分之五十一的股权，不知道这个W·K公司是干什么的？”

“不可能！”躺在地上的怀特突然间大喊了起来，W·K公司是威斯家族里最大、也是仅存的一家威斯家族自己控股的公司，没人可以收购走百分之五十一的股权。

胖子“嘿嘿”笑道：“其实我也搞不明白怎么会有可能，小卫说，好像是他们老大动用了好几百亿美元恶意收购的，不晓得恶意收购是什么意思。另外，方叔告诉我，暗里想跟天然集团捣乱的那个林什么的，估计这会儿在大牢里去蹲着了。还有一个叫什么马的，威哥打过电话，问我要怎么处置，我也不好意思做得太过，让威哥把那个家伙的几件人命案子给问了出来，就交给公家去处理了，还有……”

胖子“嘿嘿”地笑着，每说出来一个人，就像是用铁锤敲了怀特一记。胖子说出来的那些人，每一个都是怀特的重要手下，但是目前来看，每一个人都已经失去了作用。

“你撒谎!”怀特拼命地叫嚷起来，他始终不相信，朱笑东的团队能在这么短的时间里做出这么多惊天动地的事来。

但是，这些人名、事情却又是怀特机密中的机密，就算是怀特的亲信都不可能知道得这么清楚，偏偏这个胖子竹筒里倒豆子一般，一清二楚、无所遗留。

这只能说明，这些事是真的。

这是怀特不敢想象的，其中有几个人更是牵涉到体制内的人物，现在一一栽了跟斗，不知道朱笑东动用了多大的力量，也不知道朱笑东到底有多大的能力，这是怀特想象都想象不出来的。

没了W·K公司，怀特没了根基，没了胖子嘴里的那些人，怀特没了爪牙，现在，可以说怀特什么都不是了。尤其是在朱笑东的国家，估计现在一提到怀特这个名字，跟他稍有关系的人都会避之不及，要帮怀特的人根本就不会再有了!

怀特吐了一口血，要报复朱笑东的计划全部落空了，不仅如此，自己以后真的就一文不值了!

好半晌，怀特才站了起来，怆然对朱笑东说道：“朱笑东先生，我接受你的挑战……”

朱笑东毫不客气，那冤死的二十几个人、王长江被砸的铺子、关经理等人受伤、刘元平的死，这些事实让朱笑东憋了一口恶气，不收拾怀特一顿，朱笑东都不敢合眼!

十七八个彪形大汉围了一个圈子，把朱笑东和怀特两个人围在了当中，没人去看究竟什么结果，也用不着去看了。

怀特刚刚被海盗折磨了半个来月，又突然间听胖子说他什么都没有了，此时接受朱笑东的挑战，唯一的想法就是无论如何也要战胜朱笑东一回。

但是身疲力乏，加上神经崩溃，时间不长便被朱笑东掀翻在地。

朱笑东骑在怀特的身上，一连狠狠扇了怀特十几个耳光，扇一个耳光，就说出来一个名字：“这一耳光，是替被你害死的刘元平打的；这一耳光是替被你害了的关经理打的……

最后，朱笑东的手被一个人轻轻抓住，是凯斯。

凯斯抓着朱笑东的手，淡淡地说道：“朱先生，他现在什么都没有了，我希望你能够放过他一次。”

凯斯出面相劝，朱笑东自然不能不给这份面子。

虎子上前拉起凯斯，柔声说道：“凯斯，算了，我们走吧……”

凯斯温婉地点了点头，跟在虎子身后，一副夫唱妇随的模样，看得怀特口吐鲜血，几欲昏死过去。

胖子知道王长江铺子里的事就是怀特布置的，怀特不但砸了铺子，还弄死了人。胖子一腔邪火实在有些忍不住，当即狠狠地踢了怀特一脚，说道：“好你个三角洲出来的人物，今天要不是凯斯嫂子，我非把你弄成三脚猫不可。”

朱笑东盯着怀特看了好一阵，才一言不发地转身上船。

之后等了好久也没见到怀特上船，后面的人说，怀特像是疯了一般钻进了树林，不知道跑到哪里去了。

朱笑东找到凯斯，问要不要去把怀特找回来，这不是假惺惺作态，毕竟凯斯跟怀特有过一段恋情，朱笑东也不是一个不能容人的人。

可是，凯斯紧紧握着虎子的手，只淡淡地说道：“随他去吧……”

船舱里，胖子、杨薇、朱笑东三个人在一起。

胖子说：“怎么回事，这一段时间，我总觉得虎子怪怪的，好像很亲近，可是又好像很疏远，却不知道问题出在哪里，真是头痛。”

朱笑东一边让杨薇擦着被怀特打得青乌的嘴角，一边说道：“上次我们在戈壁滩上的时候，虎子哥说准备最近退出江湖，一心一意跟凯斯去过平常的日子，估计与这事有关吧。”

胖子一怔：“虎子两口子要退出？那梁奇宝的事情怎么办？”

“李老爷子那边有什么消息？”朱笑东龇着牙，吸了一口气。

胖子眉开眼笑：“猜猜看，我在李老爷子那边得到了什么？”

“去你的。”朱笑东没好气地说道，“要我猜？我让你猜，看看你那笔劳务费谁出？”

“得，东哥，你千万别让我猜谁出那笔劳务费，我直接说就是了……”

第十二章

死　局

胖子到了陶都，按照朱笑东的安排，第二天就有人把梁奇宝的那几件玩意儿直接送到了胖子手里。

胖子拿着所有的东西去找李嵘，李嵘既兴奋又失望，等了将近半年，梁奇宝的事情终于有了眉目，但是一看那一堆稀奇古怪的玩意儿，李嵘又傻了眼。不要说李嵘，就算是胖子也只有干瞪眼。

熬了几个通宵，王晓娟大脑突发奇想，要胖子把酒壶吊坠上的微雕想办法放大，然后做成跟李嵘那幅绢帛等比例大小的图形。

等胖子费尽心机把微雕上的图形搞定，王晓娟又出主意，把两张图形重叠起来，慢慢旋转，看看有什么发现，没想到这一个提议让胖子和李嵘发现了一个天大的秘密。

朱笑东一边咧嘴，一边问道："王晓娟怎么会这么聪明呢?"

杨薇却说道："应该是还没能解开那个谜，对吧?"

胖子失望至极，不能置信地看着朱笑东和杨薇两个人："你们，你们怎么……一点儿都不关心那事，一点儿好奇心都没有?!"

过了半晌，朱笑东和杨薇两人也不见胖子再往下说，就干脆不理胖子了。

杨薇不理胖子，反而是问朱笑东：“笑东，我一直都很奇怪，我们出来前那天你失踪了整整一个晚上，都去干了些什么？”

朱笑东龇着牙，吸了两口冷气，说道：“那天晚上真的是把我累了个够呛，八点钟去找小卫，十二点钟去找你老爸，接下来去找陆林琛、师傅姚观心，你说我累不累？”

胖子瞪着眼睛：“怪不得，我说小卫怎么突然通知我说他们老大亲自出面去帮着把W·K公司给解决了，紧接着又对好几个大人物动了手，敢情东哥你一早就有安排，你瞒得我们好苦。”

杨薇却是笑了笑：“我虽然知道你有安排，但是没想到你都能动用上小卫的关系了。”

朱笑东笑了笑，却又牵动了嘴角的痛处：“小卫那里是我耽搁时间最长的地方，开头小卫也不敢答应，后来他把他老子叫来了，这才达成协议。”

“协议？什么协议？”胖子急不可耐地问道。

朱笑东不打算隐瞒什么：“梁奇宝的谜底我们必须解开。第一，不管有多复杂多精彩，不得让小卫参加；第二，揭开谜底之后，要是有什么东西，我们一件也不能去碰，真正做到只发现，不据有；第三……”

朱笑东还没说完，胖子插嘴道：“天哪，小卫他老头子什么人啊？居然跟我们约法三章。”

“你到底要不要听下去？”杨薇几乎是咬着嘴唇问道。

胖子赶紧闭嘴。

“第三，解开梁奇宝的谜底是我们作为交换的条件，也就是说，老卫帮我们解决一切麻烦，但是这个关于梁奇宝的谜团，我们得把它解开，并且，把结果直接告诉老卫。”

胖子闭着嘴巴，过了半晌，终于还是摇摇头说道："这么说，小卫的那个老子老卫是交给了我们一个不可推卸的任务了，有时间限制没？"

"这个倒没有限制。"朱笑东说道，"去找方叔，主要是要他再次出面，查看公司里的情况，随时做好反击的准备；至于姚师傅那里，我却是准备要他网罗一件真正的奇珍异宝；另外，陆林琛陆大哥那方面自然是动用一些关系，调查怀特所有的资料，不过后面这两样看来是用不上了。"

胖子点点头："东哥就是东哥，怪不得我们可以放心大胆地出来旅游的，对了东哥，你在这里碰上怀特不是个意外吧？"

朱笑东摇了摇头，没想到又牵动了颈背上的痛处，忍不住嘶嘶吸了好一阵凉气，才说道："这个还真的是意外！"

南方都市的街头，陈小佩又摆上了一个摊子招人，公司里还需要人手。只是陈小佩有些心不在焉，回来将近一个星期了，本来以为回到公司，就算是去拿行李也会面对一场狂风暴雨，没想到老总只是淡淡地问了问："怎么这么久没来上班？"

陈小佩什么也没有说，出去游玩，遇上海盗，然后跟海盗打仗，这事说出来都不会有人相信，所以陈小佩也就懒得说了。

陈小佩刚刚收拾了自己的东西，准备就此走人，无故旷工将近半个月，想要那点儿工资还是算了吧，反正这一趟，厨子带回来了一大包金银首饰外加各种现钞，把外币换成现金，一个人也有将近四十来万元，也就是说其实这一趟收获还算不小，一个月的工资要不要也就无所谓了。

没想到老总见陈小佩准备走人，顿时有些诧异："你这是干什么？想走，你不打算要工资了？别跟我说你不想干了。公司里都忙到火烧眉毛了，你想还撂挑子？去，去招人，赶紧的！"

陈小佩更是诧异："你们不开除我？"

"开除你，谁说的？谁要开除你我开除谁！"老总瞪着眼睛说道，"对了，你去招人，把那个谁带上，对了，就是以前跟你很要好的那个。"

见陈小佩还有些犹豫，老总不客气地说道："你还磨蹭个啥，快去啊！"

陈小佩实在搞不懂老总葫芦里卖的什么药，又想想自己这几年对公司还有一份感情，只得咬住牙把收拾好的东西放了回去，然后叫了自己那个很要好的朋友一齐到街头摆摊儿招人！

她这要好的朋友嘴巴特啰唆，叽叽喳喳地问了将近一小时："你跟老总什么关系？怎么回事，你走第二天老总都还暴跳如雷要炒你鱿鱼的。还有，你这几天到底去干什么了……"问得陈小佩烦得不行了。

好不容易挨到中午收摊，人是没招到几个，也没办法啊！这年头工荒，一线的工人就算把摊子支到大街头上也难招到啊。

摊子收拾完毕，刚要走人，一对农民工模样的夫妻站在已经收拾好的摊子面前，小心翼翼地问道："小姐，你们公司还招人不？"

陈小佩的那个朋友懒懒地说道："招啊，不过现在我们下班了，下午来吧。"

一听这个声音，陈小佩一把推开那个朋友，竟然有些结巴地说道："朱……杨……老板，你们……你们怎么还这样子……"说着，陈小佩上前，搂着农妇打扮的杨薇，差点儿就跳了起来。

依旧一副农民工打扮的朱笑东在一边笑盈盈地说道："还没吃饭吧，这里最好的酒店，去不去？"

陈小佩的朋友嘟囔着说道："最好的酒店，我倒是想去，但是你们……"

那样子跟陈小佩当初的神情差不多，你们两个农民工上最好的酒店？搞错没有啊！

陈小佩放开杨薇，笑着说道："去，怎么不去？不过我是没钱请你们两位了，你们请我还差不多！"

杨薇咯咯笑道："我们也是别人请客，借花献佛，不去白不去。"

"那还等什么？走啊！"陈小佩迫不及待，这两天心情不好，吃什么都不香，这会儿都饿得前胸贴后背了。

朱笑东笑着说道："上最好的酒店就这么走着去？"

陈小佩一怔，随即咯咯笑了起来，当然不能走着去。

这时，一辆宝马靠了过来，里面开车的是陈小佩见过的那个叫高原的，陈小佩有些诧异："这是你们的车？"

杨薇笑着说道："不是，一个本地的朋友借的。"

陈小佩点点头："也是，要不然你们开这车就掉身价了。"

朱笑东坐到高原身边，听陈小佩这么说，回头呵呵一笑："车子只不过是代步的工具而已，我倒是没想过开什么车掉什么身价这类的事。就算是世界上的首富，去吃顿饭也不一定就开着飞机去啊。"

陈小佩脸上一红，看来自己还是有些势利了。

她那个朋友就更是好奇，连车子都是借别人的，还真上最好的酒店啊！

时间不长，高原把车子开到酒店门口，等朱笑东等人下了车才去停车场。

门口，胖子、虎子、凯斯，还有跟陈小佩见过的林富财、阿国、厨子等一大群人，见到朱笑东和杨薇下车，一个个笑逐颜开，前呼后拥地进了酒店。

在海上航行了几天，朱笑东等人才回到南方都市，胖子留下了高原、萧劲两个人做正式的专职保镖，其余的人都给了钱打发回家。

因为要处理一些其他的事情，也就在这里耽误了几天时间。

首先是杨丽的事情，这是朱笑东答应过厨子的。天然集团给出来的回答是，那几天正好赶上天然集团高层里出了事，有人被怀特头通了，所以才有杨丽的事情，现在已经把主要责任人送进了班房，其余的也逐一解决了。至于杨丽，又官复原职，也算是皆大欢喜。

厨子虽然被炸掉了一只胳膊，但是他们带回来的那些钞票，朱笑东和杨薇却分文没要，算是赠给了厨子。

林富财、阿国两人还想干行船打鱼的营生，刚刚上岸不到一天，就莫名其妙地接到通知，要他们两个去看船。

两个人到了地方一看，是一条崭新的、五千吨级的渔轮。而且，通知他们的人说，这条船就是他们的了。

惊喜之余，两个人才想起这可能是朱笑东的安排，问朱笑东这是怎么回事。朱笑东只是淡淡地一笑说："以后要有时间还到你家里租房子，然后搭船出海。"

林富财和阿国两人顿时感激不已，说到租房子、搭船出海，林富财和阿国都说："还提租什么房，搭什么船，你要愿意，我们随时恭候。"

陈小佩怔了半晌，这就是几个劫后余生的人的一次聚会，好像跟自己的前途也没什么关系。

杨薇笑着对陈小佩说道："什么叫没关系，看见厨子叔旁边的大姐没，那是天然集团这次特地派过来谈判的代表，能不能拿下她，多半得靠你了。"

厨子身边正是他的女儿杨丽，这次过来，除了看望受伤的厨子，还有和陈小佩她们公司进行合作谈判。陈小佩要是能拿下这件事，在公司里以后的地位自然就是不可同日而语。

可是，看杨丽对待陈小佩的亲热劲儿，连陈小佩自己都觉得洽谈合作根本不会有什么问题，现在唯一要看的就是公司里的老总什么时候把陈小佩推上前台而已。

朱笑东笑了笑："陈小姐，这不是你没福气，主要是看你能不能把握住机会，嘿嘿……"

陈小佩红着脸答道："还说，早知道你们是这样的人，当时我就让你们去车间当组长，干上几年，再给你们升个车间主任……"

说罢，陈小佩拉着杨薇的手笑个不停。

她跟朱笑东、杨薇等人出生入死一回，说话也没多少顾忌。

朱笑东等人在南方都市盘桓了两天，处理完所有该处理的事情就打道回府。

这一次，是真的回府，回到陶都的家。

本来这次也还算是一切都很顺利的，但是朱笑东心里一直有个疑问，所有人的事胖子都跟他汇报了，唯独佟格格的下落没人跟他提起。

当着杨薇的面，朱笑东也不好过问，免得杨薇心里不痛快。

本来想着偷空问问胖子，但是一阵忙乱下来，佟格格的事居然渐渐地给淡忘了。

回到别墅，胖子、王晓娟、虎子、凯斯、烟锅叔、杨华等人在别墅里足足闹腾了一整天。吃着胖子的烧烤，听着朱笑东的经历，最主要的是卫南疆的老头子老卫跟朱笑东之间的那个协议。

这事儿挺闹心的。

抛开跟卫南疆的交情不说，就凭朱笑东亲口应承老卫、李嵘两个要把这个秘密解开，这事也不能不去做。

可是现在，对这一堆东西却是毫无头绪，都没有一个确切的入手点。

朱笑东对这些东西知道得也就是这么多，所以现在大家都掉进了一团迷雾里。

王晓娟的肚子已经是微微隆起了，行动不怎么方便，而且，胖子牢记了他老子“王晓娟要有什么不妥，铁定不会放过他”的话，这一段时间连“岁月是把杀猪刀……”也不怎么敢挂在嘴巴上。

虎子、凯斯、烟锅叔、杨华等人在天黑之后各自回家，别墅里就剩下胖子、王晓娟这两个“房客”以及高原、萧劲两个保镖。

朱笑东看着王晓娟拿出来的两张拓印，百思不得其解。按照胖子和王晓娟所说的方法，把两张拓印下来的纸重叠旋转，旋转到一定的角度的时候，两张纸上的线条墨团会组合起来，猛地一看的确近似于一幅地图，但只是近似而已。

胖子和王晓娟认定这是一幅地形图，应该是宝藏图之类的。

但是朱笑东否认了，而且让杨薇几乎调出一切可用的地图与之对比，果然不存在一个能够与之对应的地方。

胖子和王晓娟两人都不服气，胖子指着一条连起来像是一条河流的线条说：“这张纸上，地图的几个要素很明显啊！河流、山川、道路，你看，是不是很明显，你怎么就认为这不是一张地图，这是几百年上千年前的人画的地形图，跟现代人精准绘制的当然不一样。再说，经过了几百年上千年地质地貌的改变，还能跟现在的地图相比？”

虽然朱笑东打心底不认为这就是一张地图，而且杨薇也验证过了，至少目前还找不出来一个地方与之对应，但是胖子说得也有道理，朱笑东一时之间也找不到合适的理由来反驳。

半晌之后，朱笑东才苦笑着说道：“你一定说这是地图，那就说说这到底画的是个什么地方啊？按照这地图上的比例，那地方应该超过数万平方公里，就算画得不精准，就算地形地貌会改变，但是几百年上千年之间，也不会彻底把那个地方变得面目全非，一点儿都认不出来是不是？除非，你们知道这是哪里。”

朱笑东这么一问，胖子和王晓娟两人倒是傻了眼，是啊，就算是真的地图，这地方又在哪儿啊！

见胖子跟王晓娟两人傻了眼，杨薇笑道：“不过我很佩服晓娟的思维活跃程度，说说，怎么想到要把两张纸重叠再旋转的？”

王晓娟叹了口气：“那天，在李嵘家里，他孙子正在看一部新出来的探险科幻片，我觉得好奇就看了一段，后来就看到有这么个情节。”

朱笑东和杨薇都忍不住笑了起来。

王晓娟莫名其妙地问道：“你们都笑什么啊？”

胖子在一边，拉着王晓娟说道：“晓娟，算了，时间也不早了，回去睡觉。”

第二天一早，李嵘直接就登门了。

莲嫂上了茶，李嵘稍微寒暄了几句便直入主题，拿出那对戒指，放在茶几上笑道：“这件事情越来越有趣了，我不在乎什么宝藏，但是我很想知道这到底是一件什么样的事情。这一对戒指，我可以送给你们。”

朱笑东笑着说道：“李老，其实我们也很想知道这里面到底隐藏着什么秘密，可是，我们目前碰到了瓶颈。”

“哦？”李嵘笑了笑，看着朱笑东。

“有两件事，我们现在没法确定下来……”朱笑东沉吟了片刻，才说道，“第一件事情，到目前为止，我手里的确有了几件梁奇宝的东西……”

朱笑东说着，拿起一个盒子打开，里面是李嵘见过的梁奇宝的那几样东西，手镯、玉牌、玉如意、沉香酒壶、发簪，现在加上李嵘拿过来的这一对戒指，刚刚好七件！

“可是那个传说里，李老手里的这对戒指到底算是一件还是两件？这中间的差别，我到现在也想不明白。”

李嵘点了点头，梁奇宝的传说，朱笑东确实不止一次说过，里面太多的谜了，朱笑东一时之间想不明白也算是再正常不过的事。这对戒指拿在自己手里几十年了，自己都没能搞清楚呢。

朱笑东在短短几个月之内找到这么多梁奇宝的东西已经实属不易了，谩说一时之间想不明白，就算是三五个月想不明白，也是有可能的。

“第二个我还没想明白的地方就是这两张纸上到底是什么东西，或者说是什么指示，估计这是解开梁奇宝所有谜团的关键。所以说，到现在为止，我这边可以说是毫无头绪。”

李嵘点点头：“这么多年我都等了，不在乎再多等几个月。今天我过来的目的，第一是探望一下，据说你们最近遇到了很大的麻烦，这两天又说你们已经解决了，所以我过来看看；再就是我想拿一点儿钱出来，算是赞助你们的行动经费，不多，我也知道朱老板你不差这点儿钱，但这也就是一点儿心意而已！”

李嵘说着，又拿出一张银行卡，放到茶几上：“我说不多就真的不多，一百万元而已，密码是六个零。”

朱笑东顿时不好意思起来，不是他看不起一百万元，要他拿一个老头子的钱，朱笑东自然是不大好意思。

此时，一直不作声的胖子拿了那张卡，笑得两只眼睛都只剩下一条缝儿了：“那就多谢李老了。这事，我们一定尽心尽力去办。”

随后，又跟李嵘闲聊了几句，李嵘说他还有些事情要忙，就起身告辞了。

送走李嵘之后，朱笑东没好气地对胖子说道：“胖子，拿出来……”

胖子嬉皮笑脸地说道："东哥，不是我贪财，这几个月来我们东闯西荡、分文未进，这一百万元刚刚够我们一家老少这几个月的生活费，我不能不收啊!"

朱笑东黑着脸："还敢说分文未进，我卖给陆大哥的翡翠王分了你多少！上次，我们在戈壁滩上，你得了多少好处！你说，你连生活费都没有了?"

胖子委屈地叫了起来："东哥，我这不是有老婆孩子要吃要喝要花吗？再说，李老给了钱，我也不能就这么退回去，是不是?"

"你就知道钱，你知不知道你最大的毛病是什么？就是贪心，这毛病，总有一天会害了你的。"顿了顿，朱笑东又说道，"一百万元，你就一个人独吞了，怎么说也得给我分一点儿吧!"

朱笑东说着，自己都忍不住笑了出来。

胖子拍着胸脯，说道："东哥，你不就是要钱吗，早说啊，吓死我了。你要钱好说，晚上我请客!"

朱笑东和杨薇一齐失声道："又打算一顿烧烤就把我们都给打发了?!"

胖子赶紧转移话题："东哥，你以前说，这梁奇宝的几件东西关系到一种能力，我记得你说过那是一种能发现一个地方的能力，能不能再跟我们说说到底是怎么回事?"

杨薇咯咯地笑了起来："胖子，你还记得哥伦布做衣服的事吗?"

那一次，胖子虽然露了一个大脸、出了个大彩，但是他那一句"哥伦布做的衣服"私下里也让杨薇和王晓娟两个笑到了肚子痛。

接下来几天，朱笑东也懒得去铺子里，铺子里有二叔、李三眼照看着，一切顺风顺水。

黄西城本来想打朱笑东铺子的主意，但是几番较量下来，黄西城还真不敢胡来了，他知道朱笑东实力惊人，关系更是复杂到他那在陶都市里当市长的妹夫都摆不平，要是朱笑东翻了脸，没好果子吃的肯定是自己，这样的人，巴结还来不及，还敢对着干？

这几天里，朱笑东找来几乎所有安禄山的资料，想从中找到一点儿端倪。可惜的是，能查到的资料基本上也就是世人耳熟能详的正史，根本就没有出奇之处。更是找不到一点儿关于梁奇宝这个人的记载，想要从他身上解开这个谜团，根本就不可能。

至于那两张拓印出来的图案，更是让朱笑东觉得价值不大。

几天下来，不但没有任何进展，倒让朱笑东觉得满脑子都成浆糊了。

杨薇心烦，约了胖子、王晓娟、虎子、凯斯等人，选了个阳光明媚的日子，要到郊外去玩上一天。

但是虎子却推却了："这几天铺子里正准备扩大规模，忙着呢，我就不去了，不过，凯斯在家里也没什么事做，到时候就让她来。"

杨薇也就只好笑了笑，说到时候去接凯斯，大家一块儿出去散散心。

由于市内公园明令禁止生火，朱笑东、胖子便带了烧烤架子、机器木炭等各种野外用具，让高原、萧劲开车，把大家伙儿送到远离陶都市区的大自然中去。目的地是流经陶都的一条河流的上游，也就是上次朱笑东带胖子去钓鱼的那个水库的上半段。这一带虽然也属于严禁用火的野外，但是管理上相对松懈了许多，只要不引发山火，野炊什么的基本上也没人管。

一行人浩浩荡荡，把车子开到再也不能前进的地方。

差不多也就是水库边上，在涨水季节，水位会超过水线，现在却是涸水的月份，水位下降得厉害，留下的是水库底一片戈壁滩一样的沙渍地。

注入水库的主要河流从这片沙渍地中间穿过，发源的地方就在不远处的一个叫“大龙门”的山脚下。

说是河流，其实也就是一条小溪，只不过这条小溪是季节性的，洪水月份水量还是挺惊人的，但是现在就只有淹没脚背的一点儿溪水了。

溪水冰凉，像能流动的玻璃，偶尔还能看见几条小鱼迅速游窜，跟中下游已经污染得不成样子的河流相比，实在是另一种风景。

杨薇、王晓娟、凯斯和凯斯的妹妹安蒂忍不住脱了鞋袜，直接跳进小溪里嬉闹。

朱笑东和胖子、高原、萧劲等人拿了鱼竿，到水库边上去钓鱼。

说是钓鱼，不如说是为了避开喧闹。尤其是朱笑东，架好鱼竿之后基本上就懒得去管了。

按照季节来说，现在也就差不多深秋初冬了，已经不是钓鱼的时节，能钓上来的也就是一些小鲫鱼之类的，而且咬钩也不激烈。几个人钓了一阵，也就钓到几条不足五寸长的鲫鱼，到最后，一个个都索然无味了。

到了中午，朱笑东干脆收了鱼竿，静等胖子的烧烤。

几条小鱼儿被高原和萧劲拿到小溪里剖洗干净，递给胖子，算是添上一道菜，只是那数量就少得可怜了些。

游兴未尽的安蒂见到朱笑东老是闷闷不乐，不由得老气横秋地问道：“什么事这么烦心啊?”

凯斯竖起指头，放在嘴边轻轻地“嘘”了一声，低声说道：“朱老板遇到一件麻烦事，一时之间想不出来办法，你别去打扰他。”

想不到安蒂老成得让人吃惊：“任何事情，之所以说麻烦，其实是在解决之道上出了问题。有的时候，要解决一件事并不一定就要着手于眼前，那样只会让人走进一条死胡同，用中国人的话说，那叫钻牛角尖……”

朱笑东见安蒂一副比大人还大人的模样，忍不住“噗”地一笑。

安蒂接着说：“所有的事情，只要不钻牛角尖，解决的办法就不止一个。钻进牛角尖里，就是犯了方向性的错误，只能与正确的结果背道而驰……”

看着安蒂老气横秋的样子，几个人都忍不住哑然失笑。

凯斯红着脸，低声说道：“安蒂，在朱老板面前不要太过分了……”

朱笑东摇了摇手，笑着说：“安蒂小姐，我很喜欢你这种超乎常人的成熟和思考的方式。其实你说得很好，我可以把你这些话当作一个很好的建议。不过，我能不能问你一个问题，嗯？”

朱笑东稍微思考了一下措辞，才接着说道：“给你一堆积木，但是不给你准确的图纸，要把这一堆积木搭建成一个标准的形状，你觉得最快、最准确的方法是什么？”

现在，朱笑东手里就有一堆积木，至于图纸，倒是有两张，但那到底算不算图纸，朱笑东也不能确定。

安蒂笑了笑：“谢谢你的夸奖，要搭没有图纸的积木，我不知道别人会怎么去做，但是要我做，我绝对不会一块一块按部就班地去做，那样往往会因为其中一块积木位置不合无法镶嵌进去，而需要把先前做好的推倒，然后又再次从头做起，只会让人很快厌倦。而我，只会选择随机拼装，一次做两个或者更多的开头，把小块的拼装成无数个大块，再用无数个大块拼装成整块，中间就算推倒重来，也只是其中一小部分。”

朱笑东怔了怔，细细回想，自己对梁奇宝的那一堆玩意儿不正是在按部就班地搭建积木吗！有两天，好像就快要解开那个谜团了，可一转眼，一点小小的细节想不通又只得从头再来，这样想过几遍之后，自己就觉得很是糊涂，到最后连怎样开头自己都怀疑起来，就像一堆积木，经过无数次推倒之后，连基础的第一块该怎么放、应该放在哪里，都无法确定了。

难道，这就是安蒂所说的，自己犯了方向性的错误？可是，正确的方向，又在哪里？朱笑东心里默念着这个问题。

第二天一早，胖子才起床，却看见朱笑东提了个背包，一副要出远门的样子，没多大会儿，杨薇也提着个背包出来。

胖子一惊，不为别的，朱笑东要出远门，多半与梁奇宝的事情有关，但是却没通知他，不会这一次又把自己撂在一边吧？

朱笑东笑了笑，说道："临时决定的，准备再去长白山一趟，你们两口子正好可以回家看看？"

胖子不解地问道："你让我们回家？"

杨薇笑着说道："走哪里还能少得了你？再说，你要不要去？还有两小时，飞机就要起飞了。"

胖子几乎是发了疯一般，一边叫着王晓娟的名字，一边冲进房里。

不到一分钟，胖子就拉着衣衫不整的王晓娟出了房门，估计除了钱、银行卡、身份证之类的东西，连换洗的衣服都没带。

高原和萧劲两人早就接了电话，连车子都准备好了。

上了车子，朱笑东才解释说："昨天安蒂那番话的启发太大了，现在仅凭着手上的东西实在是找不出来头绪，不如从几个方向出发，第一步，直捣老安的发祥地，这样可以从另一个方面来搭建这些毫无头绪的积木。"

老安是古营州人，也就是现在的辽宁人。朱笑东要从那个地方查起，某种程度上来说，的确是一个比较稳妥的方法。

但是胖子却有些担心，因为不管怎么走，京城是绕不过去的，也就是说，朱笑东很有可能把他扔在家里。

杨薇安慰胖子说："这一趟，本来也没什么时间限制，只不过是走到哪儿算哪儿，在京城待上十天半个月也说不定。”

可是杨薇不说还好，一说胖子更是心慌，眼看着王晓娟的肚子一天比一天大，回到家里，不要说老头子，就算是王长江恐怕也不会放他走人。

想着，胖子倒有些后悔起来，干吗非把王晓娟拉过来，让她一个人在后面回京城不就万事大吉了？

王晓娟哪里能容忍胖子说出这样的话来，于是，胖子身上的赘肉少不了又乌青了好几块。

胖子自知失言，一路上不断地给一脸怒容的王晓娟赔不是，直到下了飞机。

本来，以前每次朱笑东到京城，王晓娟都少不了要朱笑东和杨薇两人到她家里坐一坐，这一次估计是记恨胖子，下了飞机，跟朱笑东和杨薇两人勉强客气了一下，就“押”着胖子走人了。

朱笑东和杨薇两人带着高原，租了车直奔方天然家里。

方天然正跟一个保镖下着象棋，猛地见到杨薇和朱笑东回来，顿时一推棋盘，站了起来。

先看了看杨薇，见杨薇黑了些、瘦了些，但是更结实了，估计没少在外飘荡，顿时有些不高兴地问道：“小朱，听人说你们两个最近一直都在外漂泊，还跟人发生了枪战，你们不觉得危险？”

第十三章

坑蒙拐骗

刚回到方家，朱笑东就被老丈人劈头盖脸地骂了一顿，却也不敢说个“不”字，当下苦笑着回答说：“爸，我们实在……真的不是故意的……”

杨薇没想到方天然居然跟朱笑东这么说，顿时脸上一沉，叫了声：“爸……”

方天然一摇手，说道：“算了，不说这些了。你这丫头，我要再说下去，你又去住宾馆了。小朱，来，陪我下两盘棋。”说罢，又叫来一个保镖专门招呼高原，然后才坐到棋盘旁边。

朱笑东只得坐到方天然对面，苦笑着摆开阵势，与方天然对弈。

本来，朱笑东的棋力跟方天然也就伯仲之间，以前跟方天然下棋还赢过他，但是最近一段时间他连接触棋的时间都没有，有些手生，第一盘不到十分钟便败下阵来。

方天然赢了棋，脸上除了得意还有些不解，看了朱笑东好一阵子，才指了指棋盘说道：“再来……”

第二盘开始，朱笑东一不小心，才走不到十步就丢掉了一个马，紧接着又被方天然吃掉一个炮，自己却只吃了方天然两个兵，看起来应该比第一盘输得更快更惨。只是方天然没想到，又走了几步，朱笑东的棋路突然一变，不再和方天然缠斗，而是自顾自地只求自保。

这一盘棋下了将近半小时，到最后，方天然剩下一个单“炮”，而朱笑东也仅剩下一个单“象”，竟然以和局收场。

杨薇亲自下厨，熬了银耳莲子粥端了上来，见方天然怔怔地望着朱笑东，忍不住叹了口气，把两碗粥放在棋桌上，然后站到朱笑东身后。

方天然一边喝着粥，一边回想朱笑东的棋路。过了片刻，把碗往旁边一放，说道：“小朱，我还想再跟你下一盘，你愿意吗?”

朱笑东还没答话，杨薇在朱笑东背后抢着说道：“爸，本来我们这一趟来也没什么要紧的事，别说陪您下几盘棋，陪您干什么都行，但是你要有责怪笑东的意思，我们立刻就走人。”

“你……”方天然气结，半晌才说了句，“女生外向!”

朱笑东赶紧笑着说道：“爸，您老别生气，我们下棋!”

方天然笑了笑：“要计较她，我早就气死了，哼哼……”

第三盘棋，朱笑东完全采取了守势，方天然的棋子不管怎么走都有一种如陷泥淖、无处着力的感觉。

棋局到了中盘的时候，这种无力感渐渐形成了一种压力。方天然左冲右突、奋力搏杀，但始终无法突破朱笑东的包围。

如此一来，这盘棋下了将近一小时，由于方天然求胜心切，一路对搏杀下来，居然输了朱笑东一个过河卒子。其余的棋子全部拼光之后，朱笑东的过河卒子顿时大显神威，一路猛攻逼宫，直接将方天然的老帅定死。

方天然笑了笑：“如果说三局两胜，咱爷儿俩算是打合，但是你这一段时间在外漂荡，能这么快进入状态算是难得，我不占你便宜，再来两盘。”

杨薇笑着说道：“爸，你有完没完啊？再来两盘，你铁定输。”

“你就想着你老爸输！”方天然不满，女孩子家就是有了老公忘了爹。

朱笑东笑了笑，说道：“爸，这一段时间，我们虽然在外漂泊，但有些事情也跟下棋差不多，我算是稍有领悟。要不这样吧，我也不能占您老人家的便宜，我让您一子。”

“嗯？”方天然有些诧异，盯着朱笑东，“你想故意让我？”

朱笑东摇摇头：“我是真的不想占您老人家的便宜。”

方天然笑了笑，一伸手，在朱笑东右边的那个“車”上停了停，但随即又改变了主意，把那个“馬”拿掉。

本来，下棋要红先黑后，又有无论执红执黑，让子的人先走的规矩，但是方天然却全然不依那些，虽然朱笑东让了子，方天然却执红，依旧是毫不客气地抢先出招。而且，方天然一出招，还是“当头炮”。

朱笑东少了一只“馬”，应对“当头炮”这类的棋路顿时有些吃亏，只是朱笑东淡淡一笑，用另一边的“馬”上前防守。

一来二去，不到中局，方天然又好像陷进了一片泥淖，即使有千军万马也浑不着力。

到了中局，又渐渐陷入第三局一般的境地，朱笑东依然是全守不攻。方天然也不想急于求成，本来也想慢慢消磨朱笑东的实力，但是压力渐大，被牵制的不得不全力进攻。只是一路攻杀下来，朱笑东又赢了一个小小的过河卒子，最后逼宫将军，定死了方天然的老帅。

方天然哈哈一笑，二话不说摆好棋局。这一次，方天然不再客气，直接提了朱笑东的一个“車”，又拿了另一边的一个“馬”，让朱笑东几乎只有一半人马对阵。

杨薇站在朱笑东身后，不满地对方天然说道：“爸，你耍赖，有这样跟人下棋的吗？”

“就知道你会护着他！”方天然笑着说道。

朱笑东却是一副毫不在乎、自信满满的样子，依旧让方天然先下。

一个多小时下来，朱笑东又是只剩下一个小卒子，逼宫将军，定死了方天然的老帅！

方天然把手里的棋子一扔，哈哈大笑了起来：“好，好，青出于蓝而胜于蓝，我服了！”

朱笑东也笑着说道：“爸，胜败乃兵家常事！再说，只是几盘棋而已。”

“呵呵，是吗？”方天然笑道，“和第一次跟我下棋相比，现在的你成熟自信了很多。下棋跟做人是一个道理，你进步了不少！”说罢，又是一阵哈哈大笑。笑完，又问道：“说说，这一次来京城，是不是又有什么事？”

朱笑东不想隐瞒，当下把梁奇宝的事说了出来。

方天然也收藏古玩，但说到懂，他却不及朱笑东，所以也就不去谈论梁奇宝的几件玩意儿，只是问朱笑东的计划。

朱笑东一一做了答复，安全方面，现在有高原，过两天萧劲也要过来，倒是不用操心。

方天然点了点头，表示满意。

刚刚吃过中饭，门外一阵嘈杂，远远的就听见胖子跟王晓娟两个在吵嘴。

这两个人，方天然的保镖是认识的，知道胖子和王晓娟都是朱笑东的好朋友，所以也不阻拦。

于是，胖子和王晓娟便一路吵嚷着闯了进来。

王晓娟还记着胖子说带她回来很是后悔的那句话，跟胖子又吵又嚷，还提了一口箱子，看样子是要离家出走。只是她这离家出走，直接就走到杨薇和朱笑东家里来了。

胖子自然是跑前跑后，连劝带哄。

杨薇接过王晓娟的箱子，苦笑着劝道："晓娟，你这么对胖子是不是太过分了点儿？"

没想到王晓娟立时柳眉倒竖，大喝："胖子，刀呢？"

所有的人又都吓了一跳，要刀干什么？

王晓娟说："薇姐，你也看到了，我离家出走，现在也没个好的去处，你要不收留我，我就……死胖子，让你拿刀的，你死哪儿去了！"

也有这种离家出走的人，真是让人哭笑不得！

朱笑东赶紧拉了胖子，明里是跟杨薇，暗地里却是对王晓娟说道："听说京城的潘家园能淘到不少好货，我跟胖子先过去看看……"说着，拉着胖子逃也似的跑了出来。

一路上，朱笑东跟高原两人不住地哄笑，胖子也无所谓，一副死猪不怕开水烫的模样。

一路上走走停停，好不容易到了潘家园门口。

高原找地方停了车，三人便说笑着走上了街头。

街道旁的地摊上摆满了东西，但那地摊上的东西十有八九都是假的。朱笑东跟胖子两个都是干这买卖的，自然知道其中关窍。

地摊的老板见朱笑东跟胖子等人走近，卖力地推销自己的货物。朱笑东等人只是微微一笑，便过去了。

不过，朱笑东跟胖子两人逛了十来个摊位之后，却在一个小摊子前面停了下来，因为朱笑东看到了一个熟人。

摊主是一个女的，三十来岁，一看就是极为精明、嘴巴特别厉害的那种。

朱笑东的熟人是一个老外，老头子杰克逊！他手上正拿个杯子在跟女摊主讲价。

见到朱笑东，杰克逊扬了扬手里的一个瓷杯子，很热情地跟朱笑东打了个招呼："嗨，朱先生你好！"

朱笑东上前，稍微寒暄："看中了这个杯子？"

杰克逊笑着说："没什么好的器件，随便看看。对了，你也来这里，估计你应该是行家，手上有什么好的能不能介绍介绍？"

朱笑东手上当然有不少好东西，但是不大容易出手。

女摊主见老外跟朱笑东是熟人，一张嘴也是用英语在交谈，估计这桩生意要黄，心里很是不乐意。

"大兄弟，我们这儿谈生意呢，能不能让我们谈完再说？"

说实话，这大街上摆摊的多如牛毛，每天能做成几件生意的还是比较少的，何况，女摊主的这只杯子一张口就要了四万五千元，杰克逊还正砍着，都还价到一万六千元了。

虽然一下子就砍下去将近三分之二的价钱，但是那价钱还可以谈的，要不是朱笑东打岔，估计都快成了。

朱笑东不好意思地笑了笑："大嫂，对不起，这是我的一个老朋友，少不得要亲热几句，打搅了，你们继续谈！"

没想到杰克逊见了朱笑东，也就不再打算买这杯子了，随手放下杯子，对朱笑东笑道："怎么说也是到了你的地头，你也算是地主了，不打算尽一尽地主之谊？"

朱笑东打了哈哈："哪儿能啊！别的没有，一顿饭怎么说也得请！"

女摊主见杰克逊直接放下了杯子，顿时拉下了脸：“瘟神，早不来迟不来，这节骨眼儿上来捣什么乱，真是土驴子冒洋屁……”

朱笑东不愿跟她纠缠，便再次说道：“抱歉大嫂……”

女摊主见朱笑东话说得柔和谦卑，估计也不是京城里混的人物，当下横着眼睛，把声音提高了八度：“谁是你大嫂，你买东西就买，不买就快滚，别在这里搅和。”

胖子一见女摊主要横，顿时火冒三丈：“不管你是男是女，做买卖的人哪有你这态度，你还做买卖吗？”

见胖子搭腔，女摊主一怔，随即尖叫了起来：“怎么，你们仗着人多，欺侮我一个女人家是不是，你们想怎么样……”

女摊主这一叫嚷，顿时有不少人围了过来。

朱笑东见围观的人多了，连忙拉住胖子，笑着说道：“大嫂，我们本来想买两件你手上这唐朝的铜器的，你这样大吵大嚷，我们怎么敢买啊？”

女摊主一怔，自己手上的都是假冒伪劣，哪有什么唐朝的东西。

要知道，现在古玩市场管制严格，往上到了唐代的东西，那都是属于管理保护文物之列，不能在市面上流通的，要被逮到，罚款、没收都是轻的，弄不好还得蹲号子。

朱笑东见女摊主这么大叫大嚷，干脆也来了这么一招儿，这可比直接跟女摊主骂街对战厉害得多。

女摊主一见朱笑东这么说，一时之间要反驳也不是，不反驳也不是，顿时半晌出不了声。

朱笑东笑着说道：“大嫂，你说你有唐朝的物件，你要多少钱都无所谓，你倒是拿出来我看看啊？”

女摊主红着脸，半晌才说道：“我这东西，我……我……”

“大嫂，那你到底有还是没有，是卖还是不卖啊？要是没有，又或者是不卖，我就只好找别家了。”朱笑东又笑着说道。

“你，你，我，你要就只有这些!”女摊主终于缓过神来，指了指地摊上的几样东西说道。

朱笑东再次笑着说道：“大嫂，我要的是好的东西，你这些东西，说实话，我可看不上。”

女摊主怒道：“你到底要不要？我就这些!”

“呵呵……大嫂，你不要说这些就是要卖给我的唐朝物件啊！我虽然不是很懂，但是你也不能以次充好不是?”

朱笑东一口一个“唐朝的”，这真让女摊主百口莫辩。满大街到处都是这样的东西，能冒充明清的卖出去就已经很不错了，女摊主居然要冒充到唐朝，围观的人顿时对女摊主的“贪心”感到震惊，人群里顿时发出一阵哄笑。

可是这女摊主一直都没转过弯来，自己根本就没说过手上有什么唐朝的物件！朱笑东明明就是无中生有、胡说八道，但是这个时候围观的人却明显地偏向了朱笑东，让女摊主有话说不出来。

这时，一个长得有些贼眉鼠眼的、三十多岁的男子钻了出来，指着朱笑东，毫不客气地说道：“你什么意思？是想来砸摊儿还是怎么的？你也不去打听打听，我姓杜的是干什么的?”

不用说，这家伙就是女摊主的老公了。

女摊主一见到这人出面，马上变了脸色，尖声喝道：“杜鹏，你老婆今天被人欺负了，你看怎么办?”

杜鹏一脸横相，恶狠狠地盯着朱笑东，就像是要把他给生吃了一般。

朱笑东毫不在意地笑着说道：“兄弟，你我都是做买卖的人，我也不是来砸你摊儿的。只是我在这里逛荡，没想到遇见一个老朋友，随便跟他打了个招呼，这位大嫂却一直不依不饶还满口脏话，何必呢？做生意还讲究个买卖不成仁义在，对不？”

杜鹏上前一步，指着朱笑东骂道：“小子，有种冲着我来，欺负女人算什么本事？”

没想到朱笑东身后突然伸出一只手，一把抓住杜鹏的手，只轻轻一捏，杜鹏便大叫了起来。

“你要干什么？”杜鹏脸上冒着冷汗大叫，估计是被高原捏到忍不住痛了。

高原笑眯眯地说道：“对不住，作为保镖，我不得不对我们老板的安全负责。”

“你，你是他的保镖？”杜鹏一下子傻了眼。

高原看着满头大汗的杜鹏，笑道：“你要不要报警？”

杜鹏一边想要挣脱高原铁钳一般的大手，一边摇头，有些惊恐地说道：“报……报警干什么？”

高原一笑，这家伙被吓着了。

朱笑东笑了笑，转头对高原说道：“高大哥，算了，走吧……”

见杜鹏蔫了下去，高原笑了笑说：“老弟，有些时候不要把眼睛放到脚底下去了，不是每个人都吃硬不吃软的。”说着，高原放开杜鹏。

杜鹏一边使劲地甩着手，一边拼命点头，今天是栽了，但是好汉不吃眼前亏，哪里还敢硬下去。

朱笑东也不再理会他们，带着杰克逊便往前走，只是没走几步，他的目光就被一个摊子吸引了过去。

这是一个卖玉件的摊儿，一块近一米宽、两米长的木板上铺了一层红绒布，上面铺了数百件玉石挂件之类的物事，另外还有几件比较精致的玉雕。

几件玉雕有狮子、老虎，还有坐莲观音，雕工精细。玉石是新疆羊脂白玉山料，十分引人注目，在一堆零零碎碎的挂件之中，有种鹤立鸡群的感觉。

看摊子的人是一个女的，也是个熟人。她是卖给过朱笑东一块普通豆种的湘嫂满玉。

朱笑东的目光之所以被吸引，是满玉的老公雕的这几件玉雕跟朱笑东的手笔有几分相似。想不到几个月不见，满玉的老公赵师傅的手艺精进到这个地步。

满玉一见朱笑东和胖子两人，顿时张大了嘴巴，很久才呵呵笑道："大兄弟，可算是找着你了。"

满玉是不会忘记朱笑东这个大老板的，至于说胖子，满玉也见过，知道他和朱笑东是一起的，当下也十分客气。

见了熟人，朱笑东很是高兴，寒暄了几句才知道，赵师傅从他在铺子里显露的那一手里得益匪浅，试着雕了几件出来，都卖了不错的价钱。只是他们那个县城实在没什么发展前途，两口子想了很久，觉得待在老县城里白白浪费了赵师傅学来的那点儿手艺，于是两口子北上，到潘家园来租了块地，一边学技术一边发展。

朱笑东很欣赏赵师傅和满玉两口子的胆魄，当下夸赞了一番，倒是让满玉不好意思起来。

胖子今天本来就是为了避开王晓娟的吵闹出来散心的，见朱笑东跟满玉聊天也不着急，还不时跟满玉开上两句玩笑。

满玉倒也不在乎，只是说到赵师傅的时候，满玉脸上泛起了愁容。近来什么都上涨，原本以为到了潘家园能一展宏图，但是现在看来，又是一条艰难的路。

朱笑东笑了笑，问满玉要不要找个稳定的地方，一来让赵师傅可以得到更大的发挥，二来也用不着成天在外面风吹日晒。

满玉笑了笑，说："这事吧，要问问老赵，不过估计老赵会答应的。”

随即又问道：“看朱老板的意思，是想帮我们找个厂子什么的，不知道是在哪里？”

杰克逊翻看着几件玉雕件，表现出来很大的兴趣，问朱笑东，能不能介绍他认识认识这雕刻的主人。

朱笑东把杰克逊的意思跟满玉说了，满玉也很高兴，当下打电话要赵师傅过来。

杰克逊又解释说，自己对雕刻一直都有一种情感，也想收藏几件比较好的东西，但是自己见到的不是假的就是比较粗劣的；还有就是风格，自己喜欢的也跟大多数人的不太一样。眼前这些雕刻虽然不能算上品，却是自己很喜欢的风格，所以想看看这雕刻的师傅能不能专门为他雕刻上几件。

听杰克逊叽里咕噜说了一大通，胖子赶紧问朱笑东他说的什么啊！

胖子一听杰克逊是在找好的雕刻师傅，不由笑了起来：“要雕刻干吗不早说，只要你出得起那个钱，好的雕刻师傅自然有的是，咱们东哥不就是一位雕刻大师吗！”

朱笑东白了胖子一眼，没把胖子的话翻译给杰克逊听。

几个人说笑了片刻，杰克逊也趁机买了几件自己喜欢的玉雕，再抬头一看，赵师傅已经气喘吁吁地赶了过来。

杰克逊一见赵师傅，当下把手里的三件玉雕拿了出来，说了一大串。

朱笑东翻译说，赵师傅的这几样玩件说实话并不算上乘，不过这种雕工风格他倒是很喜欢，只是应该是雕工功力不足的原因，上面还有不少的缺陷，问赵师傅能不能按要求帮忙修一修，当然，工钱还可以再补上一些。

赵师傅顿时有些作难，自己也就跟朱笑东学了不到三小时，说实话，在雕刻上再想有更大的进步，除非有朱笑东在一旁指点。

朱笑东笑了笑，鼓励道："这几天我正好有空，赵师傅要是愿意的话，我们倒可以一起研究研究。"

赵师傅大喜过望，差点儿没给朱笑东叩头叫师父了，这可是打着灯笼都难找的好事。

这时满玉嫂子又满心欢喜地告诉老赵，说朱笑东准备给他们两口子找点儿事情做，不知道赵师傅什么意见。

赵师傅一听，当下也激动不已，连忙询问朱笑东的主意。

说到这件事，朱笑东笑了笑，把胖子拉过来说道："胖子，这事儿我就交给你了，看看你有什么打算。"

胖子第一次红着脸："招人安排事情之类的不是我的强项，要麻烦还是麻烦东哥吧，反正我家的铺也有你的一份。"

朱笑东实在是哭笑不得，胖子当甩手掌柜比自己还利索！

过了片刻，朱笑东才说道："是这样的，我们在陶都和京城有两处铺子，进有一些玉石原料，但是这一段时间里一直都在委托人家帮忙加工，这事儿，胖子你知道吧？"

胖子当然知道这些事，每一批玉石原料回来，都要给人家不少的加工费，光是加工费用，就占了全部利润的两成。这倒不说，王长江还抱怨过两次，加工方见这边生意不错，推三阻四地要涨价，要不然就是使劲儿拖延交货期，实在是麻烦，承办加工可一直是王长江期盼的事情。

"赵师傅有经验，功力也不错，要是请得动赵师傅专门负责一个厂子，我们也就用不着去求神拜佛了。"朱笑东说道。

胖子脑袋点得像小鸡啄米一般："东哥你安排就是，你办事我放心。你安排，出钱出力算我的……"

朱笑东懒得去听胖子胡说八道，转头对赵师傅说：“赵师傅，我的安排就是准备开上一间玉石加工厂，生产一些中低档挂件、雕刻之类的自己卖。我想让你专门管理这个场子，当然，我可以让你拥有这个厂子百分之十的股权……”

满玉又惊又喜又担心：“我们有百分之十的股权，那我们得拿多少钱抵押入股啊?!”

朱笑东笑了笑：“嫂子不用担心，你们当然要有抵押，不过不用钱，你们两个人都在厂子里干，这就是抵押！不过，你们两个人的工资我只能跟店里其他伙计一样，要是单独给你们给得高些也不好，大约也就在五千元左右吧。”

赵师傅憨憨一笑：“自己的厂子，哪能还要工资?”

“话可不能这么说，工资是工资，分红是分红，这规矩可不能乱了。”朱笑东说，“不知道赵师傅有兴趣没有?”

“有、有……”赵师傅一连说了几个“有”，“不知道朱老板这厂子准备办多大规模？要是办得大，那就要花不少钱进设备。”

“嗯，目前我们的规模还不宜太大，也就准备投入两三千万元的样子吧。不过，这方面既然请了赵师傅，具体该怎么做、要多少资金，这是你一句话的事。”

“好好好！”赵师傅高兴得合不拢嘴，“打算什么时候启动?”

朱笑东想了想，说道：“目前玉器件儿价格上涨，越早投产，我们的利润就越丰厚，时间就是金钱，所以我们不想拖。至于厂子、设备之类的，我们可以一边生产，一边准备。”

赵师傅更是高兴得手舞足蹈起来：“成，我有个堂哥也会雕刻，技术也还可以，我这就打电话叫他过来帮忙，有我们两个人暂时先顶着，也不会误多大的事。”

朱笑东笑了笑：“这可是你自己的厂子，你要怎么安排我可不会过问。”

赵师傅赶紧吩咐满玉：“这生意就不用做了，你回去收拾一下，明天我们就过去上班。”

朱笑东很欣赏赵师傅做事利索的劲儿，当下也不含糊，吩咐胖子：“你就带赵师傅先过去看看场地，顺便安排一下资金的事情……”

没想到胖子眼睛骨碌碌一转，“嘿嘿”笑了两声：“东哥，我觉得吧，这事还是我们大家一块儿去有趣一些。”

朱笑东差点儿吐出血来，半晌才批评胖子：“胖子，你这依赖思想严重，赶紧的，把赵师傅带过去。住处、食宿、厂子都给我安排得妥妥当当的，否则，我让王晓娟扒了你的皮！”

“得，我这就去还不成啊！”胖子苦着脸，一转头却笑着对赵师傅恭恭敬敬地说道，“赵师傅，请！”

高原也让朱笑东打发跟着胖子，开车送胖子和赵师傅两个回王长江的那间铺子。

临走，杰克逊再三叮嘱，说自己已经买下的这三件玉雕件，让赵师傅尽快修改一下，过两天就去拿。

看着三个人走得不见踪影了，朱笑东余兴未尽，还想要再逛逛，反正天色尚早。

一边跟杰克逊聊天，一边走马观花一般在那些地摊边上闲逛。随随便便看了几个摊子，见满地的物件九成以上都是假冒仿品，杰克逊愈加觉得今天是占了便宜，心情也就更好了。

走过了十五六个地摊，杰克逊把目光投向一个摆了个青花碗的摊子。

这个摊子跟其他的摊子一样，也是用一块塑料布铺成，前面放了两块比拳头稍大的石头压着塑料布的两角，上面摆放着一些坛坛罐罐，是青铜器、瓷器、银元、铜钱、玉器之类的。

那只青花碗是乾隆年间的青花。

一般来说，乾隆一朝六十年，是清代封建社会发展的鼎盛时期，瓷器生产取得了空前的繁荣，青花瓷制造水平也达到了登峰造极的程度。而且那时景德镇御窑厂规模庞大，在督陶官的管理下，每年烧造各种瓷器都在数十万件以上，烧出的瓷器无论是工艺技巧还是装饰艺术都已达到了炉火纯青的地步。这一点，朱笑东看得很准，也很诧异，这里居然还有这样的真货！

不过朱笑东也知道，就因为乾隆青花存世的数量极多，严格说来并不算特别值钱，甚至抵不上胖子捡到的那种“居仁堂制”的民国青花。

深秋的季节，一个年过半百的守摊老头子摇着一把蒲扇，看起来有点儿滑稽。

不过，杰克逊就不一样了，见到这样的真东西，他觉得眼皮子都直跳。

两个人便一起在地摊前蹲了下来。

杰克逊拿了这地摊上唯一的一件真品，而朱笑东却是随手拿了一只假青花碗，心不在焉地看了起来，眼睛却不时瞄一下那两块落满灰尘、差点儿就看不出本来面目的石头。

那老头子也不作声，眼睛半睁半闭，好像根本不在意朱笑东和杰克逊两人的举动。

杰克逊翻来覆去地看了半晌青花碗，才比画着问那老头子，这碗要多少钱。

老头子一手摇着蒲扇，一只手伸出来，做了个手枪的姿势，估计是表示“八”，至于是八千元还是八万元，老头子没说。

杰克逊似乎习惯了这种比画讲价，张开手掌，扬了扬，表示“五”。

这家伙也够狠的，一比画，就把价钱砍下来将近一半。

老头子半闭着眼见杰克逊比画着“五”，顿时没了什么兴趣，自顾自地摇着蒲扇，那意思自然是不肯少价。

杰克逊见老头子不肯少价，叹息了一声，说了句：“八千元，买回去收藏还差不多，但是要做生意，就没什么赚头了。”

朱笑东见杰克逊用英语自言自语地这么说，便跨过地摊走到老头子身边，低声问道：“大叔，你那只碗要多少钱才能出手？”

老头子慢慢睁开眼睛，淡淡地说道：“那个碗也就是别人寄放在这里的，价钱低于了八百元，也就没什么好说的。”

“别人寄放在这里的？”朱笑东忍不住有些失望地对老头子说道，“这么说，价钱就不好少了。”

“你想少价，嘿嘿……”老头子干笑两声，“我也有好几个青花物件儿啊，好的一千元以上，也有五百多元的，要就拿几件去啊！”

这老头子见朱笑东年轻，觉得朱笑东不会有什么古董古玩知识，所以随意调笑几句。

他这摊子上，除了那只别人寄卖的青花碗，其余的也都是假冒伪劣的东西，十块钱都不值的玩意儿，偏偏他还一本正经地要价五百元、一千元。

朱笑东点点头，笑着说道：“实在不瞒老伯，我也不知道什么青花、白花，怎么这青花一个就得几百上千元，难道这就是古董？”

老头子“噗”地笑了起来，大多数买这些玩意儿的，都是尽量装得懂一些、精明一些，没想到还有一个人老老实实地说出这样的话，要么就傻，要么就是在装。

笑罢，老头子问道：“你不知道这些都是古董？很值钱的古董！”

朱笑东抓了抓脑袋，摇着头笑了笑，一本正经地说道：“我看这一条街上都是这种东西，怎么可能会是古董呢？真正的古董，拿在手里都是犯法的。”

老头子笑了笑，也不再跟朱笑东扯下去，跟一个完全不懂的人闲聊，简直就是对牛弹琴。

见老头子不愿意搭理自己，朱笑东有些恼了，从口袋里掏出一沓钱，有四五千元，拿在手上弹了弹，说道：“老伯，就把你那五百元的什么花给我来一批。”

老头子顿时忍不住笑了起来，这个小青年，真是二得可以，四五千元钱拿在手里还得意扬扬的，不知道所有玩古玩的人几乎都是隐形富豪啊！就五千元钱，还来一批！

第十四章
一两田黄三两金

老头子笑着，眼里却是一股少有的贪婪，望着朱笑东：“你真要来一批?”

“真的要一批。别人说花几百元买个碗只能看，我就要买上几只拿去天天吃饭喝汤，我羡慕死他们。”

老头子真的想要抱着肚子大笑一场，这货不但二，还傻。可惜这样的人实在太少了，要不然用不了几天，自己想不发达都不行。

一共四只碗，看起来跟杰克逊手上的那一只都差不多，但这四只碗全部都是假冒伪劣的。

朱笑东毫不犹豫地给了老头子两千元，然后把四只碗拿在手里，一一翻来覆去地看了一遍。

朱笑东给钱付账，杰克逊在一旁自然是看得一清二楚，慢慢回想了一遍先前跟老头子讲价的过程，心里顿时琢磨出来一点儿什么。

过了片刻，杰克逊才掏出几张钞票递给那老头子。

那老头子躺在躺椅上，伸手接过钞票点了点，整整八百元，当下也不多说，扬了扬手。

背着老头子，杰克逊对朱笑东报以一笑，本来，八千元都还犹豫着要不要买的，没想到才八百块！看来还多亏朱笑东，自己捡了个大漏。

朱笑东拿着四个碗，看了一会儿，又对老头子说道：“老伯，那两块石头也肯定值钱不少吧，要不然，一块儿卖给我。”

老头子“噗”地就笑了出来，片刻才说道：“我那两块石头当然值钱了，五千元一块儿，买一送一，要不要？”

那两块石头，老头子也说不清来历，大约是很久以前，自己来这里摆摊子，随手在地上拿的两块吧，估计是以前在这里摆摊子压塑料布的。

老头子这样想着，无非也就是看朱笑东二得可以，五千元钱买两块石头！有这五千元钱，拉一车来都够了！

朱笑东红着脸，看了看手上仅有的两三千元钱，不好意思地说道：“老伯，我身上也就这点儿现钱了，要不我买一块，行不行？”

老头子笑着问道：“你这小伙，没事买这么两块石头干什么？”

朱笑东见老头子这么一问，顿时满腔的恼火：“老伯，你知道不，就俺们家隔壁那二货，仗着有俩钱，买了个碗，喏，就像这样的，天天跟我显摆，说他那什么什么秦朝青花，还说我这一辈子也买不起一个那样的碗，我……我气他不过，这不，我今天一下子就买了四个，你说他嘚瑟个啥劲儿啊！”

老头子抱着肚子，使劲忍住笑，很是严肃地问道：“你说啥，秦朝的青花碗?!”

朱笑东煞有介事地点点头：“没错，他还说是秦始皇用过的，花了九百多元钱才弄到手。”

看着朱笑东一本正经的样子，老头子彻底崩溃了。

秦始皇用过的青花！还花了九百多元钱，这家伙真不知道该用什么词来形容，套用一句流行语言——孩子，该回家吃药了吧！

笑归笑，老头子还是有些不放心地问道：“你在我这里买两块石头，到底要干什么?”

朱笑东神秘地笑了笑，附嘴在老头子的耳边，把声音放得低低的：“去砸了他们家的玻璃，我气死他!”

老头子正色道：“这可就是不对了，再说，砸玻璃随便捡个砖头不就行了，干吗非得花钱来买石头。”

朱笑东又是一笑：“老伯，这你就不懂了。砖头不要钱，我就拿要钱的去砸他们家的玻璃，我心里舒爽!”

“你有病是吧!”老头子笑得叹了口气。

朱笑东也笑着说道：“我向伟大的领袖保证，绝对没有。”

“得得得，再跟你说下去，我这老头子都要被你笑死了。行了，两块石头，你拿去吧，钱你愿给多少就给多少。年轻人，我可不能太坑你这种人!”老头子笑着说，言下之意，朱笑东这家伙神经病，两块破石头要他太高价钱了恐怕他家里人知道了要来找麻烦。

朱笑东笑了笑，抽了一张百元钞票拿在手里，扬了扬说道：“这一百元我拿着打车，剩下的就全部买石头，回去砸玻璃!”

说着，把剩余的钱全部塞到老头子手里，转身拿着四个碗、两块石头，大摇大摆地走了。

老头子数着手里的钱，很满意地笑了，只是可惜，像今天这样的事情实在是太少了!

朱笑东抱着几个碗和两块比拳头稍大的石头，也不愿再去看路边那些摊子了，径直朝家里走去。

杰克逊笑眯眯地跟在朱笑东身后，突然问道：“朱先生，我觉得你的举动好像很奇怪，能不能告诉我，你买他两块石头的真正目的?”

朱笑东淡淡地笑了笑：“家里有两个盆景，要是放上两块石头，肯定会有一种异趣，所以就买下来了。”

朱笑东装傻充愣，连坑蒙拐骗都用上了，好不容易才从老头子那里弄来这两块石头，真正目的他当然不会告诉杰克逊，至少目前不会，反正杰克逊又听不懂他到底跟那老头子说了些什么。

杰克逊当然不会相信，但是这两块石头就是普通石头而已，青灰石面，中间拦腰处是两圈白色的圆环，这种石头很常见，青色的层面就是青石，而白色的圆圈那两道，其实就是到处都能见到的白石头，在杰克逊老家的山上到处都是，很多青石里就夹了几道白色的石层。

估计，朱笑东还真是想着拿回家去配盆景。

可是，配个盆景，用得着花上几千元钱买两块烂石头?

朱笑东笑了笑，不答，找了一部出租车，说了王长江铺子的地方，然后邀杰克逊一起过去看看。

杰克逊正想跟过去看看朱笑东手里的两块石头到底怎么回事，当下也是乐意之至。一路上走走停停，花了将近四十分钟才到王长江的铺子里。

王长江的铺子已经重新开张起来，除了其中一个伤势较重的人刚出院之外，关经理等伤势比较轻的，也都回来将近半个月了。

一见朱笑东回来，王长江、关经理等一干伙计放下手头活计围了过来，问长问短，着实亲热了一阵。

杰克逊这才明白过来，这个朱笑东在荒岛上跟他说是做生意的，还真没说谎，真的就是个做生意的。不过，杰克逊的疑问也越来越浓：你说做生意的，哪个不是嗜钱如命的主儿，凭什么他朱笑东会平白无故就花那么多钱去买两块破石头？

只是杰克逊也不好问出口，朱笑东跟一干人寒暄之后，也就当真把两块石头摆放进角落边的一株平安树盆景里了。

这就更让杰克逊搞不懂了，一个针尖上削铁的商人，还真只是为了一个盆景去花钱买两块破石头？

朱笑东一边跟王长江等人寒暄，一边把石头摆放进盆景里，左看看、右看看，觉得不如意，又重新摆弄了一阵，这才满意地拍拍手。随后，还笑着对杰克逊说道："看看，是不是很有意境？"

意境什么的，杰克逊是看不出来，但是对那两块石头的好奇程度却始终未减，顿了一阵，才开玩笑道："朱先生，你这盆景经过你这样一摆放，的确很有意境，连我都很想要，你愿意出手转让给我吗？"

朱笑东一怔，但随即又哈哈笑道："杰克逊先生想要这盆景？"

杰克逊点点头，很是正经地说道："朱先生，我是真的想要，你说个价钱！无论多少，我都要。"

"这样啊？"朱笑东摘下一片平安树叶，在手上把玩，淡淡地笑了笑，"这盆景，在市面上也就两三百元钱一盆，杰克逊先生想要，我还真不好意思提钱，你随时都可以搬走，算是我们并肩战斗一场的友谊见证。"

杰克逊笑了笑说道："朱先生这份美意我心领了，说要你这盆景，我只不过是开开玩笑，你们中国有句话叫'君子不夺人之好'，朱先生费心费力，我自然不能据为己有。不过，我就是对那两块石头好奇而已，朱先生要是愿意解一解这个谜团，满足一下我的好奇心，我也就满足了。”

店里的关经理等人也有略懂得英语的，一听杰克逊说石头什么的，大概也知道了朱笑东带回来的这两块石头好像有古怪。

尤其是关经理和王长江两人，当下就走到平安树旁边，一人拿了一块石头仔细地看了起来。

朱笑东听完杰克逊的话，当下笑了笑，说道：“在我们中国，有很多地方都出产玉石，比如新疆和田玉、河南独山玉、辽宁岫岩玉和湖北绿松石等。这些玉石，不但品种繁多，而且质地上乘，其工艺品甚得世界各国人民喜爱，可以说是中外驰名……

“不过，还有一种被世人称为‘印石三宝’之一的田黄石，是福建寿山村所独有。田黄石的名字，就是由寿山乡稻田里发现的黄色石头而来的，又因为这种石头只有寿山乡那条小溪两旁数里长的水田底下的沙层里才有，而且经过了数百年来的开采，那一带的水田已经被开采了无数遍，基本上是开采殆尽了，上乘的田黄石早已经是无价之宝了。古时便有‘一两田黄三两金’的说法，到了现在，只怕是这‘一两田黄’值得起‘一斤黄金了’！”

“你买到了两块田黄石！”杰克逊顿时跳了起来。

不要说杰克逊，就是王长江、关经理两人都跳了起来。

尤其是关经理，顿时死死地把这块石头搂在怀里，生怕一个不小心跌到地上跌出一个好歹来！

朱笑东淡淡地笑了笑：“也不一定，我就觉得这两块石头很像是我在书上见到过的那种，所以真的就是买回来好玩。”

“买回来只是为了好玩！”杰克逊吸了一口凉气，这店里的规模，照他估算也就在四千万到五千万元之间，当然，这是从货架上的物品、店面装潢，还有店里的伙计素质这一类综合起来估计的。

货架上的物品不算齐全，店面装潢不算很高档，店里面的伙计更是从上到下都透露出一股很是少有的悠闲。这跟正规的公司有很大的区别，正规公司里的员工，即使没生意做，也不能随意喝茶聊天，懒懒散散的，要是被老板发现，铁定是要卷铺盖走人的。

但是在这店里，看不到那种严肃的气氛，这些人从上到下都很悠闲，四五个人聊天喝茶，毫无压力可言。

所以，杰克逊一进店，就把这个店里的规模估计在四千万到五千万元之间。

一个做小生意的店铺！

这么一个小铺子的老板，随手扔几千元钱，仅仅只是为了“玩”？

朱笑东坐回沙发上，端起一杯茶，慢慢地啜了一口，才说道：“不错，我这人也有一股子好奇心，看见什么东西都想要弄个明白，所以……”

正说着，胖子咧着一张嘴从里间出来，一眼看见朱笑东已经坐到沙发上了，顿时猛地松了一口气，咧嘴笑道：“嘿嘿，东哥，你总算是回来了……”

朱笑东咽下一口茶水，问道：“赵师傅的事都安排妥当了？”

一说起赵师傅，王长江立刻说道：“小朱老板，这事你放心，你以前跟我说的我一直都记着，厂子、住房，我早安排了，就等着来人开工，只是这段时间出了这一档子事，我们来不及去找师傅，正想着，你就给请回来了。”

这些事情有王长江安排，朱笑东也放心了许多，当下简单地把自己跟赵师傅的协议说了一遍，估计这些事胖子都跟王长江说过了，所以，朱笑东只提了个头，王长江就滔滔不绝地什么合约、股份之类的，一一处理得一清二楚，就等着赵师傅觉得诸事满意之后，签名生效了。

胖子一眼瞅见关经理手里捧着一块石头，一伸手要了过来，在手上抛了抛，笑着说道："关大哥，哪里找来这么块破石头？"

关经理眼睛盯着那块石头，心也跟着一上一下地打战，过了片刻才抹了一把汗，苦笑道："我哪有运气能找到这么好的东西，是朱老板他……他带回来的。"

"又是东哥的东西！"胖子笑了笑，之后拿着那块石头，飞也似的蹿进里间去了。

杰克逊见胖子毫不客气地拿了那块石头就走，大约也猜想得到胖子是要去干什么，转头对朱笑东说道："朱先生，我能不能去看看？"

朱笑东站起身来，倒不避讳，伸手一引，客客气气地把杰克逊带到里间。

里间里，"嗡嗡嗤嗤"的刺耳声音不断，胖子直接把赵师傅带到原来朱笑东住过的那间房间，上次朱笑东在这里切出来一块"翠王"之后，胖子又把他余下的几块全部切了出来，一阵折腾，又遇上铺子里发生了刘元平的事情，所以也没来得及清理。

胖子切出来的几块翡翠都还摆在工作台上。

把赵师傅请到这里来，赵师傅一看工作台上的翡翠，忍不住一阵激动，好东西啊！哪一块都是几十万上百万元，最好的却是上千万元的东西。

这都是赵师傅干了一辈子都没见过的好东西，又看见了那些朱笑东用过的工具，自然忍不住好奇。他和朱笑东都会雕刻，但是朱笑东所用的工具不大相同，在赵师傅看来，或许，这跟雕刻的功力火候有关。

赵师傅也忍不住要试试朱笑东用过的这些工具，反正手上有几件杰克逊要修改的物件，当场就拿出来要试验一下。

胖子却是迫不及待地在解石头，石头贵重与否，胖子倒没放在心上，关键是要学习学习“经验”，借朱笑东这只老母鸡，学学怎样生蛋！

见朱笑东、杰克逊还有王长江进来，胖子只是略略抬了下脑袋，便自顾自地去切石头了。

切石头的机器还是那一部砂轮片切割机，声音刺耳得吓人，估计前厅要是不用隔音玻璃，怕是没人待得住。

胖子却根本不顾这些，低着头专心致志地解他的石头。

朱笑东看了几分钟，感觉索然无味，便转身去看赵师傅，见到赵师傅正在用他用过的那些工具修改那几件玉雕件，顿时来了兴趣。

见到朱笑东过来，赵师傅顿时有些激动，朱笑东的雕刻技艺那可是顶级大师级别的，都到了神奇的地步，如果能够得到他指点一二，那就是终生享用不尽的财富。

本来赵师傅还寻思着要是朱笑东肯收他当徒弟，就算按照一般的规矩，给他做几年学徒，赵师傅都心甘情愿。

没想到朱笑东根本就没那样的意思，站在赵师傅身后，几乎是手把手地教了起来。

“这件玉雕，因为那里太瘦，这个部分就显得太肥，肥瘦不均匀，给人的感觉就好像比例失调，没有了层次感。要想修改，就得用这个刀，先划上一些划痕，这样就能把握住需要修改的程度，再慢慢把划痕磨掉……”

俗话说，难者不会，会者不难，赵师傅有好多一直琢磨不透的地方，经过朱笑东的点拨，一霎那间如同醍醐灌顶，恍然大悟。

朱笑东一点儿也不藏私，把自己所知道的、觉得最好的技术方法，都在实践之中教给了赵师傅，让赵师傅在短短两小时之内，把手艺上升到另一个高度。

一件玉雕修改完，再去看玉件的品相，立刻就有了一种天壤之别的感觉。可惜的是，赵师傅天赋有限，始终无法做到举一反三。

那边，胖子也解出来一块质地细腻如凝脂、微透明，有点白中带嫩黄，如羊脂玉一般温润，越往里层色越淡，而萝卜纹、红筋、格纹却越加明显，质地稍逊于极品田黄的“银裹金”田石。

所谓“银裹金”是白田中的一种，金为黄色，银为白色，意即黄石棉皮包裹住的白田石，因黄白相间，在艺术雕琢上又多了一番意境和情趣。

如此一来，杰克逊又要看切割田黄石，又要看朱笑东那边的雕刻，恰恰两边又都精彩无比，一时之间，杰克逊就像一头拉着磨的驴子，在两个人中间辗转不停，当真是有些分身乏术。

将近两小时，胖子解石头的切割机才停下来。切割机一停，几个人的耳朵顿时清净了许多，与切割机相比，赵师傅手里的电动工具几乎就不算嘈杂了。

见胖子解出来一块一寸多长，直径也差不多一寸的田黄石，朱笑东从王长江手里接过来，看了看，便又随手放在那几块翡翠旁边了，脸上波澜不兴，似乎毫不在意一般。

恰在这时，赵师傅在朱笑东的指导下完成了最后一件雕刻的修改，稍微清洗了一下，然后就拿给杰克逊。

杰克逊捧着赵师傅给他的三件玉雕，实在有些激动，先前喜欢的玉雕件呈现出来的风格又浓厚了很多，正是自己一直在追求的，不拘小节，雕工刚劲有力、粗犷、浑厚、圆润，却又玲珑繁复，显得玲珑剔透，是那种明代中晚期的风格。

杰克逊一边看着手里的玉雕件，一边却又盯着工作台上那几块翡翠、田黄，一时间心动不已。

赵师傅的这几件玉雕件，虽然经过修改，风格和功力都凸显不少，但是玉石质地始终是最大的缺陷，再怎么好，都只能算是一个普通的雕刻。

在玉件收藏中，能不能升值，除了风格和雕刻者的功力，质地是最关键的一环。赵师傅两口子初到京城不久，囊中羞涩，资金不足，根本不会买进高档质地的玉石来雕刻，再说，就算是能买上高档的玉料，凭赵师傅的手艺，那也得赔死。

过了半晌，杰克逊转头对朱笑东说道："小朱老板，我想跟你做个交易，不知道你肯不肯?"

朱笑东正在看着几样自己以前用过的工具，听杰克逊这么一说，转过头来笑了笑："杰克逊先生是看中这台子上的石料了吧？没关系，你自己挑就是了。"

"不，是这样的，我想请赵师傅用你们的材料再给我雕上一件，至于价钱嘛，你尽管开口就是。"

胖子在一边，最烦的就是听朱笑东跟杰克逊两个人叽里咕噜地用英语谈话，眼睁睁看着人说得唾沫横飞，自己却插不上嘴，那多没意思啊！

"东哥，你们到底在说什么?"最后，胖子实在不想在一边当白痴，问了一句。

朱笑东笑了笑："杰克逊先生看中了这台子上的几块石料，想跟我们做笔生意。"

“是这样啊!”胖子咧嘴笑道。

“他要的是一件雕刻，而且，点名要赵师傅动手。”

胖子和赵师傅都是一怔。

胖子想的是翡翠的价值不菲，拿给赵师傅雕，价值上肯定就大打折扣了，要是朱笑东能答应亲自操刀，这一件雕刻出来，少说也能为店里挣来几百上千万元。

赵师傅却有些心慌，雕刻普通低廉的玉石原料惯了，这工作台上随便一块原料就是价值连城的无价之宝，用自己这点儿手艺来雕，那还不是暴殄天物，这可是打死都不能去干的事。

片刻，胖子和赵师傅两人便一起异口同声地说道:“那可不成……”

胖子说：“不是我不看好赵师傅，是很久没看东哥你亲自出马了，这笔生意，当然得你来做，算是这铺子重新开张的彩头……我还正寻思着要你亲自做两件出来呢。”

赵师傅说:“这些材料太贵重了，我可不敢胡乱接手，至于这位杰克逊先生要雕件，小朱老板来办不是正好。”

见胖子跟赵师傅两人说得热闹，杰克逊问朱笑东:“这两位在说什么，是不是对我们的交易有什么想法?”

朱笑东也不隐瞒，如实翻译给杰克逊听:“他们两位对我们的交易很是高兴，但是同时也建议由我亲自为您雕上一件!”

“你也会雕刻?”杰克逊有些诧异，由于言语不通，就算朱笑东指导赵师傅干了将近两小时，杰克逊也没明白过来。再说，雕刻这一行是很讲究功力的，年纪越大功力越深，这是常识，朱笑东的年纪比赵师傅年轻了将近一半，这在杰克逊眼里，自然不认为朱笑东也会雕刻技艺。

朱笑东微微笑了笑:“略懂一点点而已。”

“是吗，那朱先生能不能现场给我演示一下？”杰克逊见朱笑东笑意扬扬，话虽说得谦虚，神色却丝毫没一点儿自谦，便想要看看这位年轻的小老板是不是真的懂得雕刻。

朱笑东淡淡地笑了笑，拿起那块田黄石。

田黄石虽然价值不菲，但是这块“银裹金”算不上极品，按现在市价行情，顶多也就能值上个百八十万元，相比那几块翡翠要少了很多。

最主要的是，田黄石也是属于软玉一类，既然要在杰克逊面前表现一下，朱笑东自然不会去用那些比田黄石硬度更大的翡翠，那样雕刻一件出来就太费时费力了。

见朱笑东要亲自操刀，几乎所有的人都兴奋莫名，胖子已经开始计算这块田黄石要是雕刻出来到底在什么价位才合适了。

赵师傅第一次见到朱笑东雕刻是几个月以前的事了，从那一次之后，自己都能感觉到手艺进步了很多，现在要再一次看朱笑东亲自动手，哪能不兴奋，这可是难得的机会，比先前朱笑东在一旁给自己讲解还难得。

王长江基本上也在计算这一笔生意做成到底该给朱笑东几成的利润才合适，毕竟每一次朱笑东做成的生意那都是数目巨大，但是朱笑东却又从来没提起过利润什么的，似乎把钱的事情给忘记得一干二净了。

朱笑东把田黄石拿在手里，稍微看了一阵，心里顿时有了一个粗略的蓝图。工作台上，记号笔什么的都很齐全，朱笑东随手拿了一支，开始在田黄石上面做记号上图。

只见那块田黄石在朱笑东手中不停翻转，不到片刻，石头上便横七竖八地布满了记号，看得几个人眼花缭乱。

杰克逊是见过很多雕刻大家雕刻的，所用的方法步骤大多如此，即使稍有差别，也是大同小异，但是仅仅上图记号这一道步骤，能有朱笑东这般纯熟的，却从没见到过。

不到半小时，田黄石上的记号便完全做了出来。又端详了几分钟，稍微改动了两处记号，朱笑东便满意地点了点头。

这么短的时间就做好记号，只是这一个步骤，就看得几个人眼花缭乱、震撼无比，尤其是杰克逊跟赵师傅两人。

第一次粗胚很快就出来了，不过这时候还没人看得出来他到底要雕刻一件什么样的物件。

朱笑东清洗了一遍田黄石，又拿在手上仔细地看了一遍，然后再次做记号上图，这一次做记号上图的时间比先前要长了不少，也精细了许多。大约十来处，他都是改了一次又再改第二次，最多的达到了四五次。

之后又是切削、打磨，这一次所用的时间也几乎比先前长了一半。

第二次粗胚造型做到一半的时候，朱笑东肚子里一阵雷鸣，饿了，吃过中饭之后到潘家园去逛了一趟，回到铺子里又耽误了几小时，哪里还能不饿。

这时，他一看时间，吃了一惊，不知不觉都快过八点了，铺子里的伙计早下班了。

没想到杰克逊和赵师傅两个人一点儿要出去吃饭的意思都没有，他们两个也饿，但是他们更希望把这件雕刻的过程看完。

朱笑东抓了抓脑袋，再精彩、再好看，饿着肚子总不是个事啊！

“要不，就近找个地方，随便吃上一点儿，今天晚上就加个班，怎么样？”

胖子是早就饿得前胸贴后背了，但是又不愿走人，听朱笑东说就近找个地方先去吃上一顿，顿时迫不及待就要往外闯。只是刚刚走两步，便又倒退着回来了。

王晓娟气呼呼地盯着胖子，一步步逼了过来。

把胖子逼回屋里，王晓娟才一只手叉着腰杆儿，一只手指着胖子，喝道："死胖子，这半天了你都跑哪儿去了，打电话也不接，是想私奔还是想抛下我们娘儿俩？今天你可得把话说清楚。"

胖子苦着脸："老婆，我哪儿敢啊！这不一路都有东哥跟着的吗。"

王长江见王晓娟这样，当下说道："晓娟，这里有客人，再说小朱也不是你说的那样，在办正事呢，你收敛一点儿。"

王晓娟眼圈一红："爸，你就知道向着他……"

王晓娟身后，杨薇挤了进来，笑道："晓娟，别这样，不是有王叔也在一起吗，再说，胖子什么人你还不清楚？别闹了，他们有正事呢！"

王晓娟很是委屈："什么叫正事儿啊，薇姐你知不知道，男人将要出轨的第一个标志就是不回家吃饭。我都打了二三十个电话了，他有接过没有？"

王长江赶紧解释道："晓娟，你真的误会了，估计你打电话那一阵，正在解石头，耳朵都差点吵聋了，哪里听得见电话？"

朱笑东见杨薇也过来了，笑了笑问："你怎么也来了？"

杨薇没好气地回答道："还说呢，家里做了一大桌子菜，就等着你们两个回去吃，估计现在都只能倒掉了。要不是问了高大哥，我们还以为你们两个都失踪了呢！"

朱笑东笑了笑，说："来来来，有个老朋友来了，你不能不过来见见。”

杨薇早就听高原说过杰克逊来了，要不然也不会在家里做了一大桌子的菜，本来给朱笑东打电话是准备给他个惊喜的，没想到朱笑东也一直不接电话。

高原是保镖，接到电话的时候已经很晚了，再说胖子吩咐了不要进来打扰，所以高原也就没敢进来通知。

杨薇跟杰克逊问了好，简单寒暄了几句，然后又笑着对朱笑东说道：“还没吃饭，饿了吧？”

朱笑东点了点头。杨薇又笑道：“你活该，连饭都不知道去吃。”

接着杨薇反身到外面，不一会儿就提进来一个食盒，一层层地打开，里面有七八个小菜，一个汤，还有饭，冒着热气，估计是刚刚带过来的。

胖子迫不及待地把工作台清理出来，让杨薇把饭菜放在上面，几个人或坐或站，吃喝了起来。

胖子一边吃，一边吆喝：“还是嫂子煮的饭好吃。这一辈子，东哥你们两个想甩我胖子都甩不掉了……”

胖子本来是顺口说说而已，没想到帮胖子不停夹菜的王晓娟咬着牙、瞪着眼，使劲一脚踩在胖子的脚背上：“你再说！”

胖子一口饭差点儿喷了出来，哪里还敢再说什么。只是他满脸的痛苦，惹得朱笑东和杨薇两人暗笑不止。

吃完了饭，朱笑东简单地跟杨薇和王晓娟说了一遍发生的事，今天晚上估计是回不去了，有事情要做。

王晓娟一听说是店里有生意要做，神情顿时缓和了不少。

王长江待了会儿，一个人先回家去了，不过临走时千叮咛万嘱咐，朱笑东要是完成了雕件，得让他首先过过目，胖子这样的德行，见不得好东西，有好东西，怎么说也得让他先玩上一会儿。

杰克逊不想走，赵师傅也不想走，都想看朱笑东亲手把这田黄石雕完。

杨薇和王晓娟两个兴趣不大，但是也不想就此离开，偏偏又嫌那间屋子里吵得厉害，于是两个人一起到了会客室，躺在沙发上打开电视，看起了“肥皂剧”。

胖子是无论如何也不会走的，他要等朱笑东的雕件出来，好估估价钱，看看这一次又能进账多少。于是，胖子搬了两把沙发，杰克逊一把，自己一把，直接倒在沙发里，等待朱笑东大功告成。

赵师傅本来想仔仔细细把朱笑东雕刻的过程看完，可是朱笑东随手拿了一块翡翠递到赵师傅面前，说：“赵师傅，你既然想学，只看不做和只做不看，都不能达到最佳的效果，这样吧，这块原料给你，你试着按你自己的想法雕一件出来。”

赵师傅吓了一跳，这可是好几百万元的东西啊，要是自己一不小心雕坏了，就算是把自己卖了也赔不起！

朱笑东笑了笑：“别怕，这些东西再好也就是个物件，身外之物，就算毁了也不过就是一点儿钱而已。放心去做吧，以后少不了要交给你来处理，你一直怕着，那以后怎么办？”

赵师傅感激莫名，朱笑东不但没有一点儿架子，连说话都是客客气气的。

第十五章
神秘的杰克逊

跟赵师傅说了一阵话，朱笑东便又拿起那块即将要成型的田黄石，开始打磨起来。

打磨完，再一次上图记号，再打磨、雕琢，如此循环往复。

间或赵师傅有不懂的地方过来询问，朱笑东便停下手中的活儿仔仔细细地给赵师傅讲解一番。胖子、杰克逊两人实在熬不住了，先后倒在沙发上睡了过去。

倒是杨薇还有王晓娟，过上一会儿就有一个人过来送茶水、点心之类的，显然是心疼朱笑东等人熬夜加班。

如此，一直到了第二天早上。

朱笑东早趴在工作台上睡着了，整个房间里，也就赵师傅一个人还不停地在那块翡翠上画着图形。

朱笑东的那件田黄石雕刻就剩下最后一道抛光工序了，不能不说朱笑东的速度出奇的快。

杨薇起来得最早，过来一看，朱笑东居然趴在工作台上睡着了，忍不住一阵心疼，本来想要叫醒他到沙发上去睡一会儿，但是又怕一旦惊醒了他，他再没有了睡意，所以踟蹰片刻，只好在外边找来一床毯子给朱笑东披上。

至于胖子，由于睡得比较早，在杨薇过来的时候就已经醒了，蹑手蹑脚地从朱笑东手里把田黄石雕件拿了下来，第一个欣赏起来。

朱笑东雕的是一个寸许来高、手持如意的福星，虽然还没进行最后的抛光，但是眉目神态惟妙惟肖、喜态可掬，长须欲飘历历可数，衣服皱褶都清晰可见，尤其是如意上的云纹图饰这样的细微之处，都被朱笑东勾画出来了。

田黄石，因为出自福建寿山，所以又叫“寿山石”。朱笑东把这样一块寿山石雕琢成一个福星，寓意“福寿双全”，其意自然非比寻常，再加上朱笑东绝佳的技艺，把这福星雕得形神俱全、栩栩如生，胖子自然就爱不释手了。

恰在这时，杰克逊也醒了过来，一眼看见胖子手里拿的正是那个田黄石雕件，忍不住揉了揉眼睛，失声叫了起来：“我的天哪！这……这是……朱老板雕出来的?”

杰克逊这一叫，顿时惊醒了伏案而睡的朱笑东，他伸了个懒腰，打了个哈欠，身上的毯子滑落到了地上。

朱笑东一回头，见杨薇正心疼不已地看着自己，忍不住不好意思地笑了笑：“唉，没想到这就睡着了……”

杨薇弯腰捡起毯子，嗔道：“还说，也不知道珍惜一下自己的身体。去洗把脸，会舒服很多。”

朱笑东笑了笑，一转头，却见胖子拿着那福星雕件，眼里就像是要喷出火来一般，忍不住笑了起来。

只是没想到杰克逊一见这福星，马上把自己身上赵师傅给他的那三件玉雕拿了出来，稍做对比，顿时长长地出了一口气。

赵师傅雕出来的几样东西虽然带着自己最喜欢的风格，但是跟这件福星一比，那就是天壤之别了。如果说这福星身上带着的才是正宗的自己喜欢的风格，赵师傅给自己的那三件，就只能说有那种风格的一点点儿影子。

这根本不是一个级别！

胖子、杨薇、杰克逊等人争相传看这尊还未完工的福星，赵师傅却自个儿坐在那里，依旧不停地在那块翡翠上写写画画，对胖子他们的嬉闹喧哗充耳不闻，几乎就像是走火入魔了一般。

杰克逊目瞪口呆地看了半晌，才有点结巴地说道："小朱老板……一千万元……一千万元卖给我！"

朱笑东淡淡地摇了摇头，并没说这价钱高了或是低了。

胖子最烦的就是这个，朱笑东跟杰克逊两个一谈话就是英语，这实在让胖子很是挠心。

一转头，见杨薇站在一旁似笑非笑地看着，连忙向杨薇求助："嫂子，他们这到底说的些什么啊？你懂，给我翻译一下，省得东哥又要背着我干些见不得人的勾当！"

杨薇笑了笑，当下一字一句地把杰克逊的话翻译给胖子听。

一千万元，这个价钱在胖子心里绝对是最低限度的。"一两田黄三两金"，田黄石本身的价钱就不说了，朱笑东的手艺那可不是吹的，随随便便什么质地的玉石，拿来稍做加工，那都是成百上千万元的价值。一千万元，说实在话，胖子确实有些瞧不起。

杰克逊见朱笑东没有表示，以为是价钱太低，根本达不到朱笑东的要求，一咬牙又说道："小朱先生，我说的是美元，这个价钱也不算太低，不过我知道，就这件雕刻来说，确实不止这个价钱，这样吧，我再加两百万元，一千二百万元，怎么样？"

胖子的脑袋"嗡"地响了一下，先前以为杰克逊说的是人民币，一千万元人民币，对于朱笑东的作品，尤其是"一两田黄三两金"

的田黄石质的玉雕件来说，确实显得有些微薄，但是人家说的是美元，这就大大超出了胖子的想象。胖子的最高估价也就一千五百万元以上，两千万元左右就已经心满意足了，现在杰克逊居然出价一千万美元，这可是六千多万人民币啊！我的个神啊，赚钱有这个赚法！

何况，杰克逊还在加码！

过了片刻，胖子才定下心神，把手里的福星交到杰克逊手上，然后比画着说道："老杰，你出得起这么高的价钱，这东西就归你了！对了，你这美元什么时候可以到我们账上，嘿嘿……我们这账上，美元可不好使……"

杰克逊听不懂胖子在说什么，见到胖子把福星交到自己手上，倒也知道胖子是答应了下来，当下就要胖子拿电脑过来转账。

朱笑东却淡淡地笑了笑，说道："杰克逊先生，我这个雕刻还有最后一道工序没有完成，不知道你能不能再等等？"

杨薇把朱笑东这句话又翻译给胖子，胖子心中一喜，看来东哥这回是长进了，知道要留点儿后手来讲价。

福星还有一道工序没完工，杰克逊倒是也看出来了，但是杰克逊就是害怕朱笑东会再涨价，珠宝玉器这类的东西，买卖全凭自己的喜欢，待会儿要是朱笑东一个不乐意，一张嘴再要三五百万元，只怕自己都忍不住会再往上加，所以现在无论如何得先把价钱讲妥，省得朱笑东反悔。

看着杰克逊着急的样子，朱笑东忍不住笑了起来："杰克逊先生，你放心，我们是朋友，我们就不谈价钱方面的事，因为我今天还有些事情要做，所以我想先把你这件雕刻完工，然后再去做其他的事情……"

杰克逊见朱笑东并不谈钱，一颗心七上八下、忐忑不安，但是朱笑东伸手索要福星，又不能不递还给他。

朱笑东接过福星雕刻之后笑了笑，不再多说，专心致志地做最后一道工序。

又经过两个多小时，这件作品终于又回到了杰克逊手里。

这个时候，王长江早早地过来了，就是想要看看朱笑东的田黄石雕件，一见之下爱不释手，许久，才像被挖了一块肉一般把福星还到朱笑东手里。

朱笑东拿着这尊完工的福星，慎重地交到杰克逊手里，这才笑了笑，说道："杰克逊先生，它现在已经属于你了！"

杰克逊激动万分，捧在手里细细地看了足足半小时，才小心翼翼地贴身收藏了，然后问朱笑东要电脑转账。

朱笑东淡淡地一笑："我说过了，它已经是你的了，自然就用不着转账什么的……"

当杨薇把朱笑东这句话翻译给胖子等人听了之后，胖子顿时晕了过去。这可是一千二百万美元啊，不是一千二百元！

朱笑东一张嘴，就这么没了！退一万步来讲，钱就不说了，昨天晚上大家可都是跟着死死地熬了一整晚，这还有什么天理啊！

杰克逊也是呆若木鸡，一个小小的当铺，整个也就五千来万元的规模，再放大一倍，冲破天也就一个亿规模的铺子，这样的老板，一出手就是一千二百万元，还是美元，连眼睛都不眨一下，这是真的吗？

朱笑东挥了挥手，说道："杰克逊先生，我说过，我们是并肩战斗过的战友，要提钱那就太俗气了。这一件小小的礼物，算是我们并肩战斗过一场的友谊见证，送给你的！"

"你送给我……把这么贵重的东西送给我？"杰克逊差点儿就眼含泪水了。

朱笑东再次点点头："送给你的！"

杰克逊彻底折服了，朱笑东的雕刻技术以及摆在工作台上的几块价值连城的翡翠都在说明他绝对不是不知道这块小小的田黄石雕刻的价值，可是他却只把它当成一件小小的礼物，这只能说明人家有这种气度，就算是自己也比不上！

杰克逊想了很久，才从口袋里掏出来一张名片，慎重地递给朱笑东，说道："朱先生，我太佩服你了，这是我的电话，希望你可以用得着。"

朱笑东仔细地看了看名片，不由得猛吸了口凉气，名片上清清楚楚地印着"大不列颠及北爱尔兰联合王国埃斯普雷国际珠宝公司首席顾问"！

英国埃斯普雷珠宝公司，这可是一家经营名贵珠宝首饰、钟表、皮具箱包、银器、瓷器、水晶、服装、配饰及香水等最尊贵的奢侈品，拥有来自世界上顶级的设计师，世界闻名的高端产品的公司。

尤其是出自该公司设计的钻石珠宝饰品，不但华贵、典雅大方，而且一直深受英国皇室及名流的喜爱，维多利亚女王、伊丽莎白女王等都是该公司忠实的皇室顾客。

这公司对朱笑东来说并没什么，虽然该公司在中国很多地方有分部，但那毕竟是很遥远的事，让朱笑东震惊的是，杰克逊这家伙居然是该公司的首席顾问！

见朱笑东一脸惊诧，杨薇拿过名片一看，顿时也是吃了一惊。

唯有胖子，对那些单个的还认得、连在一起就根本不知道什么的英文单词两眼一摸黑，见朱笑东跟杨薇两人都很吃惊，也没来由地吃了一惊。

"其实……"杰克逊说道，"遇上海盗那一次，我们中间有十三个人都是珠宝收藏家或者经营珠宝公司的，我们一起搭乘货船，本来就是不想暴露身份。不幸的是，不知道是走漏消息还是碰巧，遇上了海盗，多亏了朱先生一行把我们救了出来，事后很多人都想要感谢朱先生，所以，我就是代表他们来的。

“那一次，幸存下来的，包括我，仅仅剩下五个人了，可以说损失极为惨重，这些人本来就是在生意上有不少往来的，一下子损失这么多人，可想而知生意上的损失有多巨大。我之所以到你们这京城，除了想感谢你之外，更想邀你们加盟……”

“加盟……”杨薇失声叫了出来。

刚巧王晓娟从他老爸王长江身后挤了进来，一听说“加盟”两个字，顿时有些不解：“谁加盟啊，我们这店铺并不是什么大店铺，加盟进来，这利润可就不大了。”

胖子听不懂英语，看不懂那张名片上到底写的什么，这一阵儿杨薇又不跟他翻译，正云里雾里，一听王晓娟和杨薇都说“加盟”，原本怨天尤人的心情顿时又没了。

只是朱笑东想了想，淡淡地说道：“对不起了，杰克逊先生，我虽然在做生意，但就我本人而言，我对做生意并有没太大的兴趣。何况你也看到了，我做的基本上是属于你死我活的这一行。”

战乱黄金，盛世收藏，眼下是太平盛世，但是提及金银珠宝，这些都跟血淋淋的暴力有着不小的关系，尤其是现在的珠宝行业。跟大公司、大企业结盟合作，少不了要面对无数赤裸裸的竞争者，一个不慎，便是血流成河的地步。

所以，朱笑东本人几乎开始有些厌倦那样的场面了。

王晓娟一字不漏地把这些话翻译给了胖子听，胖子顿时大叫了一声：“东哥，你要干什么?”

杰克逊是有些诧异，看着朱笑东：“你对加盟全世界闻名的珠宝行业没兴趣?”

朱笑东点了点头："我们中国人有句俗话'广厦三千，眠不过一榻，腰缠万贯，一日不过三餐'，我对这句话的诠释就是，拥有得多，不代表你快乐，保存得少，不代表你不幸，对待功名利禄、世事变迁，只有淡泊如水、平平凡凡才是真！"

朱笑东说的虽然是英语，但是在场的杨薇、王晓娟都是听得懂的。

杨薇眼里不知道什么时候噙满了泪花，或许，她从朱笑东的这些话里感觉到朱笑东的内心正慢慢地在生出一种变化，一种让杨薇期待已久、感激莫名的变化。

王晓娟却是像看到了怪物一般，上下打量着朱笑东，半晌才开口说道："呦嗬，朱大哥，看不出来你英语水平不错啊，这种台词你都说得出来。哎，朱大哥，说说看，你是不是真的看破红尘了？"

"看破红尘?"胖子抓狂起来，"东哥，你可别说你要去当和尚啊！你要是去当了和尚，我杨薇嫂子岂不是要去当尼姑了？哎，不对啊，东哥，你不会是跟嫂子吵架了吧！"

本来杨薇还忍不住要眼红泪落的，偏偏胖子一搅和，杨薇又忍不住笑了起来。

朱笑东没有去理会王晓娟，对杰克逊说道："杰克逊先生，我们是朋友，生意上的事，我觉得我们朋友之间不应该用利益来捆绑。这么说吧，你们有什么看中的，能来我这边采购，我可以优先提供给你们，但是合约加盟之类的事情，我们暂时就不去考虑了。"

见朱笑东执意不肯加盟，杰克逊明显有些失望，跟埃斯普雷国际公司合作，这可是很多人梦寐以求的事情，想不到这个朱笑东竟然没有什么兴趣。

如此一来，杰克逊就有些兴味索然了，又劝了几句要朱笑东好好考虑之类的话便要告辞。

本来朱笑东想要尽尽地主之谊的，杰克逊也因为兴味索然拒绝了，说下次有机会再来叨扰。

朱笑东也不强留，送杰克逊出了门，反身回来一摸肚子，苦着脸说道："好饿啊！"

昨天晚上忙了一晚，又多喝了不少茶水，饿得自然快。

王长江听朱笑东叫饿，打发了一个伙计去买吃的，这时，赵师傅出来了。

赵师傅拿了那块翡翠，硬是在上面比比画画了一个晚上，到现在都还不敢下手开始雕刻。朱笑东也只能无可奈何地笑了笑，这事儿急不来的。

王长江见赵师傅出来，寒暄了几句，两人便结伴出去吃早点、看场子去了。

朱笑东则钻进会客室，半躺半靠地坐进沙发。

胖子却是气呼呼的，在会客室里不停地打转。

朱笑东半闭着眼："胖子，你怎么回事，一直在这里转来转去的，转得我眼睛都晕了，有什么事你说出来不成啊！"

胖子不答话，回头看了一眼朱笑东，继续转。

这时，王晓娟、杨薇都进来了，手里还拿着伙计刚刚买回来的早点。

杨薇跟王晓娟两人把早点摆在朱笑东面前的茶几上，一向最怕饿的胖子居然连看也懒得看一眼，就在那边一直转，不停地转。

两个人，一个半躺在沙发里，一个却不停地打转，都没有再说一句话，气氛简直有些恐怖。

王晓娟呆了半晌，夹了几个包子，加上一些菜，端到胖子身边，低声细气、温言软语地说道："胖子，到现在还没吃饭，饿了吧？有什么事我们待会儿再说，好不好？"

胖子回头，有些苦恼地说道："晓娟，我吃不下去……"

"胖子，就算天塌下来，你也不能不顾身子啊！听话，来，先吃点儿东西，有什么事我们慢慢再说。"

过了片刻，朱笑东才懒懒地拿起一个包子，咬了一口，一边咀嚼一边说道："是没明白我不愿加盟的原因吧？过来，我跟你们说说！"

胖子心里烦着的就是这件事，但心里还憋着气，不愿搭理朱笑东。

"其实很简单，加盟埃斯普雷国际公司也就是加入了国际珠宝寡头的俱乐部，不要说是你们想，我做梦都想，但你们就没有想过，我们凭什么加入？凭我们两处的典当铺子，还是凭着我们手上仅有的一些资源？你们可不要说，凭我的那点儿雕刻技术！"

胖子呆呆地站在那里，愣了片刻，一转身猛地扑到茶几边上，抓起一个包子，一口就咬去了一大半。

只是这包子是肉馅的，又刚刚才出笼，烫得胖子张着大嘴，咬也不是吐也不是。

王晓娟心疼至极，埋怨道："胖子，你慢点儿不成啊？又没人跟你抢，要不够，再去买也用不了多久啊！"说着又拿了饮料，服侍胖子喝下。

朱笑东细嚼慢咽，好一会儿才继续说道："加盟，无非也就是多一条销售的路子，加盟埃斯普雷这样的国际公司，我们能有什么好处？最起码一点，要卖给他们的必定是我们店里最好的，要不然就是接受他们的设计，按他们给出的图样制作产品。那我们又成了什么，替他们打工？就算他们也可以让部分产品回流，拿给我们来销售，我们又成了什么，不用给他们成本？我们赚的又是什么钱？"

"高……"胖子嘴里塞了整整一个包子，含混不清地喊了声。

“这么说吧，我们手里的两处铺子，就目前而言，在本土上做些低端典当的买卖，我可以自信地说，能和我们竞争到底的很少，但也就只是低端低档的生意。像埃斯普雷这样的高端奢侈品生意，我们根本就没办法去竞争，靠一年半载打眼捡漏一次得回来的东西去跟人家成规模的生产竞争，我有毛病啊!”

说到这里，朱笑东喝了一口饮料，又接着说：“加盟，那得看实力，就高端产品的规模来说，目前我们还没那个实力，就算答应加盟进去，我敢保证，不到两个月，都用不着人家用脚踢，我们自己就得乖乖夹着尾巴退出来……”

“不论是被人踢出来还是自己夹着尾巴退出来，那滋味都不会好受!”一眨眼胖子消灭了五个包子，说道。

“的确是!”王晓娟吐了口气，“说是加盟，差不多就是变相收购，一旦加盟进去，就是给我们自己的脑袋上戴了个套子，这事儿还真不能干!”

“最后还有一个问题。”胖子打了个响亮的饱嗝，“东哥，你现在不会就此退出对不对?”

朱笑东苦笑着摇了摇头：“说实话，我真的有些开始厌倦尔虞我诈的奸商生涯了，可是有你们这一班兄弟，就算我想要退出……”

“这还差不多。”胖子的两只眼睛都笑得眯了起来。

没想到朱笑东脸色一怔，又说道：“胖子，你可不要得意太早!”

正高兴不已的胖子闻言一呆：“什么意思，东哥你不会又变卦了吧。”

朱笑东转头对杨薇说道：“你还记不记得，我们进到海盗窝里，把杰克逊他们放出来，然后到了那个大厅里的一个细节?”

杨薇点点头，对她来说，跟朱笑东在一起闯荡的每一个细节都历历在目，只是不知道朱笑东想要说的是哪一个细节。

“记不记得，怀特第一次拿枪对着我的时候的那个场景？”朱笑东问道。

杨薇把那一段记忆像电影一般在脑袋里放了一遍，随口说道：“当时怀特退了几步，退到那一堆军火旁边，突然拿起一把枪指着你说：‘那好，从现在起，你们都得听我的。’老头子，也就是杰克逊，上前对怀特说：‘别这样，他是我们的恩人。’怀特很粗暴地推开杰克逊说：‘这里没你的事，滚开一些……’怎么，笑东，你想到什么了？”

对在海岛上的情况，王晓娟和胖子两人也是从别人的嘴里知道的，至于真实情况如何，他们也一概不知，这时见朱笑东提起这事，胖子和王晓娟也没法子多嘴。

朱笑东沉默了一会儿，才说道：“当时的情况确实如此，不过现在想起来，我就觉得有些奇怪了。”

“什么地方奇怪？”杨薇和胖子异口同声地问道。

“先前杰克逊说过这样一句话，你们应该还记得吧，他说，他们一起一共有十三个人，或是收藏家或是珠宝经营大亨，对不对……”

杨薇脑子转得比较快，又是这件事的亲身经历者，稍微一回味，马上就感觉出异样来：包括怀特一起，一共有十三个人，为什么当时出面阻止怀特的，就只有杰克逊一个人？！

十三个人能一齐结伴同行，就说明关系绝不可能只是一般的好，可是却出了一个杰克逊这样的异类，在很明显地反对怀特。

这是怎么回事，或者说，他们当中出了什么事？

胖子大咧咧地说道：“同行多冤家吧，跟怀特在一起的就不是什么好鸟！”

王晓娟瞪了胖子一眼，喝道：“死胖子，你不说话，没人当你是哑巴。”

“你……”胖子气结，咕哝了一句，“没想到你这家伙翻脸比翻书都快！”

“死胖子，你说什么？有本事再说一遍！”王晓娟柳眉倒竖，指着胖子喝道。

“你们别闹了。”朱笑东稍稍提高了声音，“有些事情，恐怕不简单，我们还得好好想一想。”

胖子跟王晓娟两个立刻住了嘴，朱笑东说要好好想一想的事情，多半是很重要的事情。

朱笑东顿了顿，才说道：“大家都还记得吧，怀特并没跟我们一起上船离开那座海岛，这意味着什么？”

怀特是三角洲部队退役的军人，又担任过指挥官，一个这样的军人，就这么轻而易举地被朱笑东打倒了？说起来，恐怕没人会相信。

可是怀特没跟着上船，有人说他疯了，现在回忆起来，好像说怀特疯了的那个人就是杰克逊！

杨薇回想了一遍，记忆中说这话的人的确是杰克逊。

这两个人能有什么联系呢？朱笑东想了半天也想不出个所以然来，不过想来想去，怀特不会死在那座岛上，这是绝对的事情。

那个岛上，除了那些没带走的补给，还有林富财他们藏起来的救生艇！

一想到这个，朱笑东不由得焦虑起来，怀特不会就这么死去这是一定的，也不会在孤岛上苦守一辈子，这就更不用说了。

那接下来的事情，多半可想而知。

想着，朱笑东不由得冷汗涔涔。没有任何规矩、不讲任何原则的赌局，极有可能，自己也就仅仅只是赢了第一局！

“东哥，你可不要吓我们哪！”王晓娟低声说道。

胖子却“嘿嘿”笑了笑：“兵来将挡，水来土掩。哼哼，东哥你上次把怀特那小子打得屁滚尿流，我没赶上，嘿嘿，这一次，该是轮到我上场了！他不是要玩吗，我就来陪他玩玩。”

王晓娟凤眼一瞪，又要呵斥胖子，不过看到朱笑东，又忍了回去。

“不过，我始终没想通杰克逊跟这怀特之间到底有什么关系！”朱笑东顿了顿又说道，“按说，我们连怀特的根基都已经打掉了，怀特也就没有跟我们干仗的资本了，接下来，要是怀特真的还想跟我们过招，恐怕他要出的招儿只会更加隐蔽、更加阴损，这一点我们不得不防。”

想了想，朱笑东又问胖子：“那一块龙鳞，你怎么处理的？”

胖子怔了怔，随即笑了笑：“放心吧东哥，那东西不好玩，我放在家里的，待会儿我就回去拿来还给你。”

“这倒不必，不过你得小心，我估计，怀特真要有什么阴招，第一个目标肯定就是那块龙鳞了。”

胖子吓了一跳，这可不是闹着玩的，朱笑东救人心切，把龙鳞神奇的功效搞到世人皆知，这的确有可能成为怀特的目标。

何况，朱笑东还提到，打赢了那些海盗之后，有几个坐着快艇的家伙想要诱捕朱笑东，幸亏当时机警，又加上胖子等人救援及时，朱笑东才没中招。

“会不会，杰克逊的目标就是我们手里的那块龙鳞？”杨薇在一旁说道。

一想到这个，胖子又忍不住埋怨朱笑东：“田黄石啊！东哥你的绝技啊！几千万元啊，你就送给了他！冤！比窦娥遇上我还冤！知不知道，东哥你送给他，无异就是给他钱让他买军火，然后转过头来折腾我们。”

朱笑东苦笑了一阵，也不好说什么，想了想，只好让杨薇再次出面找威哥商量一下，让他找些人，看看这个杰克逊到底会在京城弄点儿什么花样出来。

谈妥了威哥的事情，杨薇挂了电话，又问朱笑东这边该怎么安排？

朱笑东沉吟了片刻，主动出击肯定是不可能的，现在怀特人在哪里都还见不着，见招拆招吧。

最后，他说道：“这件事情还都只是猜想，到目前为止没有任何线索和明显的端倪，我们也不能任意胡来，暂时只能把这事儿搁在心里，好好防范就是了。”

胖子、王晓娟两人也只好点点头，算是让朱笑东给敲了个警钟。随后，王晓娟拉着胖子，说是要出去给孩子准备一些东西。

都还有好几个月才出世，现在就忙上了，杨薇笑着，伸出指头比画了个“羞羞”的手势，王晓娟却不管那么多，拉着胖子走人。

一时之间，店里也没有什么其他的事了，朱笑东躺在沙发里，懒洋洋地想打个瞌睡，昨天晚上一宿没睡好，这阵儿正好补补觉。

然而，就在朱笑东迷迷糊糊、半睡半醒之间，却又被杨薇摇醒过来。

朱笑东闭着眼睛打了个哈欠，慢慢睁开眼来，只见关经理站在门边，一脸无奈地看着他，想来是有什么事情难以决断，恰恰王长江又不在店里，所以直接进来找朱笑东了。

“怎么回事？”朱笑东揉了揉惺忪的眼睛，问道。

关经理赧然一笑，说道：“对不起，小朱老板，门面上有人，指名道姓要见你。”

“谁啊？”朱笑东咕哝了一句，早不来晚不来，偏偏这个时候来，扰人清梦。

跟着关经理出了会客室，朱笑东一眼见到门面柜台边坐着一个人，很熟悉，梁三！居然是梁三这家伙，怪不得直接就要见朱笑东。

梁三旁边还有一个年轻一点儿的人，看样子也就不到二十岁，瘦瘦的，也算是眉清目秀，穿着一身夹克，围着一条大围巾，只露出大半张脸，不认识。

梁三一见到朱笑东，顿时一脸笑意，把一个黑提包放在身后的座椅上，然后站起来跟朱笑东来了个拥抱，那股亲热劲儿就别提了。

朱笑东也很热情，笑着寒暄了几句，便问起缘由来。

梁三一拍大腿说道："小朱老板，我找你可真是找得好苦啊，听说你在陶都开了家铺子，我跟周兄弟两个去了陶都一趟，没找着，还好遇到了杨华老弟，一打听你是上了京城，这不，我们又马不停蹄地赶了过来。对了，周兄弟，叫朱老板，赶紧的。"

姓周的青年有些拘谨，站了起来，叫了一声"朱老板好!"，又过了片刻才说道："我在家排行老四，都叫我周四……"

梁三在一旁说道："这孩子是山里的，没怎么见过世面……"

朱笑东差点儿没笑出声来，不知道这周四家里的兄弟姐妹多不多，够不够七个人，名字是不是也是从周一排到礼拜天，排在礼拜天的那位，是不是也叫"周日"，不对，"周日"太粗鲁了，应该叫双休!

笑归笑，人家客客气气地报了家门，朱笑东可不能没有一点儿表示，当下，朱笑东很亲热地跟周四寒暄了几句，又重新报了一遍自己的名号，算是回礼。

这时候，杨薇出来送茶，见是梁三，又是一阵寒暄。

寒暄过后，朱笑东很干脆地问道："你这次找我多半是有什么重要的事情，说说看，怎么回事?"

说到这次来的目的，梁三"嘿嘿"一笑，不好意思道："不瞒朱老板说，上次我们一起发了点儿小财，我没敢忘记朱老板的教诲，只是小朱老板你也知道，除了手上的那一点儿钱，我这样的人也再没其他的来源……”

朱笑东一怔：“你把手上的钱都花光了？”

梁三不好意思地笑了笑：“对不起，小朱老板，我们那地方太穷了，要钱的地方太多了，张三家的媳妇儿生不下来孩子要钱，李四家的老爹病危要钱，王大麻子家的孩子上大学，家里卖得没米下锅，我也不能眼睁睁看着人饿死。一来二去，我那点儿钱哪够花，这不，现在又成了穷光蛋一个。”

朱笑东暗暗地观察梁三的神色，觉得梁三并没说谎，便想了想，问道：“说吧，你打算怎么做？”

“嗯！周四想出来找点儿事情做做，我想来想去，也就觉得朱老板这边做事比较稳当，不知道朱老板能不能帮他一把。至于我嘛，嘿嘿，是出来筹钱的。”

第十六章
梁三来访

听了梁三的话，朱笑东微微皱了皱眉头，现在这个社会，要找事情做，哪里不能挣到钱，何必要费这么大的力气。至于梁三要筹钱，这个反而就好说得多了。

“事情是这样的。”梁三不等朱笑东发问，接着又说道，“这周四，你别看他年轻，在我们老家，他可是出了名的雕刻师傅……”

朱笑东失声说道：“小周，你也会雕刻?”

周四腼腆一笑：“也不是很会，就是没事喜欢找些石头雕着来玩儿。”

朱笑东略一沉思，便招手叫来一个伙计，要他拿一块新买回来的普通玉石料，另外，把自己的雕刻工具再拿几样过来。

那伙计去找材料工具，趁这当儿，朱笑东又问梁三：“你筹钱，又是要干什么?”

没想到梁三叹了口气，说道：“唉，不瞒你说，我们那里太穷，大山深沟的，娃儿们上个学一走就是十好几里路。几个月前来了个老师，那个老师是个女的，人好得没话说，自己掏钱在村子里办了间学校，这是好事啊，想不到一场暴雨把学校冲走了，我们秋老师伤心的不得了，我也就想着，能帮一把是一把了。”

“是这样啊。”朱笑东点了点头，盘算着该拿多少出来，才能算意思意思。

杨薇在一边淡淡地问道：“你说那个老师是个女的，还姓秋，知道她叫什么名字吗?”

梁三苦笑着摇摇头，说道：“秋老师叫秋可仪，挺好的一个人，三十多个孩子，校长也是她，老师也是她，一个人几头忙，唉……”

“秋可仪，是她……”朱笑东和杨薇两人一齐叫了起来。

“怎么，你们认识?”梁三诧异地说道。

朱笑东点了点头，秋可仪，当然认识了，不过，朱笑东对这个女孩子的印象却不怎么好。

杨薇却在一旁说道：“笑东，这事儿，咱们还真得帮上一把，你看……”

朱笑东刚要说话，梁三却抢着说道：“朱老板，我来筹钱，不是来向你们要钱的，你知道我不差这点儿钱，只是没有现钱而已!”

这话说得有些拗口，但是朱笑东和杨薇都明白梁三的意思，在戈壁滩深处，每个人都带回来不少值钱的玩意儿，东西是值钱，但毕竟不是现钱，这些东西现在管制得很紧，就算手上有，一时半会儿没有稳妥的路子，也没人敢拿出来换成现钱。

所以，梁三说他不差钱，但是没有现钱，这就不难理解了。

朱笑东叹息了一声，这梁三也算是工于心计了，现在这个情况，要出手一件上次带回来的物件，风险就不说，别的卖家肯定会趁火打劫，把价钱压得死死的。

找到朱笑东，情况就不一样了，不会有风险，价钱也绝对会是最高的，这一点，梁三倒是算到了淋漓尽致。

这时，找材料工具的伙计，抱了一大堆东西出来，放到朱笑东面前。

朱笑东看着周四，指了指那些工具和材料，示意周四现场演示一下。

本来朱笑东也不愿意接受自己不认识的人，但是梁三说周四会雕刻，这就让朱笑东很是动心，觉得有必要试试了。现在自己那边新开一个加工厂，需要人才，尤其是懂得雕刻的人才。

这周四要是愿意，或者有相当的功力，朱笑东绝对会把他留下来。

周四红着脸，拣了一块比拇指头稍大的普通玉石料，又选了一把刻刀，拿着玉石料稍稍沉吟，便开始动刀削刻。

朱笑东一看，心里顿时有些失望，周四拿刻刀的手法有些笨拙，另外，拿起玉料，记号上图都不做，直接就开始雕刻。幸好这只是一块普通的玉石料，浪费了也无所谓，要不然，即使只有指头般大的一块，也价值不菲！

心里失望，他也就不再去注意周四的雕刻，转头问梁三："既然是秋小姐的事情，我就不能不帮了，这样吧，我这边你先带十万元回去，后续的我再想办法，怎么样？"

梁三笑了笑："我就知道朱老板爽快，也好，有十万元，我们村里的孩子又可以正常上学了，我先替他们谢谢你了。不过，这钱我也不能白拿，这样吧，今天我也就带了两件东西过来，这些玩意儿你都知道底细的，我也不多说了……"

说着，梁三从身边的那个黑提包里拿出来两个用旧报纸包裹得严严实实的东西，放到茶几上。

朱笑东盯着梁三，淡淡地说道："你这什么意思？十万元你嫌少？"

梁三咧嘴一笑："哪里！小朱老板的钱也不是白白捡来的，我知道你仁义，上次就已经帮了我们很多，老是要你帮忙，我们也过意不去。这两样东西你拿着，就算是我卖给你的，钱，有十万元也就差不多了。"

从戈壁深处带回来的那些东西，哪一件都不止十万元，这一点朱笑东知道得很清楚，现在梁三只要十万元，这几乎就是在卖白菜！朱笑东无论如何也不肯答应。

"小朱老板，两件东西你能给十万元，我已经非常满足了。你知道吗，上次我没办法的时候出手了一件，那家伙给我多少？想起来真是叫人心酸，那家伙给了我五千八百元……"

梁三眼里饱含着一层雾水，很是悲愤地说道："要不是孙家的小儿子快断气了，就算打死我，我也不会出手。我时常就在想，现在这个世道，唉……早知道这样，魏九斤、温强、我二叔……他们真是白死了！"

朱笑东叹了口气，探险盗宝终究不是梁三他们走的路，拼死拼活，手里有件好的东西不敢出手，即使出手也是替别人忙活一场！

三个人禁不住唏嘘了一阵。

这时，胖子挤进了门来，一进门忍不住失声叫了起来："梁三……梁大个儿，你怎么会在这里？"

梁三"嘿嘿"一笑："朱胖子，我怎么就不能到你这里，呵呵……来找你掏钱，你肯不肯给？"

"去你的吧！你会找我要钱。嘿嘿，今儿高兴，没话说，你找地方我请客，不去的是王八蛋……"胖子就喜欢跟梁三开玩笑，怎么说也是一起出生入死过的哥们儿。

杨薇见只有胖子一个人回来，不由惊奇地说道："晓娟呢，没来？"

胖子打着哈哈说道：“给我赶回家去了，老是黏着，烦！”

“你敢这么说晓娟，呵呵，你知不知道会有什么下场？”杨薇笑道。

胖子抓了抓脑袋：“是她烦了我，把我赶出来了，行不！”

说话间，胖子看见茶几上两个报纸包裹着的东西，忍不住好奇地拿起一个问道：“什么玩意儿，包得这么扎实？”

“是梁三哥的东西。”朱笑东笑着说。

胖子瞪着眼睛，看了一眼梁三，好奇地问道：“怎么，梁大个儿，这么快就沦落到变卖家产的地步了?!”

朱笑东在一旁把梁三的来意说了一遍，胖子一听说是要为秋可仪，顿时把脸拉了下来。

朱笑东苦笑着摇了摇头：“胖子，事情都过去这么久了，你还记着它，这不是你的性格！”

胖子拉着脸说道：“我当然不会记着那件事了，我也想帮她啊，可是我家里的那位……我也是有心无力。”

梁三见每次提起秋可仪都没人高兴，很明显他们中间是有什么事情，当下好奇地问道：“这是怎么回事？”

朱笑东和胖子两人均不作声，倒是杨薇慢慢地将如何认识秋可仪，如何被骗的事情大略说了一遍。

梁三惊奇地说道：“怎么会有这样的事情？”

朱笑东和胖子两人都摇头苦笑不已，对秋可仪，朱笑东跟胖子两人说不上恨，连厌恶都说不上，就不想去理睬她的事情，这种感情很复杂，几乎没有言语可以描述出来。

过了片刻，梁三喃喃地说道：“看来我还是找错了地方！”

“你这是什么意思?!”朱笑东忍不住说道。

胖子也有些着恼：“梁大个儿，你可不要误会，我们被秋可仪骗了个团团转，那是我们跟她之间的事，你来了，就是你和我们之间的事，什么叫来错了地方？你不来找我，我还找你呢。”

说完，胖子又吆喝道：“关大哥，来来来，给看看我朋友的这两件东西，能值多少钱就按多少钱收，记住了，这是我朋友。”

有胖子这么一说，关经理也慌忙不迭地走过来，拿起两个报纸包，直接就在茶几上看了起来。

做生意，关经理自然是老到得很，既然朱笑东在场，而且胖子又特别说明是他的朋友，只要是真货，那肯定是走走过场，履行一下正规手续而已，至于价钱就不用说了。

只是关经理打开报纸包的时候，着实被惊呆了。

两个报纸包裹着的，一件雕花掐丝镶嵌金杯，采用掐丝、浮雕、焊接、镶嵌等工艺，应用了极其复杂的掐丝镶嵌珠宝点翠工艺镶嵌的珍珠、红绿宝石少说也有二三十颗。制作技巧之高超，造型之精巧，装饰之细密，几乎是科学与艺术完美结合的佳作。

仅此一件，价值最低已经达到一千万元以上。

2000 年，曾有一件类似的元代金杯，在香港拍卖出一千一百万港币的天价。

仅此一件，已经让关经理魂不守舍了，偏偏还有另外一件，玲珑俊俏的镂空花雕香薰炉，同样纤巧、灵动，优雅大方、内涵清晰、表达流畅，栩栩如生的造型配以黄金璀璨，给人以强烈震撼的视觉效果。

看着这两件金器，关经理呆呆的不出声了，很明显，这玩意儿已经超出了正常的收购范围，这不是钱不钱的问题，眼前这两样东西不用检验就知道，这属于文物，在保护范围之内的、禁止在市面上流通的管制文物，要是被逮到了，其结果可想而知！

一时之间鸦雀无声，连一根针掉在地上都听得见！

沉默了好一阵，朱笑东才说道："梁三哥，实话跟你说吧，你这些东西实在太过珍贵，按正常途径来做的话，我们是不能买进的，至于原因，我们大家都是明白人，也用不着多说。东西你收回去，我按这两样东西的价格给你钱！"

一向对钱比较敏感的胖子也咬了咬牙说："梁大个儿，弟兄们交情是交情，我做主，这两样东西，两千万元，你给个账号，我们马上转，东西你带走。要我们还是兄弟的话，你就照着做，要看不起兄弟，你立马走人！"

这话也就说得很明白了，梁三这两样东西烫手，朱笑东和胖子两个都不会要。

梁三苦笑了一下："知道我有时候反而很后悔把这些东西带出来吗？以前老想着发财，以为有了金银财宝就能过人上人的生活，现在我才明白，有这些东西拿在手上，其实是一个很大的负担，一会儿觉得对不起死去的人，一会儿又害怕连累活着的人，所以，即使有人只给五千元，我也愿意出手。"

梁三的心情朱笑东等人明白，找上朱笑东，估计梁三也确实是走投无路了。

"行！既然朱老板和胖子兄弟都发话了，我也不再多说，也不要说什么几千万元，太多了也用不着，你们愿意捐资的话，这是善款，我们会永远记住对我们有过帮助的人，希望我们以后还是好兄弟、好朋友！"

梁三说完，依旧用报纸把两件金器包裹好，然后就像扔两瓶矿泉水一般，随随便便地把两件价值连城的金器塞回黑提包。

"两位兄弟，我那边的资金缺口最大数量也就六十万元左右，这是我的账号……"梁三说着，拿出一张银行卡放到茶几上。

柜台上就有电脑，胖子毫不犹豫地拿着那张银行卡，走到柜台边，对守着电脑的出纳伙计说道："给这张卡上注入资金一百万元！用我私人的账号。"

出纳点了点头，手指在键盘上飞快地敲击，不到五分钟，出纳把电脑显示器推了过来，要胖子确认网页上的信息。

胖子看了一眼，上面显示转账成功！

胖子跟出纳说了声"谢谢"，拿了那张银行卡回到梁三身边，把那张卡还给梁三。

刚刚坐下，梁三口袋里的手机发出短信提示音，梁三也不做作，直接拿出手机，打开短信页面一看，是银行账户余额变动提示，上面清楚地显示他那张银行卡上几分钟之前存进了一百万元。

梁三点点头："多谢了三位！其他的话我也不多说了，希望有一天，你们能光顾我们村，我请你们吃羊肉泡馍！"

朱笑东笑了笑，稍微客气了两句。

这时，周四站了起来，红着脸，很是腼腆地低声说道："朱老板，我的雕刻完成了……"

朱笑东眼睛粗略地一扫他手里的那块玉石料，顿时有些失望，玉石料上，连外形都没有太大的改动，勉强能看到的也就是几条细微的刻线，估计是花卉之类的阴刻。在玉料上雕刻花卉之类的阴刻难度并不大，稍有经历的人就能做到，所以在朱笑东看来，周四的作品，多半只能算是失败！

不过好在玉料上只是浅浅的阴刻线条，外形也没太大的改动，这块玉料虽然不怎么值钱，倒也不至于说已经毫无价值。

见周四上前来"交卷"，梁三也不打扰，笑了笑，把身子往角落里挪了挪。

胖子一听说是雕刻，连忙从周四手里拿过那块玉料，细细一看，玉料上的确是花卉阴刻，两朵怒放的荷花，一片尖尖的荷花瓣上一只蜻蜓欲落欲飞、生动翔实，一只莲蓬不堪果实重负，将折又弯，三四片荷叶形态各异，叶片上脉络清晰，其中一片半圆形的荷叶上面一颗水珠欲摇欲滚，整个画面层次清晰，动植物栩栩若生，意境不错。

胖子虽然不太懂画，更不太懂体味什么意境，但是这玉雕拿在手里就感觉有一阵微风吹拂过来，很清新、清凉的感觉。

周四的画工不错，意境也好，但可惜的是，像他这样的作品没办法值大钱，这就是现实。

胖子看了一会儿，兴头过去了，也就罢了手，怎么说这东西都不怎么值钱，光是欣赏两朵荷花那又有什么用。

杨薇接过来，看了片刻，也只是欣赏了一会儿那荷花，体味了一下其中意境，至于值不值钱，杨薇不懂，也懒得去管。

转了一圈，周四这块作品最终传到朱笑东手里，朱笑东接过玉石那一刹那忍不住一愣，不由抬头多看了几眼周四，又低头去细细地看手里的那块玉石。

这时，周四显然有些紧张起来，低着头不敢去看朱笑东，一双白皙的手忍不住紧紧地抓着衣角，就像一个做错事怕被大人责罚的孩子一样。

片刻之后，朱笑东把玉石料拿在手里掂了掂，看着周四说道："周小姐，现在的女孩子都这么潮了吗，你干吗要打扮成一个男孩子的模样？"

在座的人都是陡然一惊，周四是女孩子！

这是真的吗！怎么别人都没看出来？

"我……"周四顿时有些惊慌起来，被人看破了身份，尤其是被老板看破了身份，那是很严重的事情。

梁三忍不住在旁边叹了口气，张了张嘴，但是最后又忍住了。

周四眼圈一红，想要说什么，但是一时之间又不知道该怎样说，一双手下意识地捏着衣角。

见周四不说话，朱笑东也就不去看她了，只是细细看起她的这玉石雕刻来。

过了半晌，周四抬起一只手，在脸上擦了擦，鼓起勇气说道：“我们家里穷，家里有年老多病的父母，本来应该是我哥哥出来打工挣钱的，可是他什么也不会，我就跟他商量，我会雕刻，挣的钱会多一点儿……可是，我，我怕一般的雕刻作坊不会要女孩子，所以，才……才……”

说到后来，周四眼圈一红，又差点儿落下泪来，死命地咬住了薄薄的嘴唇。

朱笑东叹了口气，说道：“周小姐，不知道你愿不愿意跟我们合作？”

“啊？”几个人一下子又愣住了。

周四还没反应过来，呆呆地站在那里，一时之间不知道怎么回答。

朱笑东也不急，把玉石料递给关经理，指了指印刻在荷花上面的那一滴略显模糊的水珠，说道：“关大哥，用放大镜好好看看！”

关经理接过荷花玉雕，点了点头，转身到柜台上拿过放大镜，对好焦距，才看一眼，顿时惊叫了起来：“天哪！是《兰亭序》！微雕的《兰亭序》……”

《兰亭序》，又名《兰亭宴集序》《兰亭集序》等，行书法帖。东晋书法名家王羲之与谢安、孙绰等四十一人在山阴兰亭“修禊”，会上各人作诗，并由王羲之作序。序中记叙兰亭周围山水之美和聚会的欢乐之情，抒发作者感慨好景不长、生死无常的感情，全文共计三百二十四字，被历朝历代的书法家公认为是举世无双的“天下第一行书”。

世人常用曹植的《洛神赋》中“翩若惊鸿，婉若游龙。荣曜秋菊，华茂春松，仿佛兮若轻云之蔽月，飘飖兮若流风之回雪”一句来赞美王羲之的书法之美。

朱笑东拿过玉石那一刻，突然发现周四的荷花雕上有古怪，估计周四可能是做了微雕，朱笑东的雕刻技术就不用说了，突然之间发现一个跟自己一样精于微雕的人，朱笑东自然就有些兴奋激动了。

兴奋激动之下，不由得多看了周四两眼，这又让他发现周四不但懂得微雕，还是个女的！

“永和九年，岁在癸丑，暮春之初，会于会稽山阴之兰亭，修禊事也。群贤毕至，少长咸集。此地有崇山峻岭，茂林修竹；又有清流激湍，映带左右，引以为流觞曲水……”关经理激动之余，忍不住一字一句地念出声来。

“……虽取舍万殊，静躁不同，当其欣于所遇，暂得于己，快然自足，不知老之将至。及其所之既倦，情随事迁，感慨系之矣……”

朱笑东对这《兰亭序》全文是再熟悉不过的了，见关经理念叨得声情并茂，也忍不住默念了起来。

这本来是一件很优雅的事情，只是关经理刚刚读到一半，胖子从旁边一伸手，从关经理手里把放大镜和玉石雕一齐抢了过去，还怪声怪气地说道：“哥儿几个，有这么好的东西，怎么我就不知道。”

第一个欣赏这玉石雕件的就是他本人，这事他倒是只字不提了！

关经理虽然是意犹未尽，但是也无可奈何，只得看着胖子，一手拿了玉石雕，一手拿了放大镜，歪咧着一边嘴角，紧闭着一只眼睛，怪模怪样地用放大镜去看那微雕。

胖子打断了关经理和朱笑东两人的吟诵，顿了片刻，朱笑东把目光投向关经理：“关大哥，你觉得怎么样？”

关经理怔了怔，一时之间觉得有点儿不好开口，朱笑东的作品他见过的不多，而且他不敢评判，如果只以价值高低来评论朱笑东的作品，这显然不合适，这倒不是因为朱笑东是老板，而是他自己觉得没资格！

可要是现场评论周四的作品，他还是能够游刃有余的，不过，就因为朱笑东也是“大家”，而且已经开口要跟周四合作了，那意思也就是看好了周四，现在评判，无形之中就让他有些压力。

关经理想了片刻，才说道：“首先，我申明我自己的立场，我是做生意的，做生意的只讲究利润，这个我就不多说了。要说这件作品，抛开技术层次不说，就这一块玉料来说，我觉得周小姐这幅微雕能让我们这块玉料的价值上升三到五倍，当然，这与玉料质地也有很大关系，说到刀工、风格，稍有功力不足之嫌。当然了，这与我们的现场环境以及周小姐的临场状态都有很大的关系。

“一句话，这么说吧，这块玉料未经雕琢之前，我最多给一百五十元左右，现在雕琢之后，有了这幅荷纹以及《兰亭序》的微雕，再让我出价，我可以出在四百元以上七百元以下的价位……”

朱笑东笑了笑，关经理这样的评价，有些贬低周四之嫌，但这是正常的，因为关经理早就申明了他自己的立场，低买高卖做生意的，所以，他说话的立场也是站在“利润”二字之上，无可厚非。

相反，在某种程度上来说，关经理这种评价反而更加直观、中肯。无论是什么东西，最终都是看其价值利润，关经理直观地给出雕刻前后的两个价位，实际上也就是确定了周四的手艺、技术的价值，三到五倍！

朱笑东点点头，关经理的评价还算中肯。

这时，周四回过神来，对朱笑东弯了弯腰，有些语无伦次地说道：“朱老板，你要能收留我，我感谢你们家八辈祖宗，啊！不，不是，是我们家八辈祖宗都感谢你……”

一边的几个伙计闻言，顿时笑了起来。梁三在一边也是忍不住苦笑着摇头，山里的苦孩子！

杨薇却微笑着上前拉起周四的手，说道：“周小姐，没你说的那么严重，我们以后就是一家人，用不着感谢不感谢什么的。”

周四一时之间不知道如何是好，只是拼命地点头。

朱笑东不在意周四的失态，淡淡地笑了笑，说道：“周小姐，我们可要先说好，我们是聘请你，不是收留，刚好我这边有个厂子要开工，我相信以周小姐的才能，是大有作为的！”

周四除了拼命点头，其他的什么也说不出来。

“还有一件事我必须跟周小姐商量一下，我们这个厂子刚刚开工，前面有个师傅姓赵，我们给了他百分之十的股份，对于你，我想，我同样让你拥有这个厂子百分之十的股权，也就是说，这个厂子有你自己的一份。我们需要一些高端的产品，赵师傅是负责中低端产品的，我想请周小姐对中高端的产品负责。”

胖子在一边用放大镜看了半天，那微雕上的字龙飞凤舞，除了有些好看之外，是什么意思就不知道了。王羲之和《兰亭序》这些他是听说过的，还听说过王羲之的真迹里面有二十多个“之”字，形态各异、字字不同，除了这些，其他的什么意境之类的，他也不怎么懂得，所以看了一阵，也就把玉石和放大镜往关经理手里一塞，不看了！

听朱笑东说到股份上来，忍不住插嘴说道：“我们厂子也不大，目前的投资也就两三千万元，也就是说，只要小妹妹你能吃苦，好好干，明天的百万富翁里面就有你一个！”

周四简直要晕过去了，能找到一件自己喜欢的工作就够让人心满意足了，这又是股份又是富翁的，实在让人应接不暇。

梁三见自己推荐的人，朱笑东不但接受，而且还划拨股份、委以重任，自然也是满心欢喜，当下站了起来，对朱笑东说道：“朱老板，既然如此，我也就不打扰你们了。我那边要钱要得急，我想这就回去，免得耽误孩子们。”

朱笑东想要请梁三吃饭后再走，梁三推迟了，只说：“这小周是苦孩子出身，吃得了苦的，我就把她拜托给你了。”

朱笑东笑了笑：“你放心，我相信周小姐会有出息的，我很看好她。”

梁三又客气了几句，便告辞出了门。

周四跟着出去，稍微送了梁三一段，便又回来，穷苦家的孩子，能赚钱的时候不想耽误工作。

回来之后，朱笑东又跟周四谈了一会儿工资、条件之类的，得知周四这次跟着梁三过来时吃的是馒头，住的是街头，身无长物，连行李都没有，朱笑东叹息了一声，拿了点儿钱，让杨薇带着她先去买点儿洗漱用品、换洗衣物什么的。

杨薇带着周四走了之后，店里顿时冷清了下来，铺子里的生意还是以典当为主，销售小件玉器为辅，算是守株待兔，坐等鱼儿上钩的生意。

见实在没什么事做，朱笑东闭目养了一会儿神，突然睁开眼睛问胖子：“你还记不记得我们上次去赌石的情景……”

那次赌石胖子哪能不记得，当时自己花了一百来万元，解了三块废石，都差点儿发了疯，那种刺激感，到现在还记忆犹新呢！

“怎么，东哥又想去赌上一把？”胖子忍不住问道。

“你想到哪里去了！”朱笑东没好气地说道，“我是在想，现在我们自己的厂子也有了，人手也有了，我们进回来的材料基本上是人家做出来的半成品，这里面其实还有很大的利润空间可以做做文章。”

胖子点点头，说道：“确实，即使是半成品，也比原材料的价格要高上好几倍，要是我们能够直接拿到原材料，其利润就能高出来十之八九。可是东哥，除了去赌石，还有什么好的办法能够拿到原材料？”

“去你的，你就一心想着去赌，除了赌，难道就没有别的办法了？”

胖子摇了摇脑袋，懒得去想，什么事都有朱笑东出马，自己干吗要去操那份心。

朱笑东半闭着眼睛，自言自语地说道：“我一闭上眼就想起赌石厂里面那货架上一排排的原石，胖子你说，我们要是能有那么多的原石材料，我们得赚多少啊！”

能赚钱，怎么样去赚钱，这是胖子最感兴趣的话题，见朱笑东这么说，当下想了想，说道：“他们都能进回来整批的原石，我们为什么不能。东哥你在腾冲那边不是有根基吗？叫几部大卡车过去，直接拉几车回来，不就什么都有啦！”

面对胖子这家伙，朱笑东除了哑口无言就是欲哭无泪，半晌，才说道：“胖子，知不知道我手上现在有‘三宝’？！”

不等胖子搭话，朱笑东就扳着指头，说道：“第一宝，就是今天刚来的周四小姐，她功力虽然不够，但是做一般的中高档产品是没问题的……”

胖子顺着朱笑东的思路，答道：“赵师傅负责中低端产品，面向广大普通消费者，这就是第二宝了！”

朱笑东点点头，一本正经道：“真正最好的宝，你知道是什么吗？”

胖子想了片刻，摇摇头：“不知道。”

“是胖子你和晓娟两个活宝！”

第十七章
梁氏后人

朱笑东吩咐了一下店里的事情，便回了方天然的别墅，胖子死活都要跟在一起，理由只有一条，王晓娟现在是离家出走阶段，谁照顾她都不放心，还得自己跟着，免得到时候有什么差错，老头子肯定要打断他这一双腿！

朱笑东无语，反正方天然的别墅里空着的客房又不止一间，去就去吧，有后辈们吵吵，方天然也会觉得热闹。

刚进门，别墅里显得有些冷清，开门的保镖说方天然有个应酬，带了开车的司机和两个保镖出去了。

另外，杨薇和王晓娟都回来了，正在厨房忙着。

朱笑东跟胖子两个回来的刚刚好，一进门，杨薇和王晓娟两人正忙着往桌子上端菜。

见朱笑东跟胖子两个人回来，杨薇让两个人赶紧去洗把脸，然后快点儿回来吃饭。

朱笑东心情不错，哼着小曲儿进了洗手间，屁股后面的胖子却是一脸愁容。见胖子愁眉不展，朱笑东不由好奇地问道："怎么回事，胖子，出了什么岔子?”

胖子心虚地回头看了看，见王晓娟正在忙着，苦笑了一下，欲言又止。

两个人匆匆洗完脸，回到饭桌坐下，杨薇和王晓娟两人早准备好了饭碗筷子，见朱笑东和胖子坐下，便各自给两人夹菜。

王晓娟很心疼胖子，一大盘红烧肉一大半都夹给了胖子，还生怕胖子吃不够。

胖子脸上堆满幸福的笑容，只是怎么看都有点儿被逼着受刑的味道。咬着牙吃了两三块，胖子突然坏笑着说道：“晓娟，你看这一盘红烧肉，一大半都被我吃了，怎么说也是在东哥家里，咱们可不能独吃对不对？来来来，给东哥也夹上两块……”

王晓娟有些心痛，自己好不容易下一回厨啊！不过胖子说的有理，王晓娟只好拿着筷子招呼朱笑东跟杨薇两个，说道：“哎，是啊，是啊，东哥，你们吃，你们吃……”

杨薇微笑着客气了一下，却并不去吃那红烧肉，倒是朱笑东，毫无戒备地准备伸手去夹盘子里已经为数不多的几块红烧肉。

只是朱笑东的筷子还没伸到盘子里，脚下一痛，就被杨薇狠狠踩了一脚，却不知道怎么回事。

杨薇微笑着对朱笑东眨了眨眼睛，朱笑东一看胖子的坏笑，顿时明白了过来，当下把碗筷往桌子上一放，说道：“怪了，本来感觉好饿的，怎么才吃上几口就又觉得饱了，胖子，你们慢慢吃……”

说罢，朱笑东站起身来准备要走。

胖子本来还在坏笑着，一见朱笑东要走，顿时大失所望，赶紧也放下碗筷，“嘿嘿”地笑着说道：“对对对，估计是我跟东哥两个都吃坏了肚子，我也吃不下了，晓娟儿你们慢慢吃，我去跟东哥商量点儿事!”

王晓娟的脸顿时拉了下来，盯着桌子上那盘红烧肉，沉声喝道："胖子……"

胖子赶紧赔着笑脸"哎"了一声，一副卑躬屈膝、随时准备候领懿旨的样子，让杨薇和朱笑东两个人忍俊不禁。

偏偏王晓娟叫了一声"胖子"之后就再也不多说一个字，只是俏脸含霜，死死地盯着那盘红烧肉。

过了片刻，胖子抹了一把脸上的汗水，低声说道："晓娟儿，你……"

胖子不说话还好，一说话，王晓娟顿时爆发了起来："死胖子，我做的红烧肉就那么难吃吗？就算是，你哄哄我会死啊！这么快就开始嫌弃我们娘儿俩了，今天嫌我煮的饭不好吃，明天就可以嫌我长得不好看……"

胖子站在王晓娟背后不敢吱声，趁她背对着自己之际，苦着脸挤眉眨眼地向朱笑东两个人求救。

偏偏那两个人抿着嘴，就是装作不明白胖子的意思，王晓娟正在气头上，没准儿一搭腔，她又要去拿刀来！

胖子见朱笑东不肯帮忙，叹了口气，随后又咬了咬牙，苦着脸说道："晓娟儿，你听我说，不是你煮的饭不好吃，今天我吃不下去是有原因的……"

"少扯，吃坏了肚子是吧？好啊，我这就叫救护车来……"看王晓娟的样子，有愈演愈烈的趋势。

胖子抹了一把汗水，哀声说道："晓娟，不是我吃坏了肚子，是我一时之间鬼迷心窍，我心里有愧，现在心痛，所以我连饭都吃不下去了！"

王晓娟霍地转过头来，逼视着胖子："有愧、心痛，去发廊找小姐了？跟其他的女人好上了？还是约上了你的旧情人……"

说着，王晓娟眼圈一红，马上就要掉下泪水来："你爱找谁找谁，跟我有什么关系！"

胖子见王晓娟要哭，赶紧说道："不是，晓娟儿你听我说，我就是就是以前有个朋友来找我，我……"

"找你你就去啊！回来跟我说这些干什么？是不是想把我气死了，你们好正大光明地在一起，我告诉你死胖子，没门！"

见王晓娟一哭、二闹，接下来就该三上吊了，朱笑东赶紧劝道："晓娟，你听我说，不是你说的那样。是这样的，今天梁三过来了，梁三你记得吧，我们一起并肩战斗过的朋友……"

梁三这人，胖子跟王晓娟说过很多次，王晓娟是知道的，可是这跟胖子又有什么关系？

"晓娟，你听我说。"朱笑东最清楚什么时候该说什么样的话，"梁三是来向我们兜售管制文物的，你知道，这个我们不敢随便接受，可是梁三兜售文物，却又是想帮助一些小孩子，所以我们……"

"所以你们就买下了管制文物？"王晓娟的声音一下子就低下来了很多，买卖受管制的文物那可是违法的，到时候，说不定就会牵扯出来家里的那些，恐怕最后去蹲号子都还是轻的。

"你们怎么就那么傻啊，那些东西是你们能去碰的吗？就算再赚钱，我们会稀罕那点儿钱？"王晓娟越想越害怕，一时间有些慌乱起来，站起来转身抱着胖子，哀声说道，"胖子，去自首吧，那点儿钱我们不要了，去自首，争取宽大处理，不管你去蹲多久，十年八年，我都等你……"

朱笑东哭笑不得，待王晓娟稍微停歇，才插嘴说道："晓娟，你想到哪儿去了，就是我们没买梁三的东西，可是，他要钱是去做好事，所以我们……"

朱笑东话到嘴边，猛地又顿住了，那可是胖子出的一百万元，这事要是王晓娟知道了，不知道胖子又会是什么下场！

所以，他稍微顿了顿，才说道："所以，我们用私人的名义，捐了些钱……"

王晓娟一听说没买卖管制文物，只是捐了些钱，立刻推开胖子，盯着胖子问道："东哥说的都是真的？"

胖子满头大汗，但是毫不犹豫地点头说道："当时情况紧急，没来得及跟你商量，我就捐了款，所以这事儿，我不但心里有愧，还有些心痛。"

得到确认，胖子不但没做坏事，还做了一件好事，王晓娟小嘴儿一咧，破涕为笑，在胖子肩膀上一拍，大大咧咧地说道："就这事啊，我还以为你是做了什么对不起我的事儿呢。没事了，行善捐款这是好事，我支持！"

胖子见王晓娟这就放过了他，抹了一把汗水，对王晓娟作揖道："晓娟，我跟东哥要开加工厂的事还有好些东西要商量，你慢慢吃，我就不打扰你了！"

说着，转身拉着朱笑东，飞也似的逃了，一边跟着朱笑东上楼，一边还隐隐约约地丢下了一句："这女人，怎么说哭就哭，说笑就笑，翻脸比翻书都快……"

过了片刻，王晓娟又皱起了眉头，这死胖子，捐款也就捐了，到底捐了多少啊？心痛到饭都吃不下去了……

正疑惑时，朱笑东跟胖子两人又跑着下了楼，一脸火急火燎的样子。

杨薇好奇，今天这两个人怎么了，慌慌张张的。

朱笑东手里还拿着电话，急急火火地回答说："梁三出事了！我得过去看看！"

"怎么回事？"王晓娟也站起来问道。

“刚刚听说，梁三在车站被人抢了包，还挨了一刀，这会儿估计正在往医院送！”胖子在一旁替朱笑东回答说。

“怎么会这样？”杨薇有些担心地问道。

“估计是冲着梁三手上的两件宝贝去的，多半是梁三露了行藏，被贼惦记上了。”

朱笑东一边说，一边往门口走，胖子亦步亦趋地跟在朱笑东屁股后面。

王晓娟却是追到胖子身后，一把拉住他说道：“胖子，不管发生什么事，你给我记住，我们娘儿俩都等着你平安回来！”

胖子咧嘴一笑：“不就是过去看一眼朋友吗！看你搞得，跟生离……”

王晓娟伸手按住胖子的嘴巴，及时把胖子“死别”两个字按住，呸呸地吐了两口唾沫，才说道：“不许你胡说，记住，我们娘儿两个在家里等着你！”

胖子见王晓娟心情尚好，“嘿嘿”一笑，说道：“晓娟儿，我忘了告诉你，先前捐款，我一个人捐了一百万元……”

王晓娟一怔：“胖子，你没开玩笑吧，一百万元！你逗我对不对？”

胖子挣开王晓娟，一边追赶朱笑东，一边回头说道：“晓娟儿，对不起，是真的……”

王晓娟顿时瘫了下去：“死胖子，你还真捐了那么多啊！”

“高大哥，快开车！”胖子满头大汗，唯恐逃得慢些王晓娟就冲出来了。

朱笑东坐在副驾驶的位置，回过头来，很担心地说道：“胖子，要不然，待会儿我把那钱转给你吧，免得……”

胖子在后面“嘿嘿”笑道：“东哥，你还不知道王晓娟的脾气，刀子嘴豆腐心，闹腾得厉害，你还当她真就心痛那点儿钱？”

高原一边开车，一边笑道：“小王其实真的是个好人，女孩子就是这样，心疼你心疼得要命，却又时时刻刻对你大吼大叫，那叫什么来着，打情骂俏……呵呵……”

高原一边说着，一边开着车子，走走停停花了一个半小时，才到了梁三住进的那个医院。

几个人匆忙赶到病房，见梁三正斜靠在病床上，胖子把一兜水果之类的放到床头柜上，才来看梁三的伤势。

还好梁三的伤势并不重，一点儿皮外伤，右边胳膊上一道刀口子，三四寸长，早就处理好了，梁三呵呵笑着说：“那次打狼，其实伤势比这个严重多了，不也没什么。这次是热心的好人看不下去硬把我送进来的。”

朱笑东有些忧虑地问道：“梁三哥，怎么会遇到这样的事情，是不是一路过来的时候就被人盯上了？”

梁三摇摇头：“会不会早就盯上我不知道，这事就应该怨我自己，自己粗心大意去上厕所，嫌挂着包碍事，就挂在旁边，完事一时间又没想起自己还有个包，等我想起来的时候已经到了别人手里。我去索要，那人抱着包就跑，我们两个就在厕所里干了一架，后来把包也丢了。”

胖子有些痛苦地抓了抓脑袋：“梁大个儿，你……我该怎么说你啊！对了，这事报警了吗？”

“没有，丢了就丢了吧，包里就那两样东西，又值不了多少钱，其他重要的都放在身上。”

朱笑东听说梁三并没报警，一时间，感觉不知道是轻松了些还是沉重了些，过了片刻才说道：“梁三哥，以后千万别再背着那些东西乱跑，太危险了。”

梁三点点头，朱笑东的意思他当然明白，成天背着那些东西到处乱跑，到头来终究不光会害了自己，还会连累大家。

闲聊了一会儿，梁三又笑着说道："三位，这事就这么过去了，反正我伤得也不重，还要赶着回去办事，我得回去了。"

"你的伤势怎么办？"胖子问道。

"不就一点儿小伤吗！又不是没遇到过，不打紧！"梁三一边说，一边起身要下床。

朱笑东想了想，梁三待在这里待得久了的话也不见得是件好事，当下让梁三稍微等等，又跟胖子说："也不能让梁三哥带着伤出去，这样吧，你去帮忙买瓶矿泉水回来！"

一说买水，胖子自然知道朱笑东要干什么，当下"嘿嘿"一笑，转身出门，把买水的任务交给了守候在门外的高原。

见胖子在门外打了个转又回来了，朱笑东就知道胖子这家伙又偷懒了，当下忍不住笑骂了胖子几句。

医院门外就有小卖部，烟、酒、水什么的齐全得很，不到五分钟，高原就提着三四瓶矿泉水上来了。

有冰冻过的，也有没冰冻过的，在他看来，胖子这家伙要水，就应该是冻过的，自己也喜欢冰冻的，而梁三身上有伤，就不能喝太冷的。

高原把没冰冻过的矿泉水拿了一瓶给梁三，朱笑东却接了过去，拿了胖子刚刚还给他的那片龙鳞在瓶口蘸了蘸，不到片刻，一瓶矿泉水就变成了金黄色。

朱笑东见矿泉水的颜色差不多了，便收回龙鳞，然后把水递给了梁三。

梁三都看着朱笑东的举动，越来越是惊奇，直到朱笑东把水递给梁三，他才惊奇至极地问道："小朱老板，你们手里有龙鳞?!"

朱笑东一怔："梁三哥你也认识这龙鳞？"

梁三苦笑着摇了摇头："有些事情怎么说呢？"说着他接过朱笑东手里的龙鳞药水，一口气喝了个精光。又顿了片刻，才叹了口气说道："可惜啊，我这人一辈子时运不济，干什么什么不成，明明知道好多东西，偏偏每一次都是碰得灰头土脸，活活白瞎了我这'梁奇宝第三百八十代传人'的名号。"

朱笑东"啊"的一声叫了出来。

"啊！"胖子忍不住跳了起来。

梁三好奇地看着朱笑东跟胖子两个："你们怎么这么大的反应？"

朱笑东跟胖子两个对望了一眼，好久，又忍不住笑了起来。

朱笑东本来还想解释一下，但是胖子却是迫不及待地问道："梁大个儿，老实交代一下，你跟梁奇宝什么关系？"

梁三有些好奇，这梁奇宝的声名并不响亮，甚至很多时候梁家的人都在刻意回避这件事，一路传承下来，到了现代，对于梁奇宝这个人，即使梁三也是知之不详，仅仅知道自己就是梁奇宝的后人而已。

不过，见朱笑东跟胖子两个对这个老祖宗梁奇宝的事似乎知道得不少，梁三就更是好奇起来。

"算了，梁三哥，既然你也认得这龙鳞，我就不多说了，这里不是说话的地方，干脆到我那里去休息一晚，明天我们派车送你。"

朱笑东笑着说，既然梁三认识龙鳞，又是梁奇宝的第三百八十代传人，那他知道的东西肯定就比自己要多，答应卫老爷子和李嵘两个人的事情，八成还离不开这家伙，不如干脆带回去，一起参详参详。

梁三看了看时间，估计再去买直达的车票也来不及了，当下点了点头，应了下来。

办理了该办的手续，交钱结账的时候几个人遇到了一件怪事，梁三的医疗费用居然有人预先垫付了，还不少，结账时还倒找给梁三一万多元，四个人问了半天，但是值班的医生也没说出来个所以然，四个人只好满怀惊奇地出了医院，上了车。

这车后座本来挺宽敞的，胖子跟梁三一齐坐了进去，顿时就显得有些窄了。

一路上，依旧是走走停停，堵得要命。

车子里一片沉默，好不容易才回到方天然的别墅。

一进门，胖子有些心虚，探头探脑地看了看，客厅里就杨薇一个人在看电视。

胖子松了口气，问杨薇："她人呢？"

杨薇笑了笑，指了指楼上，王晓娟在睡觉，估计是想趁着空儿睡会儿，晚上才有精力收拾胖子。

胖子叹了口气，得过且过，走一步算一步吧。

这时，朱笑东让梁三坐下，自己却上了楼，杨薇帮忙倒了茶水，这才询问起事情的缘由来。

没聊几句，朱笑东就拿着一个包下来，放在茶几上，才对梁三说道："梁三哥，我这里有一些你先祖留下来的东西，很是有趣，不知道梁三哥能不能为我们提供一些信息。"

梁三早就觉得好奇，朱笑东怎么会对自己都知之不详的先祖梁奇宝这么感兴趣，一看朱笑东拿了这一包东西出来，更诧异了。

朱笑东打开包，一边把里面梁奇宝的几件玩意儿拿出来，挨个儿摆在茶几上，一边说道："我可以确认，这几样东西就是你先祖的手笔，但是我们也有很多疑问，梁三哥既然是他老人家的后人，是否能替我们一解心中的疑惑？"

梁三满脸好奇，一件件地拿起茶几上的玩意儿，细细地看了起来。许久，才开口问道：“这些东西的确是出自先祖，不知道两位是怎么弄到手的？”

朱笑东笑了笑，把胖子在陶都出彩买了戒指卖给李嵘以及后来自己等人上雪山、下湘南等的际遇简略地说了一遍。

想不到，梁三越听脸上的神色也越凝重，不管怎么说，这些东西都是出自自己先人之手，可是上千年来，无数辈的传承里面，并没有这些东西的记载，哪怕是一点点的传闻都没有。

胖子听了顿时有些失望，没想到又是竹篮打水——一场空！

梁三想了片刻，才说道：“这东西我是不了解，不过，我老家还有一个长者，姓许，他或许能知道点儿什么。”

顿了顿，他又说道：“对了，我还想到一件事，就是在我们老家有一处祖坟山，山上有座无字碑，据说是我们始祖先人的坟茔，只是所有人都不知道那里面埋的到底是谁，会不会……”

说着，便又住了口，要知道那座无字碑的坟茔到底埋的是谁，多半要挖坟开棺，可那是自己家族的祖坟，这事儿，弄不好被人戳一辈子脊梁骨都是轻的。

朱笑东想了想，也觉得这事不大靠谱，去挖人家的祖坟，违法什么的不说，弄不好可是要结下死仇的。

胖子却嘟着嘴：“这事啊！我们可以找个风水先生，再去看一处地，然后让他们迁坟不就得了！”

“说得轻巧！”朱笑东说道，“牵涉到人家祖坟这事，怎么说都不是件小事，有必要去那么做吗？”

杨薇在一边插嘴说道：“笑东，我想你们又走上了条岔道儿，目前来看，我们需要弄清楚两件事：第一，七宝到底是几件，也就是说，那两枚戒指到底是一件还是两件，这可能与今后的方向有关；第二，这两张纸上到底是什么，估计这就是整件事情的关键，没事去刨人家祖坟干什么?”

胖子一拍脑袋:“对啊,瞧我这脑袋,我怎么就没想到这一出?”

朱笑东在旁边笑了笑,还是杨薇清醒,自己都差点儿要去琢磨怎么刨开梁三家的祖坟了。

梁三仔细看了几遍那几样东西,忍不住说道:“这里明明就是七件,怎么会有几件这一说,还有,这两张纸上的,按你们的说法,不就是一幅地图吗,还能有什么别的?”

朱笑东解释说:“梁三哥,我知道的传说里,你们先祖的这几样东西确实一直都有一个争论存在,就是这两只戒指到底算是一件还是两件。至于你说到这两张纸,我们几乎调用了所有能用上的地图,但是没有一个地方的地形和这两张纸上的地形相吻合,甚至相似的都找不到,说它是一份地图,我实在看不出来!”

说到地图,梁三猛然想起自己手里也有一份地图,是二叔梁国华临死前交给自己的,后来被曾德宝串通苏多德尔给抢了去,还好后来朱笑东等人活捉了苏多德尔等人,才又拿回来。

没等梁三再说话,却听朱笑东说道:“那个传说里提到,这七件宝物聚齐就会弄清楚一个天大的秘密。那个秘密到底是什么我们暂且不说,只是这七件东西到底应该算是七件还是六件,目前,我们都还如坠云雾。

“还有,我答应过两位老人,一定要把这个秘密解开,可是这件事情……”朱笑东笑了笑,有些苦涩。

梁三沉吟了片刻,才说道:“我们这一支梁姓家族,在历史上的确有不少的秘密,因为出了几个大奸大恶之徒,导致许多秘密都逐渐消失了,所以……”

胖子“嘿嘿”笑道:“梁大个儿,别丧气,这世上,敢问哪个家族里没出过个把坏人?俺们老朱家,那样的人多得去了,俺可不觉得丧气，他们是他们，我是我，这跟我没多大关系。再说，你们家那几个坏家伙的名声，能大得过‘我自横刀向天笑，去留肝胆两昆仑’那位?”

“话是这么说，可是……”梁三迟疑着说。

“咦!”杨薇在一旁忍不住惊奇地叫了起来，“看不出来，胖子你居然有这么大的长进了，‘岁月是把杀猪刀’丢了，还懂得‘我自横刀向天笑’了，不简单啊!”

胖子两只眼睛望着天花板，一副神圣的样子：“什么叫士别三日当刮目相看！我不但知道‘我自横刀向天笑……’我还知道他说的后面两句，‘人生自古谁无屎，流着汗水烤碳精’，怎么样?”

杨薇一下子就朝沙发上倒了下去，给笑抽了!

朱笑东也笑了一阵，对胖子的搞怪，他已经司空见惯了，深究下去，只有被笑趴下去的份儿。

“杨薇，我打算明天就跟梁三哥过去看上一趟，家里的事就交给你做主了。”朱笑东说道。

“怎么，又打算抛下我一个人出去?!”杨薇有些不满，家里的事无非就是京城和陶都两处的铺子，有王长江跟二叔朱谨瑜罩着，还能出多大的差错?

“不是，我是说老爷子的事，我们可是才回来不到三天，我就是想你能多陪陪老爷子……”朱笑东解释说。

“别拿我爸来说事，俗话说，嫁鸡随鸡嫁狗随狗，嫁给了你，我不跟着你我跟着谁去?”杨薇边笑边说道。

“这可是嫂子不对了……”胖子在一边，眯着眼睛插嘴。

杨薇赶紧阻止胖子：“胖子，你闭嘴，你那嘴里，多半又是吐不出象牙来。”

“对啊!”胖子“嘿嘿”笑道，“知我者，杨薇嫂子也，我还没说话，嫂子就知道我想要说什么。对啊，鸡啊狗的，那是什么？那是禽兽！嘿嘿……”

朱笑东在一边没好气地说道：“胖子，这次你去不去，要去的话，赶紧去跟你那位好好商量商量，然后准备一下，要不然，我可过时不候！”

胖子二话不说，立刻飞也似的往楼上扑去。

明天就要跟着梁三一块儿出发，现在该准备的事情不知道还有多少，对于胖子来说，每次遇到这种情况，他要准备的东西都会比别人多了很多。全队人的食物，尤其是他最擅长的烧烤需要用的那些佐料，更是多多益善。

只是胖子刚刚上楼，就听见王晓娟尖声大叫起来，其中夹杂着一阵阵胖子的哀号，不用看也知道，多半是王晓娟睡醒过来正在找胖子算账。

朱笑东等人望着楼上，忍不住苦笑起来，这两口子！

明天一早就要走，朱笑东还有太多的事情要办，当下找人安排了梁三的住处，自己又要出去办一些事情。

杨薇要跟着朱笑东一块儿出去，上次朱笑东神秘失踪了一个晚上，这次怎么说也不能让他单独出去了。

朱笑东却捧着杨薇的脸蛋，狠狠地亲了一口才说道：“岳父大人就要回来了，你要想他不生气，就留在家里，跟他好好交代一下，顺便劝劝王晓娟。”

杨薇老大不情愿：“爸爸说了，要晚上才会回来，至于王晓娟，还是不要去劝的好，越劝，胖子越是难过。”

朱笑东想了想，再也找不出什么理由来抛下杨薇，当下只得给高原打了电话，让他备好车子，准备出发。

这一次，朱笑东跟杨薇两个人都坐上了后座，朱笑东跟高原说了声到王长江的铺子，那里高原去过了好几次，也用不着指路。

费了好大劲儿到了王长江的铺子，王长江老远就迎了出来，因为铺子里来了一位贵客——卫南疆！

这家伙比几个月前老成得多了，见到朱笑东、高原，笑着打了个招呼。

随后几个人一块儿进了会客室，王长江亲自泡了茶，给几个人奉上，然后又退了出去。

见了卫南疆，朱笑东也不客气，开门见山地说道："小卫，怀特的那件事，估计现在还有很大的麻烦……"说着，把怀特以及杰克逊有些可疑的事情说了一遍。

卫南疆皱着眉头说道："我就说这事情没这么简单，你倒好，白白放过了一个斩草除根的好机会！"

顿了顿，卫南疆又说道："杰克逊的事情，已经被纳入有关单位的调查中了，这个你倒可以放心。不过，那个怀特最擅长的就是打伏击，这件事，我没办法调动更多的人手来帮你，我们也得避嫌，所以你只能好自为之了！不过你放心，无论是在京城还是在陶都，你的阵脚没人动得了，这一点我可以保证。"

朱笑东道了声谢，卫南疆能做到这一步已经实在是不容易了，再有什么其他的要求就显得有些过分了，毕竟，两个人也只是朋友关系。尤其是这样地位上悬殊的朋友关系，朱笑东心里有些愧疚，要不然，卫老爷子的要求他也不会想都没想就答应了下来。

停了停，朱笑东又说道："梁奇宝那边的事情现在稍微有了点儿进展，明天就出发，至于能不能完全解开那个谜底，恐怕也没人能够保证。"

卫南疆想了想："不急，反正老头子也没给时间限制，慢慢来，最好能拖到老爷子放松警惕。"

杨薇跟卫南疆接触得并不多，见卫南疆这么说，忍不住好奇地问道："小卫，怎么回事，你这什么意思？"

"还能有什么意思，要不是老头子看管得紧，我岂不是可以跟你们一块儿去寻幽探秘，探索中国古文化啊，还有什么事比这更能让人兴奋的啊！"

这小子说着，一脸神往。老头子坚决不让他再到外面去晃荡，否则……老头子没说否则会怎么样，但是卫南疆知道，那个否则后面的结果，肯定是不能想象的。

朱笑东也暗地里叹了口气，有时候，身在真正的大富大贵之家也并非就能随心所欲，或许，这也是一种悲哀。

朱笑东叹息了一阵，又想起一件很重要的事情来："小卫，还有一件事，看来我也只能请你帮忙了。"

卫南疆看着朱笑东，淡淡地说道："你说！"

"上次，我们进入戈壁滩，找到了一些东西，比较值钱……"

朱笑东还没说完，卫南疆就说道："我知道，但是没跟老爷子和我大哥说，估计他们不知道这事。我没兴趣计较你什么，但是你们自己也得收敛一点儿，别到时候我也帮不了你。"

杨薇在一旁说道："小卫，能不能给点儿建议？"

她的心思卫南疆是明白的，只是他笑了笑，说道："我不是已经给你们建议了，你还想要什么？"

沉吟了片刻，卫南疆又说道："最近，我听说朱大哥找了一块翠王，据说都已经达到国宝级的，可惜我无缘得见。"

朱笑东笑了笑点点头："是有那么回事，可惜，被我拿去抵了债，不过，你要是有兴趣的话，我手里还有两块，要不你拿去把玩一下？"

卫南疆摇了摇头："我看过了，我也就明说吧，是准备拿来送人的，可是被老头子限制得紧，只能我自己想办法。”

“我明白了！”朱笑东看了看时间，才下午三点，时间不算晚，应该还来得及，“如果你有兴趣的话，不妨跟我去上一趟，不敢说包你满意，但肯定比我手上的要强。”

“你又去打林志文的主意！”卫南疆笑了笑，说道。

“这事你都知道？”朱笑东当然也就是想去打林志文的主意，除此之外，还真是没有其他的好办法。

卫南疆微微一笑，不再搭话，眼睛却望向门外。

朱笑东如何不知道，以卫南疆的身份，既然是开口求人了，肯定就是万不得已了，自己要他帮了那么多忙，就算是要自己昧着良心，也得要帮卫南疆一把。

当下，他二话不说，让高原准备好车子，直扑城郊林志文的那个赌石场。

卫南疆一个人开了一辆切诺基，跟在朱笑东他们的奥迪后面。越往城外走，道路就越畅通，只花了不到一小时，两部车就到了赌石厂门口。

那个胖胖的、拉着狼狗的保安笑眯眯地迎过来，上次他在朱笑东手里拿过不少好处，所以这次格外殷勤。

进了厂房，朱笑东带着杨薇、卫南疆，直接到了上次的那个场地。

虽然现在已经将近下午四点了，但是里面还有二十多个人。夹杂着刺耳的电锯解石的声音，买卖做得如火如荼。

见朱笑东带着一男一女走近，林志文急忙迎了上来，目光却绕过这个主人，直接搭上了卫南疆！